I0654934

DIE VERZWEIFELTE Highlanderin

THE CLAN GRANT SERIES

BOOK 6

MICHEIL & DIANA

KEIRA MONTCLAIR

WEITERE BÜCHER VON KEIRA MONTCLAIR

Im Folgenden finden Sie eine Liste der Werke, die ich im Laufe des Jahres 2021 übersetzen lasse. Meine deutschen Leserinnen und Leser bitte ich um Geduld, auch wenn ich mit Hochdruck daran arbeite, die Bücher schnellstmöglich für den deutschen Markt verfügbar zu machen. Dazu beschäftige ich ein handverlesenes Team aus Übersetzerinnen und Übersetzern, die jeweils unterschiedliche Buchreihen bearbeiten, um Ihre Wartezeit so kurz wie möglich zu gestalten.

DIE CLAN GRANT-SERIE

#1-BEFREIT VON EINEM HIGHLANDER-
Alex und Maddie
#2-HEILUNG EINES HIGHLANDER-HERZENS-
Brenna und Quade
#3-LIEBESBRIEFE AUS LARGS-
Brodie und Celestina
#4 -AUDSTIEG IN DIE HIGHLANDS-
Robbie und Caralyn
#5 DAS KNISTERN DER HIGHLANDS-
Logan und Gwyneth
#6 DIE VERZWEIFELTE HIGHLANDERIN-
Micheil und Diana

DER HIGHLAND CLAN

LOKI aus den Highlands - Buch Eins
TORRIAN aus den Highlands - Buch Zwei
LILY aus den Highlands – Buch Drei
JAKE aus den Highlands– Buch Vier
ASHLYN aus den Highlands– Buch Fünf
MOLLY aus den Highlands– Buch Sechs
Bücher Sieben bis Zwölf: Bald erscheinend

<u>WEITERE BÜCHER</u>
DIE VERBANNUNG DES HIGHLANDERS

<u>HIGHLANDSCHWERTER</u>
DER VERRAT DER SCHOTTIN
DIE SCHOTTISCHE SPIONIN
DIE JAGD DES SCHOTTEN
DIE PRÜFUNG DES SCHOTTEN

Buch 5 and 6: Bald erscheinend

KAPITEL EINS

Spätsommer 1264, schottische Highlands

NIEMALS, NIEMALS, NIEMALS würde sie einwilligen, diesen Mann zu heiraten, mit einer Wampe so groß wie die eines Schweins.

Er war dabei, sein Versprechen zu brechen. Nach all den Jahren brach ihr geliebter Vater tatsächlich sein Versprechen, und das würde ihr wiederum das Herz brechen. Er hatte sie dem Baron Ewen Gow aus Falkirk versprochen.

Diana von den Drummonds stand in der großen Halle vor ihrem Sire, dem Chieftain des Drummond-Clans, die Hände in die Hüften gestemmt, so verzweifelt, dass sie nicht wusste, was sie als Nächstes sagen sollte. Ein leises Flüstern entkam schließlich ihren Lippen. »Wie konntest du nur?«

Totenstille herrschte in der Halle, kein einziger Diener wagte zu sprechen und wartete auf die Antwort ihres Anführers an seine geliebte Tochter.

»Ich tue, was ich tun muss, Liebling. Es ist meine Verantwortung gegenüber allen Drummonds vor mir. Ich muss dich verheiraten, damit das Land der Drummonds bei unserem Volk bleibt. Ich kann nicht anders.« David von den Drummonds hustete in sein Taschentuch.

»Aber Vater, du hast gesagt, dass ich aus Liebe heiraten darf, dass ich mir den Mann aussuchen kann, den ich heiraten will. Warum bist du nur auf einmal so grausam?«

»Weil du meine Bitte ignoriert hast, und die Zeit naht. Lange werde ich nicht mehr auf Drummond-Boden stehen können, und es ist meine Verantwortung, dafür zu sorgen, dass er innerhalb des Clans bleibt. Ich werde dich unter die Haube bringen, bevor ich sterbe. Ich muss einfach wissen, dass dieses Land eines Tages an einen Drummond-Enkel gehen wird. Ich habe versucht, Geduld mit dir zu haben, Mädchen, aber du hast keinen geeigneten Ehemann gefunden. Du ließt mir keine andere Wahl.«

»Aber das werde ich. Ich verspreche es.« Was bliebe ihr in dieser Situation schon anderes übrig? Sie konnte dieses schreckliche Schicksal nicht akzeptieren. »Dieser Mann hat keine Ehre. Ich kann ihn unmöglich heiraten.«

»'Daran bin nur ich schuld. Ich habe dich seit dem Tod deiner Mutter zu sehr verwöhnt. Ich erlaubte dir zu jagen, eine gute Reiterin zu werden. Ich habe dir sogar das Lesen beigebracht. Welches Mädchen kann schon lesen? Ich ahnte schon, dass dies den weiblichen Verstand überfordert. Jetzt hast du den Ruf, ein verwöhntes Gör zu sein und ... verzeih mir, aber du bist auch nicht mehr die Jüngste. Die meisten Männer wollen keine Frau, die älter als zwanzig Jahre ist. Ich hätte dich schon mit fünfzehn verheiraten sollen, aber ich konnte den Gedanken nicht ertragen, ohne dich zu leben.« Er stützte seine Stirn einen Moment lang in die Hand, bevor er fortfuhr. »Du bist alles, was mir von deiner süßen Mutter geblieben ist. Ich kann nicht glauben, dass es schon zehn Jahre her ist, dass sie von uns gegangen ist, Gott hab sie selig.«

»Ich bin nicht verwöhnt. Es ist nicht verkehrt, einen guten Verstand zu haben, da hast sogar du zugestimmt.« Diana verschränkte die Arme. Es musste einen Ausweg geben, irgendeinen. Sie hatte ihren Vater immer überzeugen können, ihr zuzustimmen, warum also war er jetzt so stur?

»Och, aber die Männer der Welt sagen etwas anderes. Die Wahrheit ist, dass sie alle Angst vor deinem Verstand und deinen Talenten haben. Aber sie kennen dich nicht so wie ich. Du wirst eine Bereicherung sein und dieses Anwesen besser leiten, als ich es je könnte.«

»Dann gestatte mir, meinen Ehemann selbst und frei zu wählen.« Diana versuchte verzweifelt, ihn zu überzeugen.

Der verhärmte Greis hustete und sprenkelte sein Taschentuch mit Blut. »Nay, Mädchen. Es ist zu spät. Ich werde nicht mehr lange auf dieser Erde sein, aber deine Hochzeit wird noch zu meinen Lebzeiten stattfinden.«

»Vielleicht wird es dir wieder besser gehen, Papa.«

»Meine liebe Diana, selbst deine Cousine Brenna, die als eine der besten Heilerinnen der Highlands gilt, sagte mir, man könne nichts tun. Meine Zeit ist gekommen. Ich freue mich, deine süße Mama wiederzusehen, aber nicht, bevor ich dich mit einem Ehemann zusammengebracht habe, der sich um dich kümmern wird.« Er schmiegte sich in die Drummond-Plaids, eines über den Schultern, das andere auf dem Schoß.

Diana schürte das Feuer, bevor sie sich wieder an ihn wandte. »Aber Papa, man sagt, er sei sogar grausam zu seinen Tieren. Kann ich mir nicht selbst einen Burschen aussuchen? Bitte! Du musst das noch einmal überdenken. Was ist, wenn er auch grausam zu mir ist, zu deiner eigenen Tochter?«

»Ich habe verkündet, dass ich jemanden suche, der dich heiratet, aber das ist nun schon das fünfte Mal, dass ich das tue, und du hast jeden Anwärter abgewiesen, in den Highlands wie in den Lowlands. Verdammt, du hattest sogar schon Verehrer aus der königlichen Freistadt. Diesmal war er der Einzige, der sich für dich angeboten hat, also habe ich angenommen. Deine Vettern werden dich zu seinem Schloss begleiten. Sie werden an meiner Stelle handeln und sicherstellen, dass er eine gute Partie ist. Dann wirst du ihn heiraten und hierher zurückkehren.«

Diana fiel vor ihrem Vater auf die Knie und vergrub ihren Kopf in seinem Schoß. »Bitte, Papa. Erlaube mir eine Wahl. Ich flehe dich an. Er ist genauso alt wie du.«

»Och, er ist ein paar Sommer jünger, und er hat genug Reichtum, um gut für dich zu sorgen. Ich vertraue darauf, dass deine Vettern ein fähiges Urteil fällen werden.«

»Warum vertraust du nicht mir? Warum kannst du deiner eigenen Tochter nicht vertrauen?« Sie wischte sich die Tränen von ihren Wangen. Dann schalt sie sich selbst dafür, dass sie in der Vergangenheit so wählerisch gewesen war, dass sie auf nichts weniger bestanden hatte als auf dem, was ihre eigene Mutter für sie gewollt hatte. Sie würde nie die Geschichten vergessen, die ihre liebe Mama ihr erzählt hatte, während sie ihr Haar flocht. Mutter hatte ihr versprochen, dass eines Tages ein tapferer, gut aussehender Ritter zu ihr kommen würde, ein Mann, der sie lieben und beschützen würde, einer, der sie immer unterstützen und verstehen würde, dass sie anders und besonders war. Dianas zukünftiger Ehemann würde sie für die Frau schätzen, die sie war, und sie nicht verbiegen wollen. Aber sie hatte jahrelang gewartet, ohne ein Zeichen von ihm.

Mama, wo ist er?

Der alte Mann stützte seine Hand auf den Kopf seiner Tochter. »Ich habe es immer und immer wieder versucht, Tochter. Keiner war gut genug für dich.« Er strich ihr das Haar zurück, das ihr ins Gesicht gefallen war, und wischte ihr die Tränen ab. »Es tut mir leid. Ich tue nur, was ich tun muss.«

»Papa, versprich mir, dass du hier sein wirst, wenn ich zurückkomme.«

»Diana, du musst ihn heiraten.«

»Aber wenn die Cousins nicht zustimmen, werde ich zu dir zurückkehren. Bitte versprich mir, dass du noch hier sein wirst. Bitte!«

»Tochter, du wirst ihn heiraten. Ich werde lange genug hierbleiben, um dich noch im Brautkleid zu bewundern.«

Verdammt, was sollte sie jetzt nur tun? Sie konnte ihr Schicksal genauso gut akzeptieren. Ihr Vater würde nicht nachgeben. Sie würde sich wohl selbst um ihre Cousins kümmern müssen. Unter keinen Umständen würde sie dieses haarige, alte, dickbäuchige Schwein heiraten.

Micheil Ramsay brüllte über die Straße. »Grant, stopp!« Er konnte nicht glauben, dass es ihm gelungen war, sie so schnell zu finden. Micheils Bruder Quade war mit Brenna Grant, der Schwester des Lairds, verheiratet. Die Ramsays und die Grants hatten vor einem Jahr viel Zeit gemeinsam im Kampf gegen die Wikinger verbracht. Tatsächlich war Robbie Grant der Anführer der Grant-Krieger gewesen, einer Truppe, die maßgeblich dazu beigetragen hatte, die feindlichen Truppen in die Flucht zu schlagen.

Laird Alexander Grant und sein Bruder Robbie stiegen vor dem größten Gasthaus in ganz Perthshire von ihren Pferden ab. Eine vermummte Gestalt saß noch auf einem anderen Pferd, wie er bemerkte. Mehrere der Grant-Wachen waren bei ihnen, was darauf schließen ließ, dass es sich um eine wichtige Angelegenheit handelte.

»Ramsay«, rief Robbie. »Was hast du hier zu suchen?«

Micheil sprang von seinem Pferd und fasste Robbie an die Schulter. »Ich habe dich gesucht. Ich habe mich zu Hause ein wenig gelangweilt, da Logan und Quade beide mit ihren Frauen hier sind. Logan wollte, dass eine Botschaft nach Glasgow gebracht wird, also meldete ich mich freiwillig für die Reise. Dort hörte ich, dass die Grants auf dem Weg nach Falkirk waren. Ich musste mitkommen. Ich weiß zwar nicht, warum du hier bist, aber ich dachte, ich würde mal nachforschen und meine entfernte Verwandtschaft besuchen.«

»Ist Logans Umtriebigkeit jetzt schon ansteckend?«, fragte Robbie.

»Es scheint wohl ganz so.« Er grinste.

Alex streckte die Hand nach der Gestalt auf dem Pferd aus – einer Frau, wie Micheil feststellte –, half ihr beim Absteigen und zog sie aus dem Schlamm. »Familienangelegenheit. Micheil Ramsay, das ist Diana Drummond.«

Sobald ihre Füße trockenen Boden berührten, fiel ihre Kapuze zurück, und Micheils Sinne flackerten auf, als er die Schönheit vor ihm sah. Er nahm ihre behandschuhte Hand in seine und starrte in ihre wunderschönen grünen Augen. Sie schüttelte den Kopf, sobald ihre Kapuze zurückfiel und enthüllte eine Masse roter Locken, die ihr über ihren schönen Rücken fielen.

Ihre Anmut raubte ihm den Atem. Dunkelrotes Haar, grüne Augen, wie der Wald im Sommer, und volle rosafarbene Lippen zogen ihn in ihren Bann und fesselten seine Aufmerksamkeit auf eine Weise, der er sich nicht entziehen konnte. Seine Augen wurden magisch von ihr angezogen, und ein Kloß blieb ihm im Hals stecken, der ihn unnötigerweise schlucken ließ. Was zum Teufel war mit diesem Mädchen? Micheil hatte sich immer damit gerühmt, dass er mit den Mädchen umgehen konnte, aber keine seiner Eroberungen hatte ihm so ein Gefühl gegeben.

»Mylady, es ist mir ein Vergnügen, Eure Bekanntschaft zu machen. Warum sind wir uns noch nie begegnet? Ihr seid aus dem Clan der Drummonds?«

»Aye, ich bin die Erbin des Drummond-Landes.« Sie verzog

keine Miene, als sie ihm in die Augen starrte.

Verdammt, selbstbewusst war sie also auch noch. Frauen mit Rückgrat brachten ihn aus dem Konzept - das war schon immer so gewesen. Dem finsteren Blick nach zu urteilen, der sich in ihre Züge geschlichen hatte, schien Diana mit ihren Umständen überhaupt nicht zufrieden zu sein. Micheil schüttelte den Kopf. Irgendetwas stimmte nicht daran, dass sie die Erbin des begehrten Drummond-Anwesens war. »Mit Verlaub, aber das wage ich zu bezweifeln«, sagte er. »Es ist bekannt, dass die einzige Erbin eine verwöhnte, in die Jahre gekommene ...«

Seine Stimme verstummte mit einem Schlag, als es seinem Hirn gelang, den Sachverhalt richtig einzuschätzen. Diese verwöhnte und offensichtlich unglückliche Frau stand direkt vor ihm. Natürlich waren Gerüchte nicht immer wahr, und hier war der Beweis. Diese Frau war absolut umwerfend. Ihr Erzeuger hatte ganze Arbeit geleistet, sie versteckt zu halten.

Sie zog die Brauen hoch. »Ja, was bin ich? Alt, verwöhnt, und was noch?« Sie stemmte die Hände in die Hüften.

Micheil warf einen Blick auf Robbie, der jetzt ein hämisches Grinsen aufsetzte. Offensichtlich war sein Freund nicht im Begriff, ihm aus dieser Situation zu helfen, die er sich selbst eingebrockt hatte. Irgendwann musste er lernen, seine Zunge im Zaum zu halten.

Alex meldete sich schnell zu Wort. »Kommt. Wir gehen hinein, um etwas zu essen. Willst du dich uns anschließen, Micheil?«

Micheil willigte ein. Er achtete darauf, hinter der Drummond-Erbin zu gehen, damit er den süßen Schwung ihrer Hüften beobachten konnte. Wo war sie sein ganzes Leben lang gewesen? Er war stolz darauf, alle schönen Frauen in den Lowlands und im unteren Teil der Highlands persönlich zu kennen. Sicherlich hätte er sich daran erinnert, wenn er ihr schon einmal begegnet wäre. Sobald sie drinnen waren, verschwand Alex auf der Suche nach dem Gastwirt.

Robbie sagte: »Dianas Mutter, Robina, war die Schwester unserer Mutter. Chief Drummond hat unserer Cousine erlaubt, sich ihren Ehemann selbst auszusuchen, aber da sie unfähig war, eine Wahl zu treffen, hat er es für sie getan.«

»Unfähig, eine Wahl zu treffen?«, bellte sie Robbie an und

drehte sich auf der Stelle, um sie anzustarren. »Ich bin durchaus fähig, ich habe nur noch nicht den richtigen Mann gefunden.«

Micheil konnte sich ein Lächeln nicht verkneifen. »Hast du denn schon überall gesucht, Mädchen?«

»Ich habe mich nicht sonderlich angestrengt, aber jetzt, da mein Sire krank ist, muss ich heiraten.«

»Und wer ist der glückliche Bursche?«, fragte Micheil.

Robbie hustete und wandte den Kopf ab, um den Ausdruck auf seinem Gesicht zu verbergen. »Baron Ewen Gow aus Falkirk.«

»Nay!«, rief Micheil.

KAPITEL ZWEI

MICHEILS AUGEN WEITETEN sich, und Dianas Reaktion war schnell. »Verstehst du nicht, Robbie? Ich kann den Mann nicht heiraten.«

»Alex wird das beurteilen, Mädchen, nicht ich.«

Micheil überlegte kurz, ob er etwas zu dem sagen sollte, was er über Gow wusste, entschied sich aber, erst mehr über ihren Plan zu erfahren, bevor er seine Gedanken teilte. Zum Glück kam Alex zurück.

Alex fasste ihn an der Schulter. »Komm, wir haben einen schönen Essbereich für uns, wo wir ein paar Stunden schlemmen und entspannen können, bevor wir unsere Reise fortsetzen. Es ist gut, dass wir uns austauschen können.«

Sobald sie sich drinnen niedergelassen hatten, bestellte Alex Fleischpasteten, Käse, Brot, Obstkuchen und Ale.

Sobald alle Platz genommen hatten, sagte Diana: »Sagt mir, mein Herr, was erzählt man sich so von Baron Gow?«

Micheil erstarrte. Sie starrte ihn mit den tiefsten grünen Augen überhaupt an, Augen, die sich in seine Brust zu graben und seine Seele zu berühren schienen. Lächelnd sagte er: »Ich weiß wenig über den Gentleman.« Gentleman war nicht gerade das erste Wort, das ihm zu diesem Mann eingefallen wäre. Die Grausamkeit des Barons war in der ganzen Gegend bekannt, vor allem, weil drei Ehefrauen ihm ins Himmelreich vorausgegangen waren. Viele in seinem Umfeld glaubten, dass der Baron am Tod jeder der schüchternen Damen beteiligt war. Und wie er mit seinen Pferden umging, war auch in aller Munde. Micheil würde eine Ausrede finden müssen, um mit Grant unter vier Augen über die Angelegenheit zu sprechen. Dies war kaum ein angemessenes

Gespräch für den Esstisch.

»Irgendetwas müsst Ihr doch sicherlich gehört haben.« Ihre Augen bohrten sich in seine, auf der Suche nach der Wahrheit.

»Ich kenne ihn nicht. Ich bin ihm nie begegnet.« Zumindest das war keine Lüge.

»Es ist schlimm, nicht wahr?« Sie blickte sowohl Alex als auch Robbie an. »Versteht ihr nicht? Ich kann den Mann nicht heiraten. Ihr könnt mich nicht zwingen, das zu tun.«

Alex lehnte sich in seinem Stuhl zurück. »Cousine, es ist unsere Aufgabe, dafür zu sorgen, dass dein zukünftiger Ehemann geeignet ist, bevor die Ehe geschlossen wird. Stell dich bloß nicht die ganze Zeit quer. Traust du Robbie und mir nicht zu, dass wir dein Bestes im Sinn haben?«

Sie beugte sich über den Tisch vor. »Ja, vielleicht tut ihr das, und ihr meint es gut. Aber ich versuche euch zu zeigen, dass es gar nicht nötig ist, dass wir den Baron aufsuchen. Bringt mich nach Edinburgh, und ich werde mir selbst einen Mann suchen.« Micheil war so schockiert, dass ihm der Mund offen stehen blieb.

Robbie sagte: »Du willst, dass wir dir erlauben, in Edinburgh durch die Straßen zu gehen wie eine Dirne, bis du einen Mann findest, den du für geeignet hältst?«

»Vater ist zu krank, um zur Vernunft zu kommen, aber ich würde jeden Matrosen diesem grausamen, stinkenden alten Bock vorziehen. Willst du mich wirklich zu einem solchen Leben verurteilen? Außerdem bin ich mir ziemlich sicher, dass mein Ritter irgendwo dort sein muss.«

Micheil verbarg sein Lächeln. Diana Drummond hatte also einen gewissen Hang zur Dramatik, oder vielleicht hatte sie einen heimlichen Liebhaber in Edinburgh, den sie zu treffen gedachte.

Im nächsten Moment wandte sie ihre Aufmerksamkeit von ihrem Cousin auf Micheil. »Und Ihr. Hört auf, mich anzuschauen, als wäre ich dumm. Ich bin nicht verwöhnt, nur weil mein Vater mir erlauben wollte, meinen Ehemann selbst zu wählen.«

Robbie sagte: »Nun, Diana. Dein Vater hat dir viele Dinge erlaubt, die den meisten Frauen verwehrt bleiben.«

»Irrelevant.« Sie starrte Robbie an. »Wirst du mich jetzt nach Edinburgh bringen, oder muss ich mir jemand anderen suchen, der mir hilft?«

Alex sagte: »Diana, wir werden den Plan ausführen, den wir mit deinem Sire vereinbart haben. Wir haben ihm versprochen, dich nach Falkirk zu deinem Verlobten zu bringen, um zu sehen, ob ihr beide zusammenpasst, und euch zu verheiraten, wenn dem so ist. Davon werden wir nicht abrücken, also hör auf zu betteln. Deine ständigen Beschwerden mögen bei deinem Vater auf fruchtbaren Boden gefallen sein, aber mich stimmen sie nicht um. Ich werde tun, was ich versprochen habe.«

Eine Reihe von Emotionen blitzte in Dianas leuchtenden Augen auf, als sie Alex anstarrte. Zuerst sah Micheil Zorn, dann Rechthaberei, Angst und schließlich einen Funken von Entschlossenheit. Ihre Stimme zitterte, als sie sprach. »Wie du wünschst.« Sie wandte sich an Micheil. »Nur um Euch zu informieren, ich mag nach männlicher Definition verwöhnt worden sein, aber für mich wurde nichts getan, was nicht auch für Euch getan wurde, da Ihr ein Mann seid. Hat man Euch das Reiten beigebracht?«

Micheil nickte. »Natürlich.«

»Und zu jagen?«

»Aye.«

»Und das Lesen?«

»Aye.« Er wusste, dass er seinen Blick nicht von ihr abwenden konnte, selbst wenn er es versuchte. Etwas an ihr war absolut hypnotisierend.

»Und ich bin der einzige Drummond-Erbe. Als solcher bin ich nicht anders als Ihr oder meine Cousins. Nur weil ich die Gestalt einer Frau habe, heißt das nicht, dass mit meinem Verstand etwas nicht stimmt.«

Micheil nickte zustimmend. Doch auch an ihrem Körper gab es nichts auszusetzen. Ihre köstlichen Kurven waren genau so, wie er es bei den Frauen liebte.

»Und ich kann sehr gut mit Zahlen umgehen, sodass ich in der Lage sein werde, die Burg ohne Probleme zu führen. Nur weil ich so fähig bin wie ein Mann, heißt das nicht, dass ich verwöhnt bin. Ich bin gut ausgebildet. Nun, da meine Cousins sich weigern«, sie schaute Micheil direkt an, »würdet Ihr mich nach Edinburgh bringen? Ich brauche eine Eskorte.« Dann ließ sie ihren Blick über die drei schweifen, um deutlich zu machen, dass ihre nächsten Worte an alle gerichtet waren. »Und wenn er mich abweist, gehe ich allein. Ich werde nicht zulassen, dass mein ,Verlobter' Hand an mich legt.«

Dianas Zuversicht schwand. Ihre Vettern schienen nicht zuzuhören, und sie war alles andere als sicher, dass sie mit diesem neuen Burschen mehr Glück haben würde. Keiner antwortete auf ihre Bitte, als ob sie dachten, sie hätte sie im Scherz geäußert. Sie schienen zu zögern, ihr zu glauben, dass sie sehr gute Gründe hatte, sich Sorgen zu machen. Aber unter keinen Umständen würde sie jemals in Baron Ewen Gows Bett landen. Lieber würde sie bei dem Versuch, ihm zu entkommen, sterben.

Auch das sagte sie nicht leichthin. Es gab zahlreiche Möglichkeiten, ihre Aufgabe zu erfüllen, angefangen damit, dass sie sich selbst auf den Weg nach Edinburgh machte und ihren gut aussehenden Ritter auf eigene Faust fand. Was die werten Herren um sie herum nicht verstanden, egal wie sie es ihnen erklärte, war, dass sie kein kleiner, schwächlicher Dummkopf war. Sie dachten, sie würde bluffen. Diana Drummond bluffte nicht; sie handelte.

Sie aßen ihr Essen, Diana sprach nicht, zu vertieft in die Planung ihrer Flucht. Micheil lachte oft mit Robbie, sein weißes Lächeln erhellte den ganzen Raum. Er war ein gut aussehender Mann, und ihr Blick fiel immer wieder auf sein dunkles, ungekämmtes Haar und dieses verruchte Grinsen. Zweifellos war er sehr erfahren im Umgang mit den Damen. Ihr Sire hatte sie gut vor sämtlichen Burschen beschützt, während sie aufwuchs, daher fehlte ihr die Erfahrung mit Männern. Nur wenige hatten den Mut besessen, irgendetwas mit ihr zu versuchen, nicht einmal einen Kuss, aber wenn sie ihn ansah … nun ja, es ließ sie etwas fühlen. Sie ertappte sich sogar dabei, dass sie überlegte, ob es für ihre spezielle Situation von Vorteil sein könnte, ihn zu verführen.

Verdammt, aber wie war sie nur in diese Lage geraten? Es war ihre eigene Schuld. Sie hätte sich schon längst für jemanden entscheiden sollen, aber keiner ihrer Verehrer hatte sie angesprochen. Sie hatte immer von dem perfekten englischen Ritter geträumt, der kam, um sie mitzunehmen … und genau dieser Traum hatte sie hierher gebracht. Außerdem erwartete ihr Vater, dass ihr Mann zu ihr kommen und nach seinem Tod ihr Land übernehmen würde.

Leider hatte er nicht mehr viel Zeit. Was auch immer sie tat, sie musste es schnell tun, damit sie nach Hause zu ihrem Sire kommen konnte. Der Gedanke, dass er alleine sterben würde, dass sie ihn nie wiedersehen würde, war ihr schier unerträglich.

»Und?«, fragte sie schließlich, als das Geschirr vor ihnen weggeräumt wurde.

»Und was?« Micheil grinste.

»Bringt Ihr mich nach Edinburgh?« Er schenkte ihr sein verschmitztestes Lächeln, aber er antwortete nicht. Diese Tricks würden bei ihr nicht ziehen. »Warum weicht Ihr meiner Frage aus?«

»Weil Ihr mir bis dato noch keinen triftigen Grund genannt habt, warum ich das tun sollte.«

Seine funkelnd grünen Augen forderten sie heraus. Es spielte keine Rolle; sie würde keinen Rückzieher machen. »Weil ich nach Edinburgh will. Wenn der Grund, den ich bereits genannt habe, nicht ausreicht, habe ich keinen anderen vorzubringen, außer dass es mein Wunsch ist.« Sie ließ sich nicht anmerken, dass ihre Mutter ihr immer gesagt hatte, dass sie sich in Edinburgh treffen und heiraten würde. Sie hatte ihr Schicksal in einem Traum gesehen. Diana musste dem einfach nachgehen, auch wenn ihr Vater ihrer Mutter nicht geglaubt hatte.

»Und bekommt Ihr immer, was Ihr Euch wünscht, Mylady?« Sein höhnischer Ton spiegelte sich in seinem herausfordernden Gesichtsausdruck wider.

Ihre Augen verengten sich zu einem Blick, der ihn einschüchtern sollte, obwohl sie wusste, dass es nicht funktionieren würde. »Normalerweise, ja.«

Sein Blick blieb unbewegt; er grinste nur. Ihr Cousin, Alex, brach das Schweigen. »Niemand reist hier nach Edinburgh. Wir gehen nach Falkirk, um deinen Verlobten zu treffen, und ich habe fünfzig Wächter, die dafür sorgen werden, dass wir diese Reise zusammen antreten werden.«

Diana schnaubte entrüstet und zappelte in ihrem Stuhl. Micheil lachte nur.

Verdammt, ihre üblichen Tricks würden bei diesen Männern

nicht funktionieren. Aber sie waren im Begriff, am eigenen Leib zu erfahren, wie stur sie sein konnte.

KAPITEL DREI

AM SPÄTEN NACHMITTAG tauchte ihr Ziel am Horizont auf. Dianas Magen schlug Purzelbäume und brachte sie fast an den Rand des Würgereizes.

Diana ritt zwischen Alex und Micheil. Robbie bildete zusammen mit drei anderen Wachen das Schlusslicht, und ihr Wagen wurde von einem seiner Männer hinter ihm hergezogen. Alex hatte die anderen etwa vierzig Wachen angewiesen, zurückzubleiben, bis er sie heranwinkte, obwohl Diana diese Taktik nicht verstand. Als sie sich näherten, bemerkte sie eine kleine Gruppe, die das Schlosstor verließ und in ihre Richtung kam. Je näher sie kamen, desto mehr drehte sich ihr der Magen um. Die Gruppe bestand aus sechs Pferden, und als sie näher kamen, wurde ihr klar, dass sie keine Ahnung hatte, welchen dieser Männer sie heiraten sollte.

Die beiden Parteien hielten an, ein kleiner Abstand trennte sie. Der Mann, der die Gruppe des Barons anführte, war groß, grauhaarig und dünn, aber nicht unattraktiv. Ein Stallbursche hatte ihr gesagt, dass Gow eine Wampe hatte, aber dieser Mann hatte keine. Er trug eine Art von Überlegenheit in sich, die Diana nicht gefiel. Könnte er ihr Verlobter sein?

Der grauhaarige Mann sprach zuerst. »Alexander Grant, nehme ich an. Ihr begleitet meine Verlobte, Diana Drummond?«

Diana warf einen Blick auf den Grant, der Laird und Chieftain seines eigenen sehr großen Clans in den oberen Highlands war. Alex' Haltung änderte sich, als der Mann sprach, seine Schultern zogen sich zurück, seine Hand wanderte zum Griff seines Schwertes. Es war eine subtile Bewegung, aber sie war nah genug dran, um sie zu erkennen. Vielleicht konnte sie ihrem Cousin doch noch vertrauen.

»Ich bin Laird Alexander Grant, und aye, ich begleite und beschütze Diana Drummond.« Sein Kinn hob sich am Ende des Satzes. »Ich muss Baron Gow sprechen.«

Der Blick des grauhaarigen Mannes verengte sich, ohne ihren Blick zu erwidern oder ihre Anwesenheit zu würdigen. »Ich bin Baron Gow. Und wenn Ihr für meine Verlobte zuständig seid, warum reitet sie dann auf einem Pferd? Der Platz einer Frau ist auf dem Karren.« Er zeigte auf den Wagen, als wollte er sein Argument unterstreichen.

»Diana zieht es vor, zu reiten«, antwortete Alex, sein Gesicht war ausdruckslos. Alexander Grant war ein stattlicher Mann, deutlich größer als Baron Gow. Das musste der Narr doch sehen, oder nicht?

Einige Sekunden vergingen, während die beiden Anführer einander anstarrten und die anderen mit angehaltenem Atem warteten. Baron Gow steuerte sein Pferd auf Diana zu, aber Micheil schob sein Ross näher an ihre rechte Seite, Alex flankierte sie links. Der Baron streckte die Hand nach ihr aus und knurrte: »Du wirst von diesem Pferd absteigen, Frau, und den Platz einnehmen, der dir zusteht. Du gehörst nicht an die Seite von Männern.«

Diana keuchte und wich vor ihm zurück, wobei sie die Zügel in beiden Händen festhielt, als zwei Schwerter sich geräuschvoll vor ihr verkreuzten, eines von Grant und eines von Micheil Ramsay. Sie hatte noch nie erlebt, dass etwas so schnell ging.

Alex sprach: »Die Dame steht bis auf Weiteres unter meiner Obhut. Ihr werdet sie nicht anrühren, bis sie in Eure übergeben wurde.« Seine Stimme strotzte nur so vor Autorität.

»Übergebt sie mir und macht euch von dannen. Eine halbe Garnison zu beherbergen war nicht Teil der Abmachung. Seid unbesorgt, ich werde mich schon um die Dame kümmern.« Der Baron starrte ihren Cousin an und wartete auf einen Widerspruch, während seine Männer hinter ihm zum Angriff bereit waren.

Alex lächelte, ohne sich von der Stelle zu rühren. »Ich bin sicher, Ihr würdet sie gern in Eure Obhut entlassen wissen, aber wie ich gerade sagte, ist sie in meiner Obhut, und ich werde

sie Euch erst dann überlassen, wenn ich denke, dass Ihr eine
würdige Partie für eine Dame dieses Standes seid.« Gows Mund
verzog sich zu einem schmierigen Grinsen, das Diana fast zum
Erbrechen brachte. Sie betete verzweifelt, dass ihre Cousins sie
nicht mit diesem Mann allein lassen würden.

Der Baron drehte sich um und starrte sie an. »Und wer wird
mich jetzt daran hindern, sie an mich zu nehmen? Ihr und Eure
Kameraden etwa? Wohl eher nicht. Sie gehört mir, also wird sie
tun, was ich sage. Ihr Land gehört mir. Es hätte schon vor Jahren mir gehören sollen, aber meine Vorfahren waren Narren. Ihr
werdet nicht verhindern, dass dies geschieht. Ich habe zu lange
darauf gewartet.«

Alex pfiff, und seine vierzig Wachen galoppierten mit voller
Wucht hinter ihnen her. Diana schnappte nach Luft und merkte
erst in diesem Moment, dass sie den Atem angehalten hatte. »In
den Highlands gebietet es die Ehre, dass ein Mann einer Gruppe,
die eine weite Reise vor sich hat, eine Übernachtung anbietet.
»Ein recht ehrloser Ort, diese Burg, was, Gow?«

Der Baron wich zurück und schenkte ihnen ein grimmiges
Lächeln. »Wohlan denn, Grant. Ich werde Euch und vier andere
beherbergen. Der Rest soll im Burghof bleiben.« Er nickte Alex
zu. »Ich kann warten, bis ich meine Verlobte in Händen halte.
Wenn die Zeit gekommen ist, wird sie lernen, wo der richtige
Platz für eine Ehefrau ist.« Er wendete sein Pferd und ritt auf das
Schloss zu, seine fünf Männer folgten ihm.

Diana warf einen Blick auf Alex und flüsterte: »Ich danke dir,
Cousin.« Er nickte als Antwort, die Stirn in Falten gelegt. Emotionen stiegen in ihr auf und drohten, sie zu überwältigen.

Robbie meldete sich von hinten zu Wort, wobei unklar war,
ob er Alex, Micheil oder beide ansprach. »Das läuft ganz und
gar nicht so, wie ich erwartet habe. Sieht so aus, als würden die
Dinge kompliziert werden, oder?«

Der Grant grinste und zog eine Augenbraue hoch. »Och, das
werden sie.« Dann warf er einen Blick auf Diana, die gerade
einen Kampf verlor; den Kampf, ihre Tränen zurückzuhalten.
»Mach dir keine Sorgen, Cousine. Du erinnerst mich an meine
Mutter. Dich zu beschützen wird ihr Andenken ehren, sodass es
keine Pflicht ist, der ich mich entziehen werde. Wenn du irgend-

etwas brauchst, dann scheue dich nicht, zu mir zu kommen. Verstanden?«

Diana nickte, unfähig zu sprechen, aus Angst, in heftiges Schluchzen auszubrechen. Sie würde ihre Fassung bewahren, zu Ehren ihrer und seiner Mutter. Der besorgte Blick auf Micheil Ramsays Gesicht blieb ihr nicht verborgen. Vielleicht hatte sie in ihm tatsächlich einen Verbündeten.

Als sie durch das Burgtor traten, konnte Diana nicht umhin, all die drohenden Blicke zu bemerken, die ihr von ihrem Verlobten zugeworfen wurden. Sie beschloss, dass die einzige Möglichkeit, mit ihrer Situation umzugehen, darin bestand, ihn gar nicht erst eines Blickes zu würdigen. Als sie die Stufen zur großen Halle hinaufgingen, spürte sie, wie ein Arm über ihren Rücken strich. Sie wirbelte den Kopf herum und sah, dass ihr Verlobter sie berührte, das spöttische Grinsen auf seinem Gesicht war eine angedeutete Drohung. Micheil trat zurück und schob sie vor sich her, wofür sie ihm ewig dankbar war.

Drinnen angekommen, rief der Baron seine Diener, um die Gäste zu bewirten. Da sie nichts mehr mit ihm zu tun haben wollte, sagte Diana: »Mein Herr, wenn Ihr gestattet, es war eine anstrengende Reise. Ich würde mich gerne ausruhen.« Sie versuchte alles, um seiner Gegenwart zu entkommen.

Er lächelte sie an: »Natürlich, meine Liebe. Erlaubt mir, Euch zu Eurer Kammer zu führen.« Er streckte ihr den Arm entgegen, sodass er sie begleiten konnte.

Diana geriet bei dem Gedanken, mit ihm allein zu sein, in Panik und warf einen verzweifelten Blick auf ihre Cousins. Sie hatte gehofft, dass ein Dienstmädchen da sein würde, das sich um sie kümmerte.

»Wenn wir schon dabei sind, würde ich auch gerne meine Kammer sehen, Baron«, sagte Alex.

»Natürlich.« Er führte sie die Treppe hinauf und den Korridor hinunter. Er blieb stehen und zeigte den Gang hinunter. »Eure Kammer wird die zweite auf der rechten Seite sein, Grant.« Er trat zur Seite und wartete auf Grants Erlaubnis. Als der große Mann sich nicht bewegte, warf der Baron ihm einen fragenden Blick zu.

Alex blieb einen Moment stehen, dann ging er den Korridor

entlang. Einen Moment später blieb der Baron vor einer Tür
stehen und gab Diana ein Zeichen, es ihm gleich zu tun. »Eure
Kammer, meine Liebe.« Er öffnete ihr die Tür und trat ein. »Ich
bin sicher, sie wird Euch gefallen. Es war die Kammer meiner
früheren Gattin.«

Kaum hatte er seinen Satz beendet, drängte sich Alex, der den
Gang wohl nicht sehr weit hinuntergegangen war, in die Kammer und suchte den Raum mit seinem Blick ab. »Wohin führt
die Tür, Baron?«

Baron Gow, der sichtlich entsetzt war, befragt zu werden, warf
Alex einen einschüchternden Blick zu. »Wie ich schon sagte,
Grant. Das war die Kammer meiner Frau. Die Tür führt zu mei-
ner Kammer.«

Alex ergriff Dianas Ellbogen und führte sie zur Tür hinaus.
»Dann wird Diana nicht hierbleiben, und ich bin beleidigt, dass
Ihr ihren Ruf auf diese Weise aufs Spiel setzen wollt.«

Alex ging den Gang entlang, aber Baron Gow brüllte ihm hinterher. »Hör endlich auf, dich einzumischen. In weniger als einer
Woche wird sie meine Frau sein. Die Hochzeit wird stattfinden,
ob du sie nun gutheißt oder nicht.«

Alexander Grant drehte sich langsam um, seine Größe und
Haltung waren noch beeindruckender, als er vom Pferd gestiegen war. Diana warf einen Blick auf sein Gesicht und wollte
einen Schritt zurücktreten, aber sie war erfreut zu sehen, dass
er die Situation völlig unter Kontrolle hatte. Der Baron konnte
nicht hoffen, einem solchen Mann Paroli bieten zu können.
»Genau da liegt der Fehler, Baron Gow.« Er ließ ihre Hand fallen
und pirschte sich an den Baron heran, bis er eine Nasenlänge vor
seinem Gesicht stand, obwohl Grant sich dazu bücken musste.
»Sie ist mein Schützling, und ich werde tun, was mein Clan von
mir verlangt. Die zukünftige Herrin von Drummond wird Euch
nicht ohne meine Zustimmung heiraten. Und wenn ich mein
Schwert durch Euer schwarzes Herz stoßen muss, um das zu verhindern, zweifelt nicht daran, dass ich es tun werde.« Alex rührte
sich nicht vom Fleck.

Der Baron schäumte vor Wut. »Du bist genau der Wilde, für
den man dich hält. Highlander-Tölpel, ihr alle. Ich hasste es,
Land so nah an den Highlands zu bekommen. Bringt sie in Eure

Kammer, wenn Ihr wollt. Sie wird früh genug in meiner sein.«
Er machte auf dem Absatz kehrt und ging den Gang hinunter,
schlug mit der Faust gegen die Wand und knurrte, als er vorbeiging.

Alex wies ihr den Weg in seine Kammer und hielt den Finger
an die Lippen, um sie zu ermutigen, nicht zu sprechen, bis sie
drinnen waren.

»Alex, ich danke dir, aber bitte bring mich von hier fort.« Diana
war in schiere Panik verfallen, nachdem sie das Verhalten ihres
Verlobten gegenüber einem Mann von Alex' Statur beobachtet
hatte. »Er jagt mir eine Heidenangst ein.«

»Diana, ich kann dich nicht einfach so fortbringen. Ich brauche eine Rechtfertigung. Diese Verbindung wurde vom König
unterstützt, sodass wir sie nicht ohne guten Grund auflösen können. Ich werde einen finden, aber es wird einige Zeit dauern. In
der Zwischenzeit wirst du in meiner Kammer schlafen und ich
werde Wachen vor deiner Tür postieren. Jetzt ruh dich aus. Er
wird dich heute nicht belästigen.« Er küsste sie auf die Stirn und
ging zur Tür hinaus. Sobald sie sich hinter ihm schloss, fiel Diana
auf das Bett und weinte sich in den Schlaf.

Micheil saß vor Dianas Kammertür und lehnte sich dagegen,
um sich abzustützen, während Alex' zwei Wachen auf beiden
Seiten von ihm standen. Er hatte Alex erzählt, was er über Gow
wusste, aber jetzt konnte er sehen, dass es überflüssig war. Der
Mann hatte bereits sein wahres Gesicht gezeigt. Verdammt noch
mal, aber einfach würde das nicht werden. Am liebsten hätte er
dem mürrischen Bastard eine Faust in seine alte Visage gerammt.
Es war unerträglich, die Möglichkeit in Betracht zu ziehen, dass
sie diesen Mann heiratete. Er war kurz davor, sie selbst zu heiraten, nur um sie aus dieser erbärmlichen Situation zu retten, aber
ihm war nicht danach, sich häuslich niederzulassen. Sein eigener
Bruder, Logan, nannte ihn einen Frauenheld, und er konnte es
nicht abstreiten. Er liebte es, mit Frauen zu spielen. Sie waren
alle auf ihre Weise schön - manche frech, manche zickig und
manche so unschuldig. Logan hatte sich schließlich mit einer
starken Frau eingelassen, Gwyneth, Micheils neuer Schwägerin.
Micheil würde es nie wagen, sich mit der Frau seines Bruders

anzulegen – er wusste, dass sie ihm bei einer Provokation die Eier zum Abendessen abschneiden würde –, aber er hatte großen Respekt vor ihr.

Diana Drummond erinnerte ihn ein wenig an sie. Sie war stark und selbstbewusst und neigte nicht zur Einschüchterung, außer in einem Bereich. Irgendetwas sagte ihm, dass Diana keine erfahrene Liebhaberin war. Wie lustig wäre es, ihr die Kunst der Leidenschaft beizubringen.

Was ihn zu dem Grund zurückbrachte, warum er sich geschworen hatte, sich nie mit einer Frau niederzulassen – sie waren alle so unterschiedlich in der Bettkammer. Wie konnte man von ihm erwarten, bei nur einer zu bleiben? An einem Tag liebte er kurvige, üppige dunkelhaarige Frauen, und am nächsten Tag würde er fast alles tun, um eine langgliedrige, gertenschlanke Blondine zu streicheln. Wie konnte sich ein Mann jemals entscheiden?

Nein, er konnte sich niemals entscheiden – es war einfach unmöglich, zumal er die Vorstellung mancher Männer, dass es das Recht eines Mannes sei, fremdzugehen, nicht akzeptierte. Er wusste, wie empfindlich Frauen waren, deshalb könnte er seine Frau nie und nimmer betrügen. Der Blick in ihrem Gesicht würde ihn umbringen.

Genau aus diesem Grund war er für das Leben eines Junggesellen prädestiniert.

Die Tür flog auf, und er stürzte rückwärts in die Kammer.

Diana stand noch immer mit der Hand an der Tür und starrte ihn fassungslos an. »Micheil? Was machst du denn da?«

Micheil schüttelte sich, sprang auf und vollführte eine kleine Verbeugung in ihre Richtung. »Nun, ich bewache Eure Ehre, Mylady. Ist das nicht klar?«

Sie kicherte, ein musikalischer Klang, den er sich schwor, noch einmal zu hören. »Micheil, du kannst nicht anders, als Frauen zu bezaubern, nicht wahr?«

Er wackelte mit den Augenbrauen. »Das kann ich nicht beurteilen. Bist du denn bezaubert?« Er warf ihr ein Grinsen zu, in der Hoffnung, es würde den beabsichtigten Effekt haben, sie aus der Reserve zu locken. Es musste funktioniert haben, denn sie packte ihn am Waffenrock und zog ihn in ihre Kammer, wobei sie die Tür hinter sich schloss. Er starrte sie schockiert an. »Ihr seid Euch bewusst, wie das aussieht, Mylady?«

»Sag nicht ‚Mylady' zu mir, Micheil. Es passt nicht zu dir. Aber was soll ich tun? Du siehst doch, dass der Mann eine Bestie ist, Abschaum, ein Frauenschänder. Ich kann ihn nicht heiraten. Was würde aus mir werden?« Sie starrte ihn mit vor sich verschränkten Armen an, ihre grünen Augen leuchteten.

Micheils Grinsen verschwand. »Ich muss zugeben, dass er definitiv kein ehrenwerter Mann ist. Ich vermute, dass er heimtückische Taten begangen hat, die selbst mich in Schrecken versetzen würden. Nein, ich würde es nicht gerne sehen, wenn Ihr ihm ausgeliefert wärt. Aber ich vertraue darauf, dass meine Vettern das auch so sehen.« Er rieb sich in Gedanken das Kinn.

»Dann bring mich nach Edinburgh, wie ich es dir aufgetragen habe.«

Er konnte sehen, dass es dem Mädchen vollkommen ernst war. Er musste sie zur Vernunft bringen. In der Gegenwart eines Mannes wie Baron Gow wäre es unklug, unüberlegt zu handeln. »Einfach davonzulaufen wird diese Angelegenheit nicht regeln. Der Baron wird uns folgen und Gerechtigkeit verlangen. Du bist immerhin mit ihm verlobt. Alexander Grant ist ein ausgezeichneter Chieftain und hat König Alexanders Gnade, nach allem, was der Clan Grant für die Schotten gegen die Norweger getan hat. Aber Grant versteht es, mit Situationen wie dieser richtig umzugehen, und immer mit dem Ende vor Augen, das er wünscht. Ich vertraue darauf, dass er einen Ausweg findet, der das Leben von niemandem gefährdet. Du musst geduldig sein.«

Sie schritt nachdenklich im Zimmer umher. »Er wird mich nicht nach Edinburgh bringen. Du musst.«

»Und bist du wirklich so naiv zu glauben, dass du einen Mann finden wirst, der so schnell bereit ist, dich zu heiraten? Ganz zu schweigen davon, dass er für deinen Vater und deine Cousins akzeptabel sein muss.«

»Edinburgh ist eine riesige Stadt. Da müssen doch ständig Festivitäten stattfinden. Ich muss lediglich meine Waren zur Schau zu stellen-«, ihre Arme schwangen an ihrer Seite hinunter, »-und ich werde garantiert jemanden finden, der einen besseren Ehemann abgeben wird als der Baron.« Sie konnte einfach nicht zugeben, dass ihre Motivation ein Traum war, der Traum ihrer

Mutter von vor Jahren. Ihre Mutter hatte gesagt, sie würde sich in Edinburgh in ihren Ritter verlieben. Sie musste einen Weg dorthin finden.

»Und jeder, der dir gefällt, ist akzeptabel? Das ist ein schlechter Plan. Du kannst nicht einfach jeden nehmen, der sich dir anbietet. Du könntest einen Räuber treffen, oder einen Mörder, ohne es zu wissen. Du musst ein bisschen vorsichtiger sein, wenn du dir einen Gefährten aussuchst, meinst du nicht auch?«

Ihre Hände flogen hoch, um sich entnervt den Kopf zu halten, und sie hüpfte auf das Bett. »Was kann ich sonst tun? Ich habe keine andere Wahl. Außerdem weiß ich, dass ich meinen Ritter finden kann. Er ist da. Dessen bin ich mir sicher.« Sie konnte sich nicht erklären, warum die Träume ihrer Mutter so oft wahr geworden waren. Vielleicht hatte sie die Gabe des Sehens besessen. Aber ihre Mutter hatte sie vor solchen Geschichten gewarnt, da sie oft den Verdacht der Hexerei aufkommen ließen.

Micheil warf ihr einen verwirrten Blick zu. »Und wer ist dieser Ritter, von dem du immer wieder sprichst?«

Sie warf ihre Locken über ihre Schulter und schürzte die Lippen. »Mein Ritter ist der Ritter, von dem mir meine Mutter viele Male erzählt hat, bevor sie starb. Er ist derjenige, den ich suche, und ich bin sicher, dass ich ihn in Edinburgh finden kann.« Die Aufregung und die Möglichkeiten in der Stadt waren endlos, zumindest für jemanden, der so behütet lebte wie sie. Konnte er nicht das Potenzial eines so großen Ortes sehen? Es musste dort von gut aussehenden Rittern und jungen Baronen wimmeln, die nicht so ekelhaft waren wie ihr Verlobter.

Er schlenderte hinüber, ergriff ihre Hände und zog sie wieder auf die Füße. »Vertraue deinen Cousins. Frag mal Robbie nach seiner Frau oder nach der Frau seines Bruders Brodie. Sie war mit einem Wikinger verlobt, und sie haben sie ihm entrissen, obwohl es einige Zeit gedauert hat. Jetzt sind sie glücklich verheiratet, und ich glaube, sie trägt ihr erstes Kind unter ihrem Herzen. Komm.« Er streckte ihr die Hand entgegen. »Ich begleite dich nach unten und wir können nachsehen, was das Abendessen macht. Du musst hungrig sein.«

»Nay.« Sie schob seine Hände weg. »Was bringt es mir, in der Nähe dieses ekelhaften Mannes zu essen?«

Micheil griff wieder nach ihr, aber sie wich misstrauisch zurück. »Siehst du nicht?«, sagte er. »Du musst den Baron einlullen, sein Vertrauen gewinnen. Je mehr Grobheiten deine Vettern von ihm erfahren, desto besser sind deine Chancen, aus dieser Situation herauszukommen. Errege das Temperament des Barons, weck seinen Zorn, solange du noch unantastbar bist. Sorg einfach dafür, dass er dich noch mal anfasst, stachle ihn dazu an, dich herumzukommandieren oder sogar zu packen. Das würde deiner Sache nur helfen. Deine Cousins brauchen so viel gegen den Mann, wie sie finden können.« Er streckte ihr seine Hand entgegen.

Sie zögerte, legte aber schließlich ihre Hand in seine – ihr stilles Einverständnis, zum Essen zu gehen. Als sie den Gang hinuntergingen, holte sie tief Luft. »Vielleicht wird er freundlicher zu mir sein, wenn wir unter Leuten sind.«

Als sie die Treppe hinuntergingen, drang eine dröhnende Stimme an ihr Ohr. »Wie kannst du es wagen, mit einem anderen Mann in meinem eigenen Haus spazieren zu gehen!«

Diana blickte auf, um Micheils Augen zu begegnen, während sie sich an ihn klammerte. »Oder vielleicht auch nicht.«

KAPITEL VIER

BARON GOW ERREICHTE Diana in drei langen Schritten, packte sofort ihren Arm und zerrte sie zu sich. »Du wirst mich in meinem eigenen Haus nicht in Verlegenheit bringen. Hast du mich verstanden?«

Sie versuchte, sich loszureißen, kurzzeitig fassungslos, aber er ließ sie nicht los. »Aber er war ...«

»Schweig! Wie kannst du es wagen, ohne Erlaubnis zu sprechen? Du bist eine Frau, und das darfst du nicht vergessen. Frauen sprechen nicht, wenn sie nicht gefragt werden.«

Diana errötete und blickte sich in dem Raum voller Wachen und Diener um, verlegen darüber, vor der ganzen großen Halle lächerlich gemacht zu werden. Aber seine Diener fuhren mit ihren Aufgaben fort, anscheinend überhaupt nicht überrascht, dass er eine Frau so behandelte. Niemand wirkte schockiert, außer den Grants. Robbie und Alex saßen an einem Tisch, und sie konnte Robbies Wut vom anderen Ende des Raumes aus spüren. Alex ließ sich nichts anmerken.

Micheil meldete sich zu Wort, jedes Wort durchzogen von einer verhohlenen Drohung. »Nehmt Eure Hand von der Dame, Baron.«

Baron Gows Augen verengten sich zu wütenden Schlitzen, als er sich zu Micheil umdrehte und ihn ansah. »Wie kannst du es wagen, mir zu sagen, was ich in meinem eigenen Haus zu tun habe?«

Obwohl Diana so überwältigt war, dass sie nicht einmal bemerkt hatte, wie er sein Schwert zog, hielt Alex Grant plötzlich die Spitze seiner Waffe gegen die Seite des Barons. »Wenn ich ihn richtig verstanden habe, hat er gerade gesagt, du sollst deine dreckigen Griffel von dieser Lady nehmen.«

Der Baron ließ seine Hand fallen und drehte sich um, um Alex anzustarren. »Und was gedenkt Ihr zu tun, wenn Ihr weg seid, Laird Grant? Wer wird mich dann aufhalten? Sie wird meine Frau sein. Es war eine Abmachung zwischen ihrem Sire und mir. So sehr Ihr es auch versuchen mögt, Ihr werdet die Hochzeit nicht verhindern können. Sie gehört mir.«

»Noch ist sie nicht Euer, und Ihr würdet gut daran tun, das nicht zu vergessen. Ich bin nicht nur als ihr Beschützer hier, Baron. Ich bin von ihrem Sire beauftragt worden, die Heirat zu genehmigen«, presste Alex zwischen zusammengebissenen Zähnen hervor. »Und ich habe es noch nicht genehmigt. Lasst sie in Ruhe oder tragt die Konsequenzen.«

Der Baron ließ Diana los und stampfte mit den Füßen zum Podium hinüber, wobei er sich wie ein Kind benahm, dem eine Nascherei verweigert worden war.

Diana und Micheil blickten beide zu Alex, um seine Reaktion zu sehen.

»Alex«, flüsterte Micheil. »Bring sie jetzt nach Hause.«

Obwohl sie wollte - und sogar erwartete -, dass Alex mit dem Kopf nickte, tat er es nicht. Stattdessen nahm er ihren Arm und führte sie in Richtung des Tisches. Worauf wartete er noch?

Als sie an Micheil vorbeikamen, flüsterte Alex: »Beweise. Wir brauchen Beweise.«

Diana wusste nicht, was er noch an Beweisen für das Fehlverhalten des Mannes brauchen könnte, aber sie konnte dieses Gespräch mit ihm jetzt nicht riskieren. Augenblicke später saßen sie am Tisch direkt vor dem Podium, denn Diana wollte nicht neben dem ihr zugedachten Platz sitzen, und er akzeptierte, dass der Platz einer Frau nicht auf dem Podium war. Ihre Hände zitterten, als die Diener das Essen brachten, aber sie schaffte es, Augenkontakt mit Micheil herzustellen und lautlos die Worte »Hilf mir» zu artikulieren.

Das Abendessen war eine vergleichsweise friedliche Angelegenheit. Ein paar Spielleute kamen, um aufzutreten, und der Baron verschwand, was Diana erlaubte, sich zu entspannen. Es war unmöglich gewesen, sich wohlzufühlen, während dieser Mann sie anstarrte, als würde er sich ausmalen, wie sehr er es genießen würde, sie zur Unterwerfung zu prügeln. Da er weg war, machte sie sich allein auf den Weg zur Toilette.

Auf dem Weg zurück in die große Halle griff eine Hand aus den Schatten des Korridors nach ihr und jemand zog sie in eine dunkle Nische.

Baron Gow lächelte sie an. »Ich habe auf diesen Moment gewartet.« Seine Lippen senkten sich in einem feuchten Kuss auf die ihren. Er schmeckte nach Hammelfleisch und Zwiebeln, und sie drückte gegen seine Brust und kämpfte, um sich von ihm zu lösen. Er packte ihre Hände und schwang sie herum, bis er sie von hinten im Schwitzkasten hielt.

Sie konnte seinen heißen Atem an ihrem Ohr spüren. »Deine Cousins mögen im Moment da sein, um dich zu beschützen, aber sie werden nicht lange hier sein. Ich werde dich lehren, meine Liebe, mir den Respekt zu erweisen, den ich verdiene. Du bist viel zu sehr verwöhnt worden, genau wie ich gewarnt wurde, aber ehe du dich versiehst, wirst du mir die Füße küssen.«

Diana bemühte sich zu entkommen, konnte sich aber nicht bewegen. Er rieb seine Härte an ihrem Hintern, und sie kämpfte, um sich von ihm loszureißen. Verzweifelt versuchte sie, ihm zu entkommen, trat, krallte und spuckte - sie versuchte mit allen erdenklichen Manövern zu entkommen. Schließlich rammte sie ihm die Ferse auf den Fuß und biss in seine Hand.

»Du elende Schlampe!«, brüllte er.

Oh, wie sehr hoffte sie, dass er laut genug geschrien hatte, dass es jemand hören konnte.

Er ließ sie mit einem Arm los, schaffte es aber, sie mit dem anderen festzuhalten. Mit der freien Hand holte er aus und gab ihr einen kräftigen Schlag auf die Wange, der einen Abdruck hinterließ.

Micheil kam gerade noch rechtzeitig um die Ecke, um den Angriff zu sehen, und er hielt nicht inne, bevor er dem Baron seine Faust ins Gesicht schlug und ihn zu Boden warf.

Nach Luft schnappend starrte sie auf den am Boden liegenden Flegel und warf sich in Micheils Arme.

Diana schritt in ihrem Zimmer umher, immer noch verstört von den Ereignissen des Abends. Sie musste fort von hier, sie musste einfach fliehen. Wohin sie ging, war egal, solange es weit weg von hier war. Sie hatte Alex angefleht und ihm die ganze schmutzige Geschichte erzählt, aber er hatte sie rundheraus abgewiesen und sich mit Robbie an seiner Seite in die Kammer des Barons zurückgezogen. Wenigstens hatte Micheil ihr geholfen, den Geruch und das Gefühl des Mannes von ihr abzuwaschen, indem er ihr saubere Tücher und Wasser brachte. Alles an dem Baron brachte sie fast dazu, sich zu übergeben – sein Speichel, das Gefühl seines Geschlechts an ihr, sein Atem.

Sie musste raus.

Aber es war mitten in der Nacht, und sie wusste nicht, was sie tun sollte. Die einzige Möglichkeit, alleine rauszukommen, war, wenn alle schliefen. Aber was, wenn der Narr sie wieder unvorbereitet erwischte, so wie er es im Gang getan hatte? Sie erschauderte bei dem Gedanken, was er mit ihr anstellen würde. Sie ging wieder auf und ab und ging alle Alternativen in ihrem Kopf durch, aber jedes Mal ohne Ergebnis.

Ein leises Klopfen hallte in ihrer Kammer wider. Ihr Herzschlag beschleunigte sich, ängstlich und doch hoffnungsvoll. Es konnte der Baron sein, aber sie glaubte nicht, dass er sich die Mühe machen würde zu klopfen. Sie wollte nach der Klinke greifen, hielt dann aber inne und beugte sich vor, um ihr Ohr an das abgenutzte Holz zu pressen, in der Hoffnung auf einen Hinweis, der ihr die Identität des Eindringlings verraten würde.

»Aye?«, flüsterte sie.

»Mach auf. Ich bin's, Micheil.«

Sie seufzte erleichtert auf und riss die Tür auf, wollte sich wieder in seine Arme werfen.

Er schloss die Tür hinter sich und warf ein paar Sachen auf das Bett. »Hier. Zieh das an.« Sie griff danach und befingerte den abgenutzten Stoff, mit einem verwirrten Gesichtsausdruck.

»Was jetzt? Du wolltest raus, oder nicht? Ich habe vor, dir deine Chance zu geben. Diese Kleider sind von einem jungen Burschen, also sollten sie dir passen. Unter dem Bergfried gibt es eine Reihe von Gängen, die zum Schutz der Herrscherfamilie gebaut wurden. Wir werden sie benutzen, um uns hinauszuschleichen. Beeil dich.«

Diana ließ sich das nicht zweimal sagen. Sie griff nach den

Kleidern, aber nicht bevor sie sich ihre eigenen vom Leib riss und sie unter das Bett warf. Sie machte sich nicht einmal die Mühe, sich vor Micheil umzudrehen, dessen Augen angesichts ihrer Kühnheit weit aufgerissen waren, bevor er sich von ihr wegdrehte, und zog sich die neuen Kleider an. »Tu nicht so verklemmt, Micheil. Bring mich einfach weg von hier. Der Mann ist verrückt.«

Micheil warf eine kleine Satteltasche zu Boden. »Hier, pack alles hinein, was du sonst noch brauchst. Es wird eine Weile dauern, bis wir Edinburgh erreichen.«

Ihre Augen weiteten sich, und sie warf sich auf ihn, umarmte ihn und küsste seine Wange. »Danke, danke, Micheil.«

Er stieß sie von sich. »Beeil dich, wir haben nicht viel Zeit.«

Sie warf ein Wollkleid und ein paar notwendige Dinge in die Tasche und reichte sie Micheil. Nachdem er sich die Tasche über die Schulter gehängt hatte, nahm er ihre Hand und hielt inne, bevor er die Tür öffnete und die Finger an die Lippen führte. Sie schlichen die Treppe hinunter und in die Küche, ohne Aufsehen zu erregen. Micheil führte sie in einen dunklen Raum im hinteren Teil der Küche und griff nach einer Fackel, um ihnen den Weg zu leuchten.

»Micheil, wir müssen uns verlaufen haben. Hier gibt es nichts.« Ihre Augen suchten den Raum krampfhaft nach einer Tür ab, fand aber nichts.

»Geduld, meine Liebe.« Er reichte ihr die Fackel und stieß an eine große Truhe an einer Wand. Er lächelte ihr über die Schulter zu, als er die Truhe schob, offensichtlich mit der Absicht, sich leicht bewegen zu können. Nachdem er den Schrank aus dem Weg geschoben hatte, starrten sie beide auf eine klapprige alte Tür. Micheil riss kräftig an ihr, bis sie nachgab. Er trat zur Seite und wies ihr mit einer theatralischen Handbewegung den Weg. »Nach Euch, Mylady.«

Sie schlich auf Zehenspitzen durch die Tür, während Micheil ihr die Fackel abnahm und sie hoch in die Luft hielt. Sobald sie den Tunnel gefunden hatten, wich er zurück und versuchte nach Kräften, ihre Flucht zu verbergen, bevor er mit einem Grinsen ihre Hand in die seine nahm. Und dann rannten sie. Micheil zerrte sie hinter sich her, und sie tat ihr Bestes, um mitzuhalten.

Spinnweben schlugen ihr ins Gesicht, aber das war ihr egal. Sie musste um jeden Preis entkommen. Der Gang war wie ein Labyrinth, aber Micheil zögerte in keinem der Korridore. Es war, als wüsste er genau, wo sie hinwollten. Es war ihr egal - sie würde ihn später fragen, wie er den unterirdischen Weg entdeckt hatte.

Micheil blieb schließlich vor einer kleinen Treppe stehen und winkte ihr, ihm die Stufen hinaufzufolgen. Oben musste er mehrmals mit der Schulter gegen die Tür stoßen, bevor sie nachgab, aber schließlich öffnete sie sich. Sie traten hinaus in den kühlen Abend, und das Erste, was Diana auffiel, war das leuchtende Sternenmeer am Himmel. Wie war es ihr nur bisher entgangen, wie schön sie waren? Es war, als ob man in tausend verschiedene Hoffnungsfunken hinaufstarrte. Sie bekam feuchte Augen bei dem, was Micheil für sie riskiert hatte. Nur für einen Moment verging ihr ein Grinsen bei dem Gedanken, dass Baron Gow entdecken würde, dass sie fort war. Alex Grant wurde mit ihm fertig, daran hatte sie keinen Zweifel.

Diana machte einen Freudensprung, als sie ihr geliebtes Pferd beim Grasen auf der Koppel fand. Micheil half ihr beim Aufsitzen, bevor er selbst sein Pferd bestieg, und sie galoppierten dem Horizont entgegen. Die Richtung schien unwichtig zu sein, verglichen mit der Dringlichkeit ihres Bedürfnisses zu entkommen.

Später würde sie ihrem Vater alles erklären.

Einige Stunden später hielten sie an einer Lichtung in der Nähe eines Baches an, weitab vom üblichen Weg. Micheil hatte sein Pferd stark angetrieben, weil er sichergehen wollte, dass sie weit genug weg waren, wenn Gow ihre Abwesenheit entdeckte. Er vertraute darauf, dass die Grants in der Lage sein würden, die Verfolgung für eine Weile hinauszuzögern, aber er musste Diana schnell nach Edinburgh bringen, damit sie in den Menschenmassen der örtlichen Märkte verschwinden konnten.

Er half ihr hinunter und sagte: »Erleichtere dich eben, wenn du willst. Ich werde Wache halten.« Sie verschwand in einer nahen Buschgruppe, während er die beiden Pferde zum Wasser führte. Micheil musste zugeben, dass er noch nie etwas so Unüberlegtes und Gefährliches getan hatte. Ja, er hatte während der großen Schlacht mit den Wikingern gekämpft, aber das hier war anders.

Diesmal kämpfte er nicht für seinen Clan, sondern für die Rechte einer verwöhnten jungen Frau. Dennoch war sie schön und unschuldig und verdiente nicht die Behandlung, die dieser grausame Mann für sie im Sinn hatte. Würde es ein Nachspiel für den Clan Ramsay geben, wenn seine Eskapade entdeckt wurde? Für solche Bedenken war es jetzt zu spät, denn er war nicht im Begriff, sie dorthin zurückzubringen, zumal es ihr Todesurteil sein könnte. Manchmal musste ein Mann für das einstehen, woran er glaubte, und Micheil hielt Baron Gow für mehr als verwerflich. Selbst ein verwöhntes Mädchen hatte es nicht verdient, ihn ihren Ehemann zu nennen. Er gab es auch nur ungern zu, aber je mehr Zeit er mit Diana Drummond verbrachte, desto weniger verwöhnt schien sie ihm zu sein.

Als sie zurückkam, bohrten sich ihre hoffnungsvollen grünen Augen in seine Seele. »Denkst du, wir sind entkommen? Sind wir in Sicherheit?«

»Aye, ich denke, für den Moment sind wir in Sicherheit. Setz dich. Ich habe Haferkuchen und Ale. Wir müssen die Pferde eine Weile ausruhen lassen.« Was er ihr nicht sagte, war, dass er einen sehr guten Grund hatte, sich keine Sorgen zu machen. Zehn Wachen standen in ihrem Umkreis und hielten ein wachsames Auge auf Gow und seine Männer. Die Grant-Krieger würden ihnen bis nach Edinburgh folgen, also würden sie dem rüpelhaften Mann auf jeden Fall entkommen.

Er hatte versprochen, ihr nicht zu sagen, dass Alex Grant diesem Schachzug zugestimmt hatte. Er hatte nicht nach Alex‘ Gründen für die List gefragt; er war nur allzu erpicht darauf gewesen, sie aus dieser misslichen Lage zu befreien. Sie saßen auf einem Baumstamm und aßen, die Stille zwischen ihnen war erdrückend. Während er nicht sprechen wollte, aus Angst, er würde sonst seine Geheimnisse verraten, stand sie wahrscheinlich unter Schock.

Abwesend spielte sie mit den Resten ihres Haferkuchens. »Wie hast du das mit dem Geheimgang herausgefunden?«

Er grinste und warf ihr einen verschmitzten Blick von der Seite zu. »Ich habe meine Quellen.«

Sie sah ihn finster an. »Was soll das heißen?«

Mist, sie war wirklich ein unschuldiges Mädchen. »Soll heißen, wenn du der runzligen Küchenmagd genügend Komplimente machst, wird sie dir alles erzählen.«

Diana gluckste. »Ich habe den Eindruck, dass du ziemlich erfahren darin bist, Dienstmädchen Honig ums Maul zu schmieren. Hab ich recht?«

»Aye.« Er blickte hinauf zu den Sternen. »Ich habe mit mehr als ein paar Mägden, Mädchen und Frauen ge...redet – mit allem, was dazugehört. Ich mag die Frauen. Schuldig im Sinne der Anklage.« Er drehte sich wieder zu ihr um und konnte nicht anders, als auf ihre pralle Unterlippe zu starren. Ihre Zähne kauten zwischen jedem Bissen Haferkuchen auf dieser begehrenswerten Lippe herum.

Verdammt, am liebsten würde er mit ihr in den Wald gehen, sie auf seine weichen Felle werfen und sie zum Gesang der Vögel vernaschen. Die Vorstellung von ihren weichen Hüften, den langen Beinen und wie sie aussehen würde, kurz bevor er sie zum Explodieren brachte, machte ihn sofort hart. War nicht jede Nacht dazu bestimmt, in den Armen eines kessen Mädchens verbracht zu werden?

Und dieser Gedanke holte ihn in die Realität zurück. Dies war kein Frauenzimmer, das neben ihm saß, sondern die Erbin der Ländereien ihres Clans. Noch mehr erinnerte ihn die Erinnerung an ihre Verbindung zu Alexander Grant und der Gedanke, wie dieser reagieren würde, wenn er entdeckte, dass Micheil seiner Cousine die Unschuld nahm. Beherrsch dich, Ramsay.

Sie wechselte das Thema. »Was glaubst du, wird Alex tun, wenn er es herausfindet?«

Er seufzte, weil er dieses ganze Thema vermeiden wollte. »Alex hat nach dem Beweis gesucht, den er brauchte, um die Verlobung zu beenden. Er ist sehr gut darin, zu bekommen, was er will und braucht. Ich vermute, dass er den Baron dazu bringen wird, sein wahres Gesicht zu zeigen, und das dann gegen ihn verwenden wird. Auf diese Weise kann er dieser ganzen Farce ein Ende setzen.«

Ihre grünen Augen funkelten. »Farce? So nennst du das also?«

»Es gibt viele Möglichkeiten, wie ich das hier nennen würde. Farce, Irrtum, eine ernste Bedrohung für dein leibliches Wohl. Reicht das für den Anfang?« Er grinste sie an und hoffte, ebenfalls ein Lächeln von ihr zu stehlen.

Doch seine Hoffnung war umsonst. »Wirst du meinem Vater diese Dinge erzählen?«, fragte sie leise. »Er wird wütend auf mich sein, und er ist dem Tod nahe, also möchte ich ihn nicht verärgern.« Sie spielte mit den Krümeln ihres Haferkuchens, bevor sie den Blick zu ihm hob.

Micheil runzelte die Stirn. Es war nicht die Bitte eines egoistischen Mädchens, und die Tatsache, dass ihre erste Sorge ihrem Vater galt, ließ ihn noch mehr an sie denken. Er hoffte nur, dass der Drummond-Chieftain nicht nachtragend war. »Diese Aussage würde ich von einem verwöhnten Mädchen nicht erwarten«, murmelte er.

»Es ist, wie ich dir gesagt habe«, sagte sie, obwohl im Moment nicht viel Feuer in ihrer Stimme lag. Stattdessen klang sie verloren. »Vater hat mir erlaubt, Dinge zu tun, die die meisten Frauen nicht tun, aber er hatte nie einen Sohn. Ich war sein Sohn.«

»Und du liebst deinen Sire.« Er schaute sie an, starrte auf ihr Haar und wünschte, er könnte mit den Fingern durch die roten, seidigen Strähnen fahren.

»Aye.« Sie wischte über eine Träne, die ihre Wange hinunterlief. »Sehr sogar. Ich liebe ihn, und ich will nicht, dass er mich verlässt.«

»Bist du sicher, dass du nach Edinburgh und nicht nach Hause willst?« Er trank noch einen Schluck Ale und reichte ihr dann den Trinkschlauch.

»Aye, ich bin sicher. Ich muss zuerst nach Edinburgh gehen. Nur so wird er mir verzeihen …« Sie nickte zufrieden mit dem Kopf.

»Wenn du einen Mann mit nach Hause bringst?«

Diana starrte Micheil an. »Es muss sein, Micheil. Ich habe keine andere Wahl, wenn ich dort je wieder willkommen sein will.«

KAPITEL FÜNF

EINIGE STUNDEN SPÄTER seufzte Diana erleichtert auf, als Micheil sein Pferd verlangsamte und den Weg verließ, um eine Lichtung zu suchen. Immerhin hatte sie Bedürfnisse. Der Mann musste das wissen.

Nachdem er ihr beim Absteigen geholfen hatte, sagte er: »Wir sind fast in Edinburgh, was sind also deine Pläne?«

»Meinen Ritter zu finden, natürlich.« Sie lief zum Bach, um frisches Wasser zu holen und sich Gesicht und Hände zu waschen. Es hatte in letzter Zeit nicht viel geregnet, daher war die Straße ziemlich staubig. Zum Glück trug sie noch die Kleidung des Burschen und hatte das wollene Kleid, das sie mitgebracht hatte, nicht ruiniert.

»Und wo sollen wir diesen Ritter finden?« Er rief so laut, dass sie ihn hören konnte. »Du sagtest, deine Mutter habe dir von ihm erzählt, aber weißt du, wo er sich aufhält? Wie ist sein Name?«

Sie drehte sich um und starrte ihn verblüfft an. »Woher soll ich den Namen meines Ritters kennen?«

»Du hast ihn noch gar nicht kennengelernt?« Micheils Augen weiteten sich.

»Natürlich nicht. Wenn wir uns getroffen hätten, wären wir bereits verheiratet.« Sie kehrte ihm den Rücken zu und lehnte sich wieder über den Bach. War er dumm? Das war doch ihr einziges Ziel, einen Ritter zu finden, den sie heiraten konnte. Sie musste den Mann finden, den ihre Mutter in ihrem Traum gesehen hatte. Ihre Mutter hatte standhaft vorausgesagt, dass sie in Edinburgh heiraten würde.

Sie sprang auf und drehte sich rechtzeitig um, um zu sehen, wie Micheil sich mit der Hand auf die Stirn schlug, bevor er sagte: »Deine Mutter hatte keinen Mann im Sinn? Wir sind also hier, um deinen Ehemann zu finden, und du möchtest einen Ritter?« Seine Stimme war ein tiefes Dröhnen, das ihr fast Angst vor ihm machte.

»Aye, möchte das nicht jedes Mädchen?« Sie war verwirrt über seinen Sinneswandel. Das war doch die ganze Zeit der Plan gewesen, oder nicht? Oder hatte sie ihn eines Besseren belehrt?

»Ich wüsste nicht. Ich bin doch kein Mädchen mehr, oder?« Er holte tief Luft, bevor er fortfuhr. »Und wo schlägst du vor, dass wir deinen Ritter finden?« Seine Augen verengte sich, und sie wandte sich ab, da ihr der Blick, mit dem er sie anschaute, nicht gefiel.

Sie hob ihr Kinn. »Es muss ein englischer Ritter sein. Meine geliebte Mutter war Engländerin. Ich habe noch keinen Schotten kennengelernt, der ein Ritter ist, aber ich werde einen Engländer akzeptieren, solange er zum Ritter geschlagen worden ist. Ich bin sicher, ein solcher Mann wäre für meinen Vater akzeptabel. Vielleicht sollten wir zum königlichen Schloss gehen. Wenn der König zugegen ist, gibt es sicher eine Feier und Minnesänger in Hülle und Fülle. Ich bin mir sicher, dass ich dort einen Ritter finden werde. Sobald er realisiert, wie viel Land ihm als Teil meiner Mitgift zufällt, wird er sicher einverstanden sein.«

Sie blickte finster drein, als sie ihren Plan durchdachte. Es würde schwierig werden, aber jetzt, wo sie so weit gekommen war, war sie sich sicher, dass sie ihren Ritter finden würde. Ihre geliebte Mama hatte ihr gesagt, dass ein Ritter ihre Bestimmung sei, so weit sie sich zurückerinnern konnte, und dass sie in Edinburgh heiraten würde. Warum konnte er ihre Überlegungen nicht verstehen? Und jetzt, da sie ihre Mama verloren hatte, wollte sie jemanden, der sie beschützt und unterstützt, jemanden, der immer für sie da sein würde. Ihr Ritter.

Micheil vergrub das Gesicht in seinen Händen. »Warum hast du diese winzige Tatsache nicht schon früher erwähnt? Du hättest es wenigstens Alex gegenüber erwähnen können, der tatsächlich schon einmal am englischen Hof gewesen ist. Und warum muss dein Verlobter überhaupt Engländer sein? Diana, glaubst du wirklich, ein Engländer wird eher bereit sein, sein Land zu verlassen und dich zu heiraten, als ein Schotte? Wäre es nicht sinnvoller, einen Ehemann zu finden, der näher an deiner Heimat ist? Allein der Anzahl nach werden wir wohl mehr Schotten als Engländer treffen. Wir sind in Edinburgh, um Himmels willen. Du bist Schottin! Glaubst du nicht, dass dein Clan einen Schotten eher akzeptieren würde?«

Sie starrte auf die Wolken über ihr und dachte über Micheils Vorschlag nach. Aye, es wäre einfacher, wenn sie einen schottischen Ehemann finden würde, und ihr Clan würde sie eher akzeptieren. Aber sie kannte keine schottischen Ritter. Hatte ihr Gedächtnis sie im Stich gelassen? Hatte ihre Mutter gesagt, dass sie einen Ritter heiraten würde, oder hatte sie ihr nur Geschichten von Rittern erzählt? Es hatte so viele Geschichten von den Turnieren gegeben. Die Gutenachtgeschichten ihrer geliebten Mutter gerieten plötzlich durcheinander. Hatte sie gesagt, ob ihr Mann Schotte oder Engländer war? Vielleicht hatte Micheil recht und ihre Erinnerungen waren falsch. Ihr Kopf ruhte in den Händen, in der Hoffnung, Klarheit in diese Situation zu bringen, vor allem, weil sie so wichtig war.

Sie stellte sich vor, wie sie während eines Turniers in einer Zeltloge saß, gekleidet in ihr schönstes blaues Gewand. Ihr Ritter würde zum Zelt herüberreiten, um ihr Tuch als Zeichen ihrer Gunst am Ende seiner Lanze entgegenzunehmen, und sie würde sich hinunterbeugen, um es an die Spitze zu binden, wobei sie errötete, als er sie anstarrte. Ihr schöner Ritter - blond, er würde blond sein - würde sich vorbeugen, um ihr einen Kuss auf die Wange zu geben, aber sie würde gezwungen sein, sich aus Gründen des Anstands abzuwenden. Die Enttäuschung in seinem Gesicht würde für alle sichtbar sein, die mit ihr unter dem Zelt saßen, geschützt vor der Hitze der Sonne. Dann würde er davonreiten, ihr Tuch im Wind flatternd, aber nicht bevor er ihr seine unsterbliche Liebe geschworen hätte ...

»Diana?«

Micheils Stimme holte sie in die Gegenwart zurück. »Was?«

»Wir sind schnell aufgebrochen. Was für Kleider hast du, um einen Ritter anzulocken? Hast du es geschafft, eines deiner besten Gewänder in den Tornister zu stopfen?«

»Äh ... nay. Ich habe nur ein Wollkleid, bei Weitem nicht mein bestes.« Sie trommelte mit den Fingern auf ihren Lippen.

»Jemand in Edinburgh wird uns zweifellos in unserer Notlage helfen wollen. Es gibt viele Märkte und Tuchweber in dieser Stadt. Sicherlich kann mir einer von ihnen ein angemessenes Gewand schneidern. Micheil, ich bin sicher, ich kann hier in Edinburgh das schönste Kleid im ganzen Land bekommen. Es muss doch zahlreiche Schneider in einem solchen Ort geben.«

»Ich schlage vor, wir machen es im Stillen. Wir wollen keine Aufmerksamkeit auf uns lenken. Wenn Baron Gow so versessen darauf ist, dich in die Finger zu bekommen, wie ich denke, wird er Wachen schicken, um nach dir zu suchen.«

Diana spielte mit ihrem geflochtenen Haar. »Du hast recht. Wir müssen vorsichtig sein. Gibt es denn niemanden in deiner Familie, der in der Nähe ist?«

»Doch, durchaus. Mein Vater hat eine Schwester in Edinburgh. Sie hat ihren Mann verloren, aber sie wohnt noch hier in einem kleinen Haus. Sobald ich genau weiß, wo sie ist, können wir zumindest dort bleiben, bis wir einen besseren Plan haben.« Er blickte sie finster an. »Warum müsst ihr Mädels so besessen von Träumen sein? Manchmal ist der beste Bursche direkt vor eurer Nase und ihr merkt es nicht.« Er hob seinen Trinkschlauch an den Mund.

Diana keuchte und hielt sich überrascht den Mund zu. Er konnte doch nicht andeuten, was sie dachte, dass er andeuten wollte, oder? »Du meinst doch nicht etwa dich selbst, oder?«

Micheil verschluckte sich an seinem Wasser und hustete lautstark. »Nay, ich meine nicht mich. Ich habe nicht die Absicht, zu heiraten. Aber es muss doch ein paar nette Jungs in der Nähe des Drummond-Anwesens geben. Warum hast du dir nicht einen von ihnen ausgesucht? Das Leben wäre viel einfacher für dich gewesen, und du wärst jetzt bei deinem sterbenden Vater.«

Diana versuchte, ihre Tränen zurückzuhalten. »Weil ich meinen Ritter finden muss. Wir sind dazu bestimmt, zusammen zu sein. Meine Mama hat mir gesagt, dass es mein Schicksal ist, in Edinburgh zu heiraten. Glaubst du etwa nicht an das Schicksal?«

»Wieso sollte ich?« Er schritt etwas ratlos im Kreis herum. »Aber wir werden trotzdem versuchen, meine Tante zu finden.«

Diana lief zu ihm, umarmte ihn und drückte ihm einen Kuss auf die Wange. »Ich danke dir, Micheil. Du wirst es nicht bereuen, das verspreche ich.«

Am nächsten Abend saßen sie im Speisesaal des Hauses, das Micheils Tante Elspeth gehörte. Sie war eine reizende Dame, die nicht wieder geheiratet hatte, nachdem sie vor ein paar Jahren ihren Mann verloren hatte. Elspeth hatte zwei verheiratete Töchter, die ihr ein paar Kleider hinterlassen hatten, die Diana tragen konnte, auch wenn sie ein wenig angepasst werden mussten.

Micheil hatte die Hälfte der Grant-Wachen, die Alex mit ihm geschickt hatte, losgeschickt, um nach irgendwelchen Anzeichen von Baron Gows Männern zu suchen. Die andere Hälfte würde in der Nähe von Elspeths Ställen bleiben und ihn unterstützen, wenn nötig. Er versuchte, mit den Männern unauffällig umzugehen, und Diana hatte ihre Anwesenheit noch nicht bemerkt. Zufrieden, seine geliebte Tante so schnell gefunden zu haben, begann er ein wenig Hoffnung zu schöpfen, dass Dianas Suche erfolgreich sein könnte. Vielleicht konnte seine Tante ihnen helfen.

Tante Elspeths Haus hatte drei Schlafkammern, eine geräumige Stube mit einer großen Feuerstelle und im hinteren Teil die Küche. Ein großer Tisch mit Bänken stand an einem Ende, während ein Kreis von Stühlen vor der Feuerstelle stand. Ihre Köchin hatte ein herrliches Mahl für sie zubereitet, und sie setzten sich, um das kleine Festmahl zu genießen. Er konnte sich ein Lächeln nicht verkneifen, als er Diana und Tante Elspeth beobachtete. Seine Tante liebte es, zu plaudern, und er konnte sich an viele Male erinnern, als sein Vater sie gebeten hatte, damit aufzuhören.

Sie lächelte Diana an und drückte ihr die Hand, bevor das Essen begann. »Der König ist zurzeit in seiner Residenz, ihr kommt also zum perfekten Zeitpunkt. Wie ich höre, werden sie morgen die Tore öffnen und im Burghof eine Feier veranstalten. Es steht eine große Hochzeit bevor, zwischen einer englischen Cousine des Königs mit einer großen Mitgift und einem englischen Ritter, einem jungen blonden Burschen, der der schönste im ganzen Land sein soll. Die Hochzeit ist zwar erst in einem Jahr, aber der König hat sie eingeladen, hier mit einer aufwendigen Zeremonie zu heiraten. Viele englische Ritter werden zu diesem Anlass zu Besuch sein.«

»Wunderbar, Tante Elspeth. Es ist mein Ziel, einen Ehemann zu finden, und ein englischer Ritter ist perfekt.« Diana lächelte.

Micheil ärgerte sich über den selbstgefälligen Blick, den Diana ihm zuwarf, als Tante Elspeth die Ritter erwähnte.

Tante Elspeth fuhr fort, ihre Aufregung sprudelte förmlich aus ihr heraus. »Wenn du möchtest, werde ich morgen mit dir zum Schloss gehen, das heißt, wenn wir das blassgrüne Kleid rechtzeitig ändern können, obwohl ich nicht viele Diener habe, die helfen könnten.«

»Aye, Mylady, ich helfe gerne beim Nähen der Teile, die angepasst werden müssen. Micheil und ich würden gerne mitgehen, nicht wahr, Micheil?« Diana sah ihn aus den Augenwinkeln an, offensichtlich in der Hoffnung, er würde mitspielen.

Er grunzte. Warum zum Teufel nicht? Er konnte genauso gut mitmachen, nur um zu sehen, ob er das Mädchen davon abhalten konnte, sich komplett zum Narren zu machen. Sie war übereifrig und musste ein bisschen gebremst werden.

»War das ein Aye oder ein Nay?« Diana zupfte am Ärmel seines Waffenrocks.

»Aye, ich komme mit. Ich bin mir ziemlich sicher, dass du jemanden brauchst, der dich vor den Wölfen beschützt.« Sein Kiefer krampfte sich zusammen bei dem Gedanken, dass irgendein Narr sie packen und ihre Naivität gegen sie verwenden würde.

»Welche Wölfe? Es werden doch keine Tiere anwesend sein, oder, Mylady?«

Micheil stand auf und ging weg, um seine Reaktion auf ihre Bemerkung zu verbergen. Sie war noch naiver, als er vermutet hatte. So intelligent sie auch sein mochte, so fremd waren ihr doch die Wege der Menschen. Wie konnte er hoffen, eine so Unschuldige zu beschützen?

Elspeth gluckste. »Übereifrige Burschen werden oft als Wölfe bezeichnet. Mein Neffe möchte nicht, dass du ihren Tricks zum Opfer fällst.«

»Tricks?«

»Schon gut, Diana. Das brauchst du nicht zu wissen.« Micheils Hände bedeckten sein verärgertes Gesicht.

»Ich glaube schon, Micheil«, sagte Elspeth. »Ich denke, sie muss sich darüber im Klaren sein, wie Männer ein unschuldiges Mädchen ausnutzen können.«

Seine Hand fiel an seine Seite. »Ich werde sie beschützen«, bellte er. Zum Teufel, er hatte nicht vor, sie aus den Augen zu lassen. Was hatte dieses miserable Gefühl in seinem Bauch verursacht? Es war untypisch für ihn, und so rätselte er über die Ursache für sein Unwohlsein.

»Micheil, bedrückt dich etwas? Du scheinst nicht sehr erfreut zu sein.« Tante Elspeth lächelte ihn an, ein mitfühlender Ausdruck auf ihrem Gesicht.

Micheil schüttelte den Kopf. Was sollte ihn schon bedrücken? Er war auf der Suche nach dem Unmöglichen, nach Diana von Drummonds perfektem Gefährten - der nach allem, was sie gesagt hatte, ein blondhaariger englischer Ritter sein musste. Und sein Blut kochte immer noch wegen der Beleidigung, die sie ihm entgegengeschleudert hatte, als sie den Gedanken zurückwies, dass er um ihre Hand anhielt. Was war nur los mit ihm? Zugegeben, er war nicht daran interessiert, sich nur an eine Frau zu binden, aber sie hatte es nicht nötig, so krass und offen über ihre Gefühle für ihn zu sprechen. Jedenfalls war ein Ramsay weitaus besser als jeder englische Ritter, den sie zu finden hoffen konnte.

Sein finsterer Blick drohte, zu einem festen Bestandteil seines Gesichts zu werden.

Nun, vielleicht würde sie am nächsten Tag die Torheit ihrer Wege erkennen, wenn ihr Traumritter nicht auftauchte. Es würde ihr zweifellos das Herz brechen, aber Micheil hatte die Gabe, sich gut um die Mädchen zu kümmern. Er wusste immer, wie er sie zum Lächeln bringen konnte. Irgendwie dachte er, dass Dianas Enttäuschung besondere Fähigkeiten seinerseits erfordern würde.

Am nächsten Tag herrschte reges Treiben, da alle Frauen des Hauses damit beschäftigt waren, das Kleid und den Umhang für Diana zu ändern. Als sie endlich bereit war, starrte sie ihr Spiegelbild an, unfähig zu glauben, dass sie es war.

Das Überkleid war blassgrün, mit einem dunkelgrünen Unterkleid. Der Ausschnitt war quadratisch und sie trug einen goldenen

Gürtel um ihre Hüften. Ihr rotes Haar fiel in Wellen über ihren Rücken, und es hatte ewig gedauert, es richtig zu ordnen, da es oft wild und ungepflegt war. Als sie mit ihrem Anblick zufrieden war, legte Micheil ihr den Umhang über die Schultern und sie gingen hinaus in die Nacht, nicht weit entfernt von dem Gelage, das bereits im Schloss begonnen hatte.

Es war nur eine kurze Strecke, also hatten sie beschlossen, zu Fuß zu gehen. Je näher sie dem Schloss kamen, desto lauter wurde die Musik, und desto mehr Schmetterlinge fühlte Diana in ihrem Bauch. Sobald die Festlichkeiten in Sichtweite kamen, blieb sie stehen und sog die feierliche Atmosphäre in sich auf, die Flöten und Fiedeln riefen nach ihr wie Sirenen auf hoher See.

Das würde ihre Nacht werden, da war sie sich sicher. Die tanzenden Fackellichter versprachen einen unvergesslichen Abend. Plötzlich beschleunigte sich Micheils Tempo.

»Micheil, was ist los?«

»Geh weiter. Wir werden verfolgt.« Er warf einen Blick über die Schulter, während er sie in Richtung des Schlosses und der Menschenmassen trieb.

»Wovon redest du?« Sie blickte über ihre Schulter und bemerkte zwei unappetitliche Gestalten hinter ihnen. »Meinst du, es sind seine Männer?« Sie mühte sich, mit Micheil Schritt zu halten.

»Aye, könnte sein. Wir müssen schnell dorthin kommen.« Micheil nahm ihren Ellbogen und führte sie in den Burghof, durch eine Menge von Tänzern und Minnesängern, Damen und Mädchen, die mit jedem Burschen in Sichtweite flirteten. Sie hatten Elspeth zurückgelassen, weil sie sich nicht in der Lage fühlte, mit ihnen zu reisen. Da niemand sie kannte, machte sich Diana keine Sorgen um ihren Ruf. Dies war einer der seltenen Momente, in denen sie dankbar war, dass ihr Sire sie versteckt gehalten hatte. Ja, ihr Name war ihren Anwärtern bekannt, aber nur wenige hatten sie tatsächlich je zu Gesicht bekommen. Micheil würde sie beschützen - darauf hatte sie vollstes Vertrauen. Sie seufzte und suchte den Hof nach einem Zeichen ihres Ritters ab. Er würde hier sein, er musste es sein.

Eine Stunde später hatte sie niemanden gefunden, der als ihr Verlobter in Frage kam. Entmutigt und fast bereit, für den Abend aufzugeben, wandte sie sich an Micheil und hob ihre Röcke an, um sich schnell bewegen zu können. Micheil unterhielt sich mit einer kurvigen Blondine, die ihm ab und zu den Arm reichte. Diana rollte mit den Augen und sagte: »Ich bin gleich zurück.«

Keine zehn Schritte von Micheil entfernt, ergriff eine Hand ihren Ellbogen und zerrte sie zurück, bis sie gegen eine Wand aus Muskeln stieß.

»Ich dachte, du würdest ihn nie verlassen.«

Warmer Atem versengte ihr Ohr, als sie sich umdrehte, um zu sehen, wer es wagte, sie auf so intime Weise anzusprechen. Der attraktivste Mann, den sie je gesehen hatte, blickte ihr in die Augen, und ihr Herz schmolz dahin. Da war er. Unfähig zu sprechen, starrte sie in blaue Augen, die sie mit ihrem Funkeln verzauberten. Sein blondes, glattes Haar fiel ihm gerade über den Kragen, und ein unglaubliches Lächeln zog sich über sein Gesicht.

Endlich kehrte ihre Fähigkeit zu sprechen zurück. »Tut mir leid, kenne ich Euch«

»Vielleicht nicht, aber ich musste Euch einfach kennenlernen. Mein Name ist Randall. Und wie lautet der Eure?« Bei seinem starken englischen Akzent versagten ihr fast die Beine ihren Dienst.

»Diana.« Sie war so hingerissen von Randall, dass ihr Atem kaum mehr war als ein leiser Hauch.

»Ah. Diana, wie die Göttin. Was für ein passender Name für eine so schöne Dame wie Ihr es seid.«

Diana errötete und wandte sich ab.

»Wendet Euch nicht von mir ab, Rose Schottlands. Ich blühe auf, wenn Euer Blick auf mir ruht und nur auf mir.« Er lächelte und griff nach ihren Händen, dann hielt er sie an seine Lippen. »Ihr seid atemberaubend schön. Bitte sagt mir, dass Ihr nicht an Eurem Begleiter hängt.«

Ihre Augen weiteten sich. »Nay, er ist … mein Cousin.«

»Wunderbar, denn ich brauche heute Abend eine Frau in meinen Armen.« Er ging auf die Straße außerhalb des Burghofs zu und zog sie hinter sich her, während er sie zu einer Gruppe von Büschen führte. Sobald sie zwischen den Ästen versteckt waren, schlang er seine Arme um sie und zog sie zu sich. Seine Lippen sanken auf die ihren und sie seufzte, so glücklich, endlich ihren

Ritter gefunden zu haben. Sein Mund war warm, aber rau, seine Zähne stießen gegen ihre Lippen und zwangen sie, sich für ihn zu öffnen, damit er mit seiner Zunge in sie eindringen konnte. Er zog sich zurück und schaute ihr in die Augen, sein Verlangen war offensichtlich. »Ich will dich, meine Süße.« Er drückte seine Lippen wieder auf ihre, presste seinen Mund auf ihren, sein Speichel bedeckte die Hälfte ihres Gesichts.

Das war nicht ganz so, wie sie sich den Kuss ihres Ritters vorgestellt hatte. Er war zu dreist ... zu, nun ja, nass. Zugegeben, er schmeckte nicht so schrecklich wie der Baron, aber das war nicht der Kuss ihrer Träume, und er ergriff auch nicht ihr Herz, wie sie es erwartet hatte. Wo war der Blitz, als sie ihrer wahren Liebe begegnete? Nichts, es war nichts da. Sie drückte sich weg, nur um seine Spucke von ihrem Kinn und ihrer Wange zu wischen. Dann schaute sie ihn an und fragte: »Seid Ihr wirklich ein englischer Ritter, Randall?«

Er grinste, während er mit seinen Händen über ihren Po fuhr und sie fest an sich zog. »Ich kann alles sein, was Ihr wollt, Göttin Diana.«

»Aber seid Ihr es denn? Ein Ritter, meine ich.« Sie konnte nicht anders, als auf seine vollen Lippen und die goldenen Locken um sein Gesicht zu starren.

»Nay, aber ich bin Engländer. Mein Vater ist ein Earl, also gehöre ich zum Adel. Ich bin auf der Suche nach einer Frau, während ich hier bin. Seid Ihr vergeben?« Er kraulte ihren Hals, während eine seiner Hände nach oben griff, um ihre Brust zu umfassen.

»Aber nein! Das ist genau der Grund, warum ich hier bin.« Sie wartete darauf, das Flattern ihres Herzens zu spüren, während sie den Mann anstarrte, der möglicherweise all ihre Probleme lösen konnte, aber es geschah nichts. Irgendwie hatte sie erwartet, dass sich ihr Schicksal anders anfühlen würde als so. Verwirrt wünschte sie sich, einfach wegzugehen, um einen klaren Kopf zu bekommen.

»Verzeihung!«

Randall sprang zurück.

Micheil stand da, die Hand auf dem Griff seines Schwertes. »Nehmt Eure Hände von der Dame.«

»Nay! Micheil, du verstehst nicht.« Sie packte seinen Arm, verzweifelt, um ihn davon abzuhalten, Randall wegzustoßen.

»Ich verstehe sehr wohl. Ich sehe einen Burschen, der dich hinter ein Gebüsch gezogen hat, damit er Schindluder mit dir treiben kann.«

»Er hat gar nichts mit mir getrieben, er hat nur ...«

»Seine Hand war auf deiner Brust, Diana. Das ist meine Definition von Schindluder.« Micheils Augen glühten vor Wut.

KAPITEL SECHS

MICHEIL WOLLTE DEM Kerl am liebsten sein Schwert in die Brust jagen, hier und jetzt. Der Bastard hatte eine Hand auf Dianas Brust und die andere auf ihrem Hintern. Er war ein toter Mann.

»Bitte, Micheil, hör zu!« Ihre Hände umklammerten seinen Arm mit so viel Kraft, dass er sich umdrehte und ihr in die Augen blickte.

Verdammt, warum musste sie ihm diesen unschuldigen, flehenden Blick zuwerfen, in dem alle Mädchen so talentiert waren? Er nahm seine Hand vom Griff seines Schwertes. »Wer ist er?«

»Das ist Randall. Er ist Engländer«, flüsterte Diana, eine Hand auf seinem und die andere auf Randalls Arm.

»Randall? Gibt es da, wo du herkommst, keine Nachnamen? Woher?« Er starrte sie einen Moment lang an, bevor er seinen Blick auf Randall richtete, der jetzt die Hände in die Hüften gestemmt hatte, die Füße gespreizt, bereit zum Kampf.

Sie stotterte, unfähig, auf seine Frage zu antworten. Er konnte an ihrem verwirrten Gesichtsausdruck erkennen, dass sie ihm ihr gesamtes Wissen über den Mann präsentiert hatte. Der einzige Grund, warum sie solche Vertrautheiten zuließ, war also, dass der Mann blond und Engländer war. »Diana? Erzähl mir, dass du mehr über ihn weißt.«

Randall hob die Hände. »Kein Grund, Eure Wut an ihr auszulassen. Ich bitte um Verzeihung. Randall Baines, mein Vater ist der Earl von Wingate. Ich werde mich jetzt verabschieden.« Er nickte ihr zu und lief um Micheil herum, zurück in Richtung des Festes.

Micheil richtete seine Wut auf sie. »Was zum Teufel machst du da? Verschenkst du deine Gunst an jeden, der sich dir nähert? Bist du so verzweifelt?«

Sie klopfte ihm schwach auf die Arme, während Tränen ihre Augen überfluteten und ihre Wangen hinunterglitten. »Wie konntest du nur?«

»Wie konnte ich? Er hatte seine Hände überall an dir.« Er hasste es, wenn Mädels weinten. Warum musste sie das tun?

»Er ist mein Ritter! Er ist mein Schicksal, und du hast ihn einfach verscheucht.« Sie verschränkte die Arme und wandte sich von ihm ab, wobei sie im letzten Moment trotzig mit dem Fuß auf den Boden stampfte.

»Dein Schicksal? Hast du ihn nicht gerade erst kennengelernt?«, fragte er.

Sie wirbelte herum und sah ihn an. »Ja, aber er ist auf der Suche nach einer Ehefrau, so wie ich auf der Suche nach einem Ehemann bin. Ich bin mir nicht sicher, aber er könnte der Richtige sein. Er könnte mir aus dieser erbärmlichen Situation, in der ich mich befinde, heraushelfen, nicht wahr?«

»Von wegen! Ein Mann, der ein Mädchen heiraten will, geht ihr nicht gleich nach drei Sätzen an die Wäsche. Männer, die dich respektieren, drängen dich nicht hinter Büsche, damit sie dir an die Brüste fassen können. Er ist ein Wolf, genau die Art von Mann, vor der Tante Elspeth und ich dich gewarnt haben.«

»Nay, ist er nicht.« Sie wirbelte herum und kehrte ihm den Rücken zu. »Aber du hast recht, er wirkte doch nicht wie mein Ritter. Er schien der Richtige zu sein, aber er ist es vielleicht doch nicht.« Frustriert griff sie in ihr Haar. »Woher soll ich das auch wissen? Wo ist meine Mama, wenn ich sie brauche? Wonach soll ich bei einem Ehemann suchen?«

Micheil holte tief Luft, starrte in die Sterne und zählte bis zehn, bis er wieder sprechen konnte, ohne zu schreien. Er erinnerte sich daran, wie unschuldig sie war. In Anbetracht ihrer Lebensumstände war sie gezwungen, sich in den ersten gut aussehenden Mann zu verlieben, der Interesse an ihr zeigte. Randall Baines. Er knurrte und verschränkte die Arme. Selbst der Name des Mannes klang weich und feige.

Sie drehte sich wieder um und schob sich an ihm vorbei. »Ich möchte zu den Festlichkeiten zurückkehren. Lass mich in Ruhe,

Micheil Ramsay.«

Micheil folgte ihr und setzte seinen Tobsuchtsanfall fort. »Darf ich dich daran erinnern, Werteste, dass ich mit deiner Sicherheit betraut bin?«

Sie blieb stehen und sah ihn an. »Von wem? Sicherlich nicht von mir. Lass mich in Ruhe, sagte ich.«

»Es hat dir nichts ausgemacht, mich in der Nähe zu haben, als Baron Gow dich in deiner Kammer eingesperrt hat. Oder als der alte Sack seine Zunge in deinen Hals steckte. Und, hat Randall dir auch seine Zunge in den Hals gesteckt?«

»Ja, hat er, und es war wundervoll.«

Er bemerkte das Aufblitzen von etwas anderem in ihrem Ausdruck, das ihm sagte, dass sie nicht ganz ehrlich war. Abscheu vielleicht? Er versuchte, sein Grinsen zu unterdrücken.

Sie redete mürrisch weiter, ohne ihn anzuschauen. »Du hast meinen Dank, dass du mich von dem Baron fortgebracht hast, und jetzt geh. Ich kann auf mich selbst aufpassen. Ich werde nie einen Mann finden, wenn du mir ständig folgst wie ein Schatten und sie alle verscheuchst. Geh mir aus den Augen.« Sie winkte mit der Hand in die Luft, während sie sich zwischen den Feiernden hindurchmanövrierte und zurück in den Hof ging.

Micheil blieb stehen. Warum ließ er sie nicht einfach gehen? Was kümmerte ihn das? Sie war eines von vielen Mädchen auf dieser Welt. Er würde Alex Grant einfach erzählen, wie schwierig sie war und dass sie auf nichts hören würde, was er sagte.

Und Alex Grant würde ihm mit Sicherheit die Kehle durchschneiden oder ihn an seinen Eiern aufhängen. Er knurrte frustriert den Mond an und dackelte ihr hinterher. Er würde sie nur aus der Ferne beobachten. Und wenn dieser dreckige Schleimbeutel Baines noch einmal in ihre Nähe kam, würde er ihn später zu einem Duell herausfordern.

Er folgte ihr, als sie sich durch die Menge schlängelte. Er sah Baines nicht in der Nähe, also entspannte er sich und verlangsamte seinen Schritt. Er hätte Tante Elspeth zwingen sollen, als Dianas Anstandsdame mitzukommen, obwohl es ein bisschen spät für sie war und er wusste, dass es ihr nicht gut ging. Seine Hand ruhte schon wieder unterbewusst auf seinem Schwert und erinnerte sich daran, dass er ein Ramsay war und mit jedem

Narren fertigwerden konnte, der es wagte, sich an Diana Drummond zu vergreifen.

Leider konnte er das von Diana nicht behaupten.

Eine halbe Stunde später war Diana in tiefster Verzweiflung. Sie seufzte, als ihr Blick noch einmal über den Hof schweifte, auf der Suche nach dem Mann ihrer Träume - aber sie fand ihn nicht. Sie musste sich eingestehen, dass es wahrscheinlich nicht Randall Baines war, obwohl sie sich weigerte, dies Micheil gegenüber zuzugeben. Randall könnte jedoch die Lösung für ihr Dilemma sein. Sie wickelte ihren Umhang gegen die Kälte der Nacht um sich, ihr Schmollmund würde mit Sicherheit jeden anderen vertreiben.

Wenigstens verfolgte Micheil sie nicht mehr auf Schritt und Tritt. Er war wahrscheinlich nicht allzu weit weg, aber sie brauchte ihn nicht, um ihren Mann zu verscheuchen. Verflucht sei der Rohling für seine Hartnäckigkeit. Sie ging hinüber zum Tisch des Händlers, wo Bänder verkauft wurden, in der Hoffnung, ein paar neue für ihr Haar zu finden, da das Grün, das sie heute Abend trug, nicht ganz der Farbton war, den sie bevorzugte.

Eine Hand ergriff ihre von hinten und zog sie weg. Sie wirbelte herum, in der Hoffnung, Randall hinter sich zu sehen, aber stattdessen blickte sie in die Augen einer wunderschönen rothaarigen Frau, etwa in ihrem Alter. Ihr Haar hatte einen viel helleren Farbton als das von Diana.

Sie lächelte und ergriff Dianas Hand ganz fest. »Du hast mit ihm gesprochen. Ich habe dich gesehen.«

Diana schaute das Mädchen an, ein wenig misstrauisch, da sie nicht viele weibliche Freunde in ihrem Alter hatte. »Mit wem gesprochen?«

»Mit dem Gutaussehenden. Er ist ja fast ein Prinz. Hast du es nicht gehört? Alle Mädchen brennen darauf, mit ihm zu sprechen, um die Auserwählte zu sein, und er hat dich ausgewählt.«

Jetzt hatte sie Dianas Aufmerksamkeit. »Wer ist es, von dem du sprichst? Welcher gut aussehende Mann?«

»Randall Baines«, flüsterte sie. »Sag seinen Namen nicht zu laut, sonst hören ihn die anderen Mädchen.«

Diana nickte. »Aye, ich habe mit ihm gesprochen. Was weißt du über ihn?«

Ihre Augen funkelten. »Jeder kennt ihn. Er ist mit den Engländern zur Hochzeit gekommen, und alle sagen, er sucht gerade eine Braut. Er hat sich noch nicht für eine entschieden. Wie kommt es, dass du so viel Glück hattest? Was hat er dir erzählt?«

»Er hat mir gar nichts erzählt.« Diana freute sich insgeheim, dass er sie ausgewählt hatte, wo es doch so viele schöne Frauen gab. »Wer bist du?«

»Ich bin Clarissa. Ich sah, wie er dich wegzog. Sag mir, hat er dich geküsst? Wie war es? Magst du ihn? Hast du vor, ihn wiederzusehen? Wird er zu dir zurückkommen?« Ihre Aufregung war fast ansteckend, ihre Augen leuchteten, als sie von ihm sprach.

»Ich weiß nichts über ihn, Clarissa. Ich habe ihn gerade erst kennengelernt. Er sieht wirklich wie ein Prinz aus. Ich bin mir nicht sicher, ob er wirklich nach einer Braut sucht. Bist du dir sicher?« Das hatte er zwar gesagt, aber Micheil schien nicht ganz überzeugt zu sein. Außerdem wollte sie dieses andere Mädchen nicht in dem Glauben bestärken, dass Randall eine Braut suchte. Sie wollte den Mann für sich selbst. »Wer ist der Ritter, der heiratet? Ich würde ihn auch gern sehen. Ist er nicht auch gut aussehend?« Vielleicht konnte sie ihn ausspannen. Verzweiflung war ein seltsamer Motivator.

»Aye, aber er ist nicht hier. Er wird morgen auf dem Turnier sein«, sagte Clarissa.

»Dem Turnier?« Dianas Herz flatterte bei dem Gedanken an so etwas. Es war, als würden all die Geschichten, die sie als junges Mädchen geliebt hatte, zu glorreichem Leben erwachen. Sie spürte, wie die Röte ihre Wangen färbte.

»Aye, morgen findet auf den Feldern ein Turnier statt, und das Lanzenstechen ist das wichtigste Ereignis um die Mittagszeit, bei dem alle Ritter ihr Talent mit Pferd und Lanze unter Beweis stellen. Du kannst von der Seite zusehen. Jeder wird dabei sein, hofft Blut zu sehen und drückt den Schotten oder den Engländern die Daumen. Sicherlich wird der Ritter seine Verlobte bitten, ihr Liebespfand an die Spitze seiner Lanze zu binden. Auch wenn dieses Mal nur mit stumpfen Lanzen gekämpft wird, wird es trotzdem ein großes Spektakel werden. Du solltest kommen. Vielleicht wird Randall auch mitmachen.«

»Das würde ich gerne. Wie kann ich eingeladen werden?« Ihre Handflächen wurden feucht bei dem Gedanken, an einem Turnier teilzunehmen und möglicherweise ihren Ritter in Aktion zu erleben. Plötzlich spielte Randall keine Rolle mehr. Ihr Ritter würde sicher auf dem Feld sein.

»Jeder kann teilnehmen, aber die meisten werden auf den Feldern sein. Die Einzigen, die unter die Zelte dürfen, sind die Mitglieder der königlichen Gesellschaft oder die Honoratioren - der Bräutigam und seine Braut. Alle anderen werden auf dem Gelände sein. Aber du musst kommen.«

»Wann ist es so weit?«

»Um die Mittagszeit. Sag bitte, dass du da sein wirst. Ich werde nach dir Ausschau halten.«

Micheil erschien an ihrer Seite, ein Grinsen im Gesicht. »Ich wünsche Euch einen angenehmen Abend, Mylady.« Er nickte Clarissa zu und küsste ihren Handrücken. Sie bedeckte ihr Gesicht schnell mit einem Tuch und rannte los, kichernd vor Vergnügen.

Micheil grinste immer noch, nachdem Clarissa gegangen war, sein Blick folgte den schlanken Hüften, als sie sich durch die Menge bewegten.

Diana starrte ihn an. Er war so ein Schwerenöter.

»Was ist los, meine Liebe?« Micheil lächelte sie an, seine Augen blitzten.

»Du jagst allen Mädchen hinterher, nicht wahr, Micheil?« Sie kniff die Augen zusammen und sah Micheil plötzlich ein wenig anders. Er war sicher ein gut aussehender und charmanter Mann, aber sie hatte die Tiefe seiner Anziehungskraft nicht erkannt, bevor sie sah, wie alle Mädchen in ihn vernarrt waren.

»Nun, ich würde nicht sagen, alle, aber ich jage gerne das eine oder andere Mädchen. Warum? Stört dich das? Bist du am Ende etwa eifersüchtig?« Seine Augenbrauen tanzten auf und ab, als er sie das fragte.

Sie runzelte die Stirn. »Nay! Ich glaube nicht, dass es klug ist, mit Clarissa zu spielen. Aus irgendeinem Grund traue ich ihr nicht.« Das Mädchen war zwar freundlich gewesen, aber nichtsdestotrotz mochte Diana sie nicht. Irgendetwas an ihr kam ihr

Spanisch vor.

»Das macht nichts. Sie ist jetzt weg. Hast du irgendwelche interessanten Schotten kennengelernt?«

»Nay, aber ich habe einige Informationen herausgefunden. Morgen findet ein Ritterturnier statt und ich würde gerne hingehen. Clarissa sagte, dass alle Ritter dort sein werden.« Sie verschränkte die Arme, um Micheil wissen zu lassen, dass sie sich nicht von ihrem Entschluss abbringen lassen würde.

»Lanzenstechen, aye? Och, da sollten wir auf jeden Fall dabei sein.« Er streckte ihr seinen Ellbogen entgegen. »Komm, genug für heute Abend. Wir müssen dir noch ein Kleid für das Turnier vorbereiten.«

Daran hatte Diana gar nicht gedacht. Natürlich konnte sie nicht in demselben Kleid gesehen werden. Gott bewahre, ihr Ruf wäre im Nu dahin. Im Stillen dankte sie dem Herrn für Tante Elspeth und nahm seinen Ellbogen, denn sie wusste, dass sie in dieser Nacht und am nächsten Tag viel zu tun haben würde.

KAPITEL SIEBEN

AM NÄCHSTEN MORGEN beschloss Micheil, die Stadt nach irgendwelchen Neuigkeiten abzusuchen. Edinburgh war groß, sodass er eine gute Weile brauchen würde, um die Runde zu machen und alle Informationen zu sammeln, die er finden konnte. Insbesondere war er entschlossen, herauszufinden, ob einer der anwesenden Engländer - oder irgendjemand anderes in der Umgebung - würdig war, ihr Ehemann zu sein.

Er hatte sich mit Diana und seiner Tante beim Ritterturnier verabredet. Er wusste, dass er Diana vertrauen konnte, mit Tante Elspeth am Turnier teilzunehmen, zumal er ein paar Wachen arrangiert hatte, die ihnen folgen sollten, während er seine Suche nach Hinweisen fortsetzte. Er war ein wenig misstrauisch wegen der Möglichkeit, dass sie letzte Nacht verfolgt worden waren, aber die Wachen waren in Alarmbereitschaft. Sie hatten zu diesem Zeitpunkt eine ungewöhnliche Gruppe bemerkt, und sie hatten diese Männer unter Beobachtung und hatten eine Nachricht an Alex geschickt. Tante Elspeth hatte zwei Töchter großgezogen, von denen eine eine wahre Teufelsbraut gewesen war, also war er zuversichtlich, dass Diana sie nicht dazu überreden konnte, sie allein weglaufen zu lassen.

Er schlenderte durch die Straßen von Edinburgh auf der Suche nach den Turnierplätzen. Das schien ein geeigneter Ort für den Anfang zu sein. Der Markt war immer noch voll von Verkäufern, die ihre Backwaren und Fleischpasteten feilboten. Er kaufte eine Lammpastete und sprach mit dem Verkäufer, während er aß.

»Heute ist der große Tag des Turnieres, aye?«

»Aye, die englischen Ritter kommen immer an und denken, sie könnten den Schotten eins auswischen, aber das passiert nie. Und dieser spezielle englische Ritter hat erklärt, dass er nur gegen seine englischen Landsleute antreten wird. Woher kommt Ihr?«

»Ich komme vom westlichsten Rand von Lothian, noch in den Lowlands, aber ich habe Familie in den Highlands, also habe ich dort oft geübt. Die Übungsfelder der Grants sind brutal.«

Die Augen des Verkäufers weiteten sich. »Ihr habt mit dem Clan Grant gearbeitet? Diejenigen, die die Norweger im Westen verjagt haben?«

»Aye, mein Bruder hat eine Grant geheiratet. Wir haben Zeit mit ihnen verbracht, und ihre Kampfausbildung ist die anspruchs-vollste, die ich je gesehen habe.«

Der Verkäufer wurde hoffnungsvoll - Micheil konnte es in seinem Blick sehen -, aber er hatte nicht vor, das Risiko einzu-gehen, sich bei dem Turnier zu verletzen, auch wenn ein Sieg die örtlichen Schotten in Edinburgh ermutigen würde.

Der Mann lehnte sich über die hölzerne Kante seines Standes. »Och, wir brauchen Euch im Turnier, Mylord. Ah, was für ein Schock das für die englischen Affen wäre. Könnt Ihr Euch nicht als englischer Herausforderer reinschleichen?«

»Ich bin wegen eines Auftrags hier, aber vielleicht finde ich einen Weg, eine Runde mitzukämpfen. Was wisst Ihr über Rand-all Baines?«

»Der verlobte Bursche?« Der Verkäufer lächelte und zupfte mit einem Hähnchenknochen die Essensreste aus seinen Zähnen.

»Randall Baines ist verlobt?« Micheil versuchte, seine Überra-schung zu überspielen, denn er wollte so viel wie möglich über die Schlange herausfinden, bevor er ihn in Stücke riss.

»Aye. Er mag die Mädchen, jagt den Dirnen hinterher und schmeißt sich jede Nacht an jede ran, die er kriegen kann, als ob jeder Abend sein letzter wäre. Seit er nach Edinburgh kam, hören wir nur noch Klatsch und Tratsch über seine Eskapaden.«

»Vielleicht hat er ein Faible für schottische Frauen.« Obwohl es ein bestimmtes Mädchen gab, das Baines nie wieder anfassen würde - dafür würde Micheil sorgen.

Der Verkäufer schüttelte den Kopf und gluckste. »Nach allem, was ich gehört habe, erstreckt sich besagtes Faible auf alles, was einen Busen hat.«

»Und seine Verlobte? Hat sie nicht von seinen Umtrieben

gehört oder gesehen, wie er anderen Mädchen nachstellt?« War
die Frau blind? Ein Mann mit einem derartigen Ruf gab sich
offensichtlich nicht viel Mühe, seine romantischen Eskapaden zu
verbergen. Die geringen Anstrengungen, die er unternommen
hatte, um sein Stelldichein mit Diana letzte Nacht zu verbergen,
waren nur ein weiterer Beweis dafür.

»Seltsam, aber es hat noch niemand das Mädchen gesehen. Es
heißt, sie sei eine passable Partie, gut genug, wenn auch nicht so
schön wie unsere namhaftesten Augenweiden. Sie ist nicht wie
die anderen Mädchen, will tanzen und sich frivol verhalten. Ich
weiß nicht genau, warum, denn ich habe sie nie gesehen. Ihre
Familie kam gerade nach Edinburgh zur Hochzeit - sie ist das
erste Mal hier. Sie kam mit einer Großmutter als Begleitung.
Und sie scheint es vorzuziehen, im Verborgenen zu bleiben.«

Micheil bedankte sich bei dem Verkäufer und ging weiter,
wobei er gelegentlich Fragen stellte, während er durch das Zentrum von Edinburgh ging. Die Burg war bei Tageslicht äußerst
spektakulär anzusehen. Die Zinnen erstreckten sich über die
Hälfte des Geländes, und an jeder Ecke waren Wachen postiert.
Überall wehten prächtige Banner - mehr als sonst, was er dem
Turnier zuschrieb. Viele der Besucher waren auf starken Pferden
gekommen, die bei Tageslicht gestriegelt wurden, aber keines,
das es mit seinem Pferd oder einem der Schlachtrösser der Grants
aufnehmen konnte.

Eines war sicher; diese Angelegenheit musste sehr behutsam
angegangen werden. Obwohl er nichts lieber täte, als Diana die
Wahrheit über Baines zu sagen - dass er bereits verlobt war und in
wenigen Tagen heiraten würde -, kannte er die Frauen. Sie würde
ihm niemals glauben. Vielleicht war sie sogar so naiv zu glauben,
Randall würde sie statt seiner Verlobten heiraten. Immerhin hatte
sie alles geglaubt, was der Flegel ihr gestern Abend erzählt hatte.
Er würde den Mann irgendwie zwingen müssen, vor ihr sein
wahres Gesicht zu zeigen. Das war die einzige Möglichkeit. Verdammt, der Gedanke an diese Situation machte ihn so wütend,
dass er am liebsten gegen die nächste Wand geschlagen hätte. Der
Bursche hätte ihr die Jungfräulichkeit genommen, und sie hätte
ihn gewähren lassen, wäre auf seine Heiratsversprechen herein-
gefallen.

Ja, Diana musste die Wahrheit erfahren, aber sie musste sie auf die harte Tour lernen. Sonst würde sie Micheil dafür hassen, dass er die Nachricht überbrachte, was er unter keinen Umständen wollte.

Er war sich nur noch nicht ganz sicher, warum.

Diana fummelte in ihrer Kammer an den Bändern in ihrem Haar herum, unfähig, das Zittern einzudämmen, das sie befallen hatte, seit sie begonnen hatte, sich für das Turnier vorzubereiten. Laut einem von Elspeths Dienern würde Randall Baines an diesem Tag tatsächlich ein Turnier bestreiten, und sie war sicher, dass er sie um ihre Gunst bitten würde. Sie hoffte, dass ein anderer das auch tun würde. Sie hatte mehrere Strähnen aus seidigem Stoff ausgesucht, alle lang genug, um sie um die Spitze einer Lanze zu binden und der Welt stolz zu zeigen, dass er sie ausgewählt hatte.

Es würde Micheil die Wahrheit zeigen, da war sie sich sicher. Sobald er Randall auf dem Turnierfeld sah, würde er wissen, dass er die Antwort auf ihr Problem war. Am nächsten Tag könnten sie verlobt sein, und sie würde mit einem Mann an ihrer Seite zum Haus ihres Vaters zurückreiten, und es würde nicht Baron Gow sein. Doch ihr Herz war sich nicht so sicher wie ihr Kopf. Wie sehr wünschte sie sich, Micheil würde die gute Seite von Randall sehen, damit er sie bei dieser Suche unterstützen würde. Sie fürchtete, dass sie einen Kompromiss eingehen musste, anstatt den Mann ihrer Träume zu finden. Wenn Gows Männer tatsächlich auf der Suche nach ihnen waren, blieb ihr nicht viel Zeit.

Sie dachte an Randall Baines, wie sein blondes Haar über seinen Kragen hing. Er hatte hübsche blaue Augen und ein weiches Gesicht, nicht rau und kratzbärtig wie so viele Burschen in Schottland. Vielleicht fehlte ihm ein gewisses Maß an maskuliner Energie, aber seine Anziehungskraft konnte niemand leugnen. Sie hatte gewusst, dass, wenn sie nur nach Edinburgh käme, ihr Ritter sie finden würde … und das hatte er auch. Auch wenn er nicht offiziell ein Ritter war, konnte er einer werden. Aber war er der Richtige, der, von dem ihre Mutter viele Nächte geträumt hatte? Möglicherweise nicht.

Tante Elspeth trat hinter sie und legte ihre Hände auf Dianas Schultern. »Meine Liebe, du bist eine wahre Schönheit, und du wirst alle Burschen dazu bringen, dir zu folgen, wohin du auch gehst. Versprich mir etwas.«

»Alles, Tante Elspeth. Du hast so viel für mich getan und ich weiß das zu schätzen.«

»Versprich mir, dass du nicht auf den erstbesten Schmeichler hereinfällst, der dir begegnet.«

Diana runzelte die Stirn. »Was meinst du damit?«

»Ich war auch mal jung, meine Liebe. Es gab immer ein paar Burschen, die einem jungen Mädchen sagten, wie schön sie sei, nur um einen Kuss oder vielleicht mehr zu erhaschen.«

»Mehr?« Sie warf Tante Elspeth einen Blick zu, wandte sich dann aber ab, da sie nicht wollte, dass Micheils Tante ihren Gesichtsausdruck sah. Sie musste sich eingestehen, wenn auch nur vor sich selbst, dass Randall Elspeths Beschreibung sehr nahekam.

»Och, Mädchen. Diese Art von Mann wird immer versuchen, ein Mädchen zu überreden, ihnen Gefallen zu tun, indem er ihr sagt, was sie hören will.«

»Was meinst du? Was will sie denn hören?« Diana hatte keine Ahnung, was die ältere Frau meinte, aber sie musste es wissen, damit sie es vermeiden konnte, ungewollte Aufmerksamkeit von Burschen mit schlechten Absichten zu bekommen.

»Dass sie schön ist, dass sie die Einzige für ihn ist. Wünschen sich nicht alle Mädels, dass man ihnen die Ehe verspricht?«

»Wenn es das ist, was sie hören wollen, und der Bursche verspricht es, warum ist es dann falsch? Vielleicht ist es das Schicksal, das sie so schnell zusammenführt.«

»Mädchen, das ist genau das, wovon ich spreche. Ein Bursche wird alles versprechen, um sich einen Kuss oder eine unerlaubte Berührung zu erschleichen, aber sobald er hat, was er will, wird er seine Meinung ändern und jagt schon der Nächsten nach. Liebe geschieht nicht in ein paar Augenblicken, auch wenn viele junge Mädchen das denken. Wie falsch sie doch liegen.«

»Was für eine schreckliche Sache, die da passiert. Es tut mir so leid, dass du einen Mann getroffen hast, der dich so grausam behandelt hat. Sicherlich gibt es nicht viele, die so sind.« Sie gab es nur ungern zu, aber der beispielhafte Bursche, von dem Tante Elspeth sprach, klang stark nach Randall. Sie bedauerte, dass ihre Mutter nicht hier war, um sie zu beraten, aber würden ihre Worte ähnlich ausfallen wie die von Elspeth?

Tante Elspeth warf ihr einen strengen Blick zu. »Es gibt zu viele, die sich so verhalten. Und es gibt viele Männer, die einer Frau sogar ihre Jungfräulichkeit abschwatzen würden.«

Diana keuchte, und ihre Hand flog zu ihrem Mund. »Wie furchtbar! Wie kann man nur so grausam sein?«

»Diana.« Tante Elspeth küsste sie auf die Stirn. »Es passiert zu oft. Pass einfach auf, dass es dir nicht auch widerfährt. Kein wahrhaft anständiger Bursche bemüht sich um deine Unschuld oder um unerlaubte Berührungen, sobald er dich trifft. Und zweifle nicht daran, dass ein solcher Bursche, sobald er deine Jungfräulichkeit genommen hat, dich fallen lässt wie eine heiße Kartoffel. Das ist etwas, womit viele Männer vor ihren Freunden prahlen, die Unschuld einer Frau zu stehlen. Aber du musst bedenken, dass es ein Schatz ist, der für deinen Mann bestimmt ist und für niemanden sonst.«

Tante Elspeths Worte hallten in Dianas Gedanken nach, als sie auf ihren Pferden zum Turnierplatz ritten, Elspeths Stallbursche folgte ihnen zusammen mit ein paar anderen Wachen, die sie nicht kannte, Elspeth aber schon. Wie sehr wünschte sie sich, ihre Mama wäre hier, um mit ihr über dieses verwirrende Thema zu sprechen. Was wusste sie schon über die Begierden eines jungen Burschen? Randall würde doch nicht so sein, oder doch? Ihr Kopf raste vor so vielen Gedanken, und obwohl sie sie alle in ihrem Kopf sortieren wollte, bevor das Turnier begann, wusste sie, dass es aussichtslos war.

Als sie sich dem Turnierfeld näherten, wurde Dianas Blick von dem schillernden Schauspiel angezogen. Zuschauer und Bürger schlängelten sich durch die farbenprächtigen Zeltpavillons, die mit Rittern und Heilern gefüllt waren. Banner, die mit Löwen, Falken und Wölfen verziert waren, flatterten stolz und behaupteten jedes für sich, dem Sieger des Turniers zu gehören. Ein leichter Wind kräuselte die Banner, sodass alle sie sehen konnten.

Zu ihrer Überraschung kam jemand vorbei und bot den beiden einen Platz auf einer der kleineren Tribünen im Schatten an. Dankbar, ein wenig aus der Sonne heraus zu sein, nahm Tante Elspeth bereitwillig an. »Mädchen, das ist wunderbar. Ich weiß nicht, ob Micheil uns finden wird, wenn er ankommt, aber ich würde einen solchen Sitzplatz niemals ablehnen.«

Sobald sie sich niedergelassen hatte, nahm Diana alles über die Veranstaltung in sich auf. Das Feld war farbenfroh geschmückt, Banner und Bänder wehten im Wind, als sich die vielen Ritter und Reiter zur Freude des Publikums aufwärmten. Die größte Tribüne prangte stolz in Gold und Rot.

»Wer sitzt auf der großen Tribüne, Tante Elspeth?«

»Die ist für die königliche Familie. Der König oder die Königin, wenn sie hier sind, zusammen mit ihrem Hofstaat. In diesem Fall würde ich denken, dass das junge Mädchen, das verlobt ist, drinnen sitzen muss, zusammen mit ihrer Familie. Die anderen Barone kämen als Nächstes dran, wenn noch Platz wäre.«

Die Frau, die vor ihnen saß, drehte sich um. »Dieser Tjost soll den englischen Ritter ehren, der verlobt ist. Ich habe gehört, er hat sich bereit erklärt, gegen alle Herausforderer anzutreten. Es heißt, dass er ein versierter Kämpfer auf dem Feld ist. An diesem Tag geht es darum, die englischen Ritter zu präsentieren, die auf der Burg zu Besuch sind.«

Diana setzte sich in ihrem Sitz auf. Vielleicht würde sie einen Blick auf Randall Baines erhaschen, oder sogar auf einen anderen Ritter, der sich für sie interessieren könnte. Bei so vielen, die hier waren, gab es zahlreiche Möglichkeiten, und sie hatte keine Ahnung, was das Beste für sie sein würde. Aufgeregt und verwirrt zugleich, flog ihre Aufmerksamkeit von einer Stelle zur anderen. Sie wollte so gerne den Ritter sehen, der mutig genug war, es mit so vielen Herausforderern aufzunehmen. Sie beobachtete das Feld, aber sie konnte niemanden wirklich erkennen, da sie alle Helme trugen, während sie übten. Diana fragte: »Stirbt jemals jemand durch die Lanze?«

Tante Elspeth flüsterte: »Nay, die Lanzen, die für den Tjost verwendet werden, haben stumpfe Enden.«

»Wie wird dann der Sieger ermittelt?«

»Der Sieger eines jeden Kampfes ist derjenige, der auf seinem Pferd sitzen bleibt.«

»Da bin ich aber froh. Ich möchte kein Blutvergießen sehen.« Diana wickelte ihren Umhang um sich.

»Och, nay, heute wird kein Blut fließen. Es sind zu viele Frauen in der Menge.« Die Frau vor ihnen kicherte. »Obwohl ich es gerne sehen würde. Die Menge tobt beim ersten vergossenen Blut.«

Die Trompeten schmetterten, und Diana keuchte auf. Die Pferde wurden an das Ende des Feldes gelenkt, als der Herold mit seinen Durchsagen begann. »Alle Herausforderungen von anderen Engländern werden von dem amtierenden Champion angenommen.«

In diesem Moment betrat der Ritter das Feld und umrundete es unter den Rufen und dem Beifall der Zuschauer. »Ich wünschte, er würde seinen Helm abnehmen. Ich würde gerne sehen, wie schön er ist«, flüsterte Diana ihrer Begleiterin zu.

»Mach dir keine Sorgen, meine Liebe, er wird ihn am Ende des Turniers abnehmen.« Tante Elspeth hielt Dianas behandschuhte Hand unter einem mitgebrachten Kaninchenfell in der ihren.

»Was macht er denn jetzt? Er scheint nur in der Mitte des Feldes zu stehen.«

Der Ansager rief: »Die Herausforderer des Ritters.«

Ein Zug von Pferden betrat das Feld von den Stallungen aus und umrundete den äußeren Rand des Feldes, während der Ritter in der Mitte verharrte.

Diana schnappte nach Luft. »All diese Männer wollen ihn herausfordern? Aber warum?«

Die Frau vorne drehte sich wieder um und sagte: »Ein riesiger Beutel voller Gold winkt dem Sieger dieses Turniers, ganz zu schweigen von der Prahlerei, der Gewinner zu sein und einen englischen Ritter zu besiegen, der in der Gunst des schottischen Königs steht. Viele Hoffnungsträger träumen von solchen Errungenschaften.«

Diana starrte jeden der Herausforderer an und hoffte, auch Randall zu Gesicht zu bekommen, aber sie konnte ihn in der Ansammlung der behelmten Männer nicht ausmachen. Ihre Knie wurden zu Pudding bei dem Gedanken, dass Randall oder ein anderer Ritter zu ihr kommen könnte, um ein Zeichen zu erhalten. Sie drückte erwartungsvoll Tante Elspeths Hand, und die ältere Frau kicherte.

»Hast du noch nie ein Turnier gesehen, Mädchen?«

»Nay, und ich bin so aufgeregt. Du verstehst das nicht. Es ist genau so, wie meine Mama es mir erzählt hat, als ich jung war. Jeden Abend vor dem Schlafengehen erzählte sie von den tapferen Rittern und den farbenfrohen Turnieren, von den Gunstbekundungen der Maiden. Es ist alles wahr, genau wie Mama sagte.«

»Mir scheint, dein Vater hat dich ein bisschen zu sehr behütet.«

Diana seufzte. Wenn sie nur wüsste, wie sehr ihr Vater sie vor der Außenwelt »behütet« hatte. Jetzt war alles so frisch, die Erfahrungen so einzigartig, dass sie nicht genug bekommen konnte. Sie musste ihre relative Freiheit ausnutzen und sich in vollen Zügen amüsieren, wenn ihre Verwandten gerade einmal nicht zusahen.

Die Herausforderer verließen das Feld, während der englische Ritter in der Mitte blieb. Als er der einsame Mann auf dem Feld war, verkündete der Herold: »Der Ritter sucht seine Glücksbringer.«

Diana machte große Augen. »Ist das der Teil, wo er Schals und Bänder von den Damen in der Menge sammelt?«

Tante Elspeth nickte. »Da es sein Turnier ist, wird er viele bekommen, auch eins von seiner Verlobten. Das ist Tradition. Und wenn der Ritter ein Mädchen in der Menge sieht, das er bewundert, kann er vor ihr stehen bleiben und sie um ihre Gunst bitten. Sie wird ihm entweder ein Band auf die Lanze binden oder es riskieren, ihn vor den Kopf zu stoßen.«

Die Frau in der ersten Reihe gluckste. »Wer würde es wagen, ihn vor den Kopf zu stoßen? Du könntest von der Spitze seiner Lanze aufgespießt werden.«

Diana wand sich in ihrem Sitz, so aufgeregt war sie von der Vorstellung, eine so romantische Geste der Liebe zwischen dem verlobten Paar zu sehen. Er stand in der Mitte und ließ sein Pferd zur Freude der Zuschauer im Kreis tänzeln, wobei er eine Annäherung in verschiedene Richtungen vortäuschte, sehr zur Erregung der vielen Mädchen in der Menge. Jedes Mal, wenn er sich einer Gruppe von Mädchen auf der Wiese zuwandte, sprangen die Damen auf und schrien und fuchtelten mit ihren Tüchern in der Luft, in der Hoffnung, den Ritter zu sich zu locken. Sechsmal wechselte er die Richtung, bevor er schließlich auf die Haupttribüne zusteuerte.

Die Tribüne von Diana und Elspeth befand sich an der Seite

der Haupttribüne, sodass sie nicht hineinsehen konnten. Wie gerne wäre sie hinausgelaufen und hätte einen Blick auf die schöne Braut geworfen, die er sich ausgesucht hatte, aber dazu hätte sie auf das Feld laufen müssen.

Als er die Tribüne seiner Verlobten erreichte, senkte er langsam seine Lanze, das stumpfe Ende direkt vor die Leute haltend, die dort saßen. Sein Pferd beugte sich unter dem Jubel des Publikums auf ein Knie. Diana konnte sehen, wie sich die zarten Hände eines Mädchens ausstreckten und ihr Tuch an das Ende der Lanze banden. Die Menge applaudierte und der Ritter galoppierte davon, umkreiste das Feld erneut mit seiner Lanze, die er hoch in die Luft hielt, um sein Zeichen für alle sichtbar zu machen. Der Lärm der Menge war ohrenbetäubend, und Diana kicherte, als sie sich für einen Moment die Ohren zuhielt.

Er blieb wieder in der Mitte stehen und tänzelte in einem kleinen Kreis herum, um das gleiche Spiel noch einmal zu spielen.

Diana flüsterte: »Wird seine Verlobte nicht verärgert sein?«

»Nay, sie wurde immerhin zuerst auserwählt.«

Der Ritter hielt sein Pferd schließlich an, ließ das Tier in die Knie gehen und hielt direkt auf Diana zu.

KAPITEL ACHT

DIANA KONNTE VOR lauter Aufregung kaum noch schlucken. Die Welt verlangsamte sich, als der Ritter in ihre Richtung kam, seine Lanze nun auf sie gerichtet. Ihre Augen weiteten sich, und sie umklammerte Tante Elspeths Hand.

Die Frau vor ihr sagte: »Er kommt auf dich zu, Mädchen.«

Diana schüttelte den Kopf, unfähig zu glauben, dass er sie auswählte. Je schneller er kam, desto lauter wurde das Gebrüll der Menge. Sie heftete ihren Blick auf den des Ritters und stellte fest, dass die Frau recht hatte. Er war wahrlich auf dem Weg zu ihr.

Zu ihr! Genau wie sie es sich immer erträumt hatte! Ein Ritter hatte sich in sie verguckt. Nun, vielleicht war er nur auf einen weiteren Glücksbringer aus, aber immerhin hatte er sie auserwählt. Der Ritter hielt vor ihrer Tribüne an, und sein Pferd trabte seitwärts, bevor er es zum Stehen brachte. Sobald sein Reittier unter Kontrolle war, senkte er seine Lanze direkt vor Diana.

Immer noch unfähig zu glauben, dass so etwas passieren würde, zog sie krampfhaft einen Schal aus ihrem Ärmel. Sie lehnte sich zu dem Ritter hin und sah ihm direkt in die Augen, und sie hätte schwören können, dass er sie anlächelte, obwohl es unmöglich war, das mit Sicherheit zu sagen, da er seinen Helm aufgesetzt hatte. Ihr Herz schmolz dahin, als der Moment, auf den sie ihr ganzes Leben lang gewartet hatte, endlich da war. Sie fummelte mit dem Stück feiner Seide herum, schaffte es aber schließlich doch, es am Ende der Lanze anzubringen. Der Ritter verneigte sich vor ihr, bevor er sich abwandte und seine Lanze hochhielt, damit die Menge wieder mit ihm feiern konnte.

Er verließ das Feld mit nur zwei Talismanen, Dianas und dem

seiner Verlobten. Dianas Verstand war ein einziger Brei, kaum in der Lage, sich auf das Turnier vor ihr zu konzentrieren. Was hatte das alles zu bedeuten? Sie hatte Tante Elspeth gefragt, aber die Frau schüttelte den Kopf und zuckte mit den Schultern. »Vielleicht nichts, vielleicht alles.«

Sie schimpfte mit sich selbst, dass sie sich überhaupt Hoffnungen gemacht hatte. Der Mann war verlobt und sicher nicht an ihr interessiert. Aber er musste Freunde haben, und seine Freunde würden Ritter sein.

Der noble Reiter besiegte einen Herausforderer nach dem anderen und zerbrach seine Lanzen, als wären sie nichts weiter als vertrocknete Zweige. Jeder Herausforderer wälzte sich unter Schmerzen und Qualen auf dem Boden. Sie war sich sicher, dass sie eine größere Show aus ihrer Niederlage machten, als es viele Schotten getan hätten, aber das spielte keine Rolle. Es war die beste Show, die sie je gesehen hatte. Der Ritter machte gelegentlich eine Pause, wenn sich das Feld mit Männern auf Pferden füllte, nicht in Rüstungen, sondern in farbenfroher Kleidung, die das Publikum mit ihren Tricks zum Staunen bringen sollten.

Nach zwei Stunden des Tjostens und der Pferdeschau kam der Herold in die Mitte des Feldes und hielt die Arme hoch. »Das Turnier wird nach einer einstündigen Pause fortgesetzt, damit unsere Wettkämpfer wieder zu Kräften kommen können. Alle neuen Herausforderer können sich zum Richterzelt am Ende des Feldes begeben. Bitte nutzt die Zeit, um unseren vielen Händlern und ihren Waren auf der nahe gelegenen Wiese einen Besuch abzustatten.« Er wandte sich dem Ende des Feldes zu und hob den Arm. »Noch eine Runde Applaus für unseren englischen Ritter, den Gewinner zur Halbzeit.«

Der Ritter kam im Galopp auf das Feld. Endlich würde er seinen Helm abnehmen, und sie würde ihn zu sehen bekommen. Sie stand auf und lehnte sich zu ihm hin, die Vorfreude war fast zu groß, um sie zu ertragen. Er nahm seinen Helm ab und schüttelte seine blonden Locken unter dem Gekreische all seiner Bewunderer aus.

Randall Baines grinste und sah sie direkt an, dann nickte er kurz, bevor er das Feld verließ.

Diana fiel vor Schreck in ihren Stuhl zurück. Randall war der verlobte Ritter?

Tante Elspeth fächelte sich Luft ins Gesicht. »Meine Liebe, du siehst aus, als hättest du einen Geist gesehen. Was ist geschehen? Ist etwas passiert?«

»Ich kenne ihn.«

»Was? Wovon sprichst du denn? Wo hast du ihn kennengelernt?«

»Gestern Abend. Ich habe ihn gestern Abend kennengelernt.« Diana versuchte, das Entsetzen zu verbergen, das in ihr aufkam. Sie hatte einen verlobten Mann geküsst. Hätte sie es gewusst, wäre es nie passiert.

Tante Elspeth warf ihr einen misstrauischen Blick zu. »Und wie hast du ihn kennengelernt? Er ist verlobt.«

Diana wandte sich von Tante Elspeth ab und verbarg den Anflug von Schuldgefühlen in ihrem Gesicht. Wie hätte sie wissen können, dass er verlobt war?

»Nur einen Moment, Tante Elspeth. Er war an einem der Stände, an denen ich angehalten hatte, ich glaube, an dem mit den Bändern. Aber ich hatte keine Ahnung, dass er der Ritter ist, der bald heiraten wird.«

»War er nicht bei seiner Verlobten?«

»Nay, er war allein.«

»Hmm. Nicht überraschend, er war wahrscheinlich auf der Suche nach einem anderen Mädchen, von dem er sich ein paar Gefälligkeiten stehlen kann, bevor er heiratet. Scheint eine Tradition zu sein, innerhalb einer Woche nach der Zeremonie. Die Burschen toben sich bis zu dem Tag aus, an dem sie verheiratet werden.« Sie schüttelte den Kopf.

Tante Elspeth verstand anscheinend endlich ein paar ihrer Bemerkungen, denn sie sah sie mit einem seltsamen Gesichtsausdruck an. »Was genau ist gestern Abend passiert? Der Mann kam, um dich um deine Gunst zu bitten. Was veranlasste ihn dazu? Hast du ihn geküsst oder ihn geneckt?«

»Was?« Diana schüttelte den Kopf und zeigte sich schockiert über die plumpe Bemerkung, doch dann wurde ihr klar, dass es genau das war, was passiert war. Sie errötete und wandte sich wieder ab. Er hatte nicht nur Gefälligkeiten erstohlen, sondern sie auch an unpassenden Stellen berührt. Das Schlimmste aber war, dass er sie angelogen hatte. Der nagende Zweifel, den sie seit der Begegnung mit Randall verspürt hatte, nahm ungeahnte Ausmaße an.

Ja, sie hatte ihn gefragt, ob er ein Ritter sei, und er hatte es geleugnet. Aber warum? Diana fiel kein plausibler Grund ein, aber sie ging in Gedanken noch einmal alles durch, was zwischen ihnen passiert war. All ihre Hoffnungen zerschellten an den Ufern ihrer Sehnsucht und hinterließen ein Gefühl der völligen Niederlage.

Tante Elspeth geleitete sie von der Tribüne. »Komm, ich kaufe uns ein paar Obsttörtchen, damit wir bis zum Ende des Turniers durchhalten. Es gibt noch viel mehr zu sehen. Ich bin sicher, dass die verbleibenden Herausforderer viel schwerer zu schlagen sein werden als die, auf die er bereits getroffen ist. Die bisherigen Runden waren alle keine wirkliche Herausforderung für ihn.«

Diana folgte Tante Elspeth durch die Menge, ihr Verstand war noch ganz benommen von all dem, was sie gerade herausgefunden hatte. Es machte sie völlig fertig, zu erkennen, dass der Mann, von dem sie gehofft hatte, er sei ehrenhaft, in Wirklichkeit ein Lügner war, der seine Hände überall hatte. Micheil hatte Randall richtig eingeschätzt, auch wenn sie es nur ungern zugab. Ein weiteres Beispiel für sein gutes Urteilsvermögen.

Mit gesenktem Kopf stand sie in der Schlange und wartete auf einen Kuchen. Jemand rief ihren Namen, und sie drehte sich um und sah Micheil, der sich durch die Menge zu ihr drängte. Elspeth kaufte drei Erdbeerkuchen und reichte jedem von ihnen einen.

»Nun?«, sagte Micheil und zog die Stirn in Falten, während er sie anstarrte.

Sie konnte noch nicht antworten, also setzten die drei ihren Weg mit ihrem Essen fort, bis sie einen guten Platz fanden um sich niederzulassen - einen umgestürzten Baumstamm zwischen den Bäumen. Jetzt würde sie sich seine ungezügelte Schadenfreude anhören müssen. Verdammt, musste er immer so besserwisserisch sein?

Sie ließ sich wütend auf den Baumstamm plumpsen, verärgert darüber, wie schnell sich das Blatt gewendet hatte. Dies war vom besten Tag ihres Lebens zu einem der schlimmsten geworden.

Noch vor Kurzem hatte es eine Chance für sie gegeben, ihren Ritter zu finden, sich zu verloben, das Erbe ihres Vaters zu wahren, aber jetzt nicht mehr. Das alles hatte sich erledigt, in dem Moment, als er seinen Helm abgenommen hatte.

Dieser elende Lügner.

Und jetzt war sie für Baron Gow genauso verwundbar wie zuvor.

Micheil lehnte sich an einen nahen Baum und tat sein Bestes, um sich sein Grinsen zu verkneifen. »Nun, hältst du immer noch so große Stücke auf deinen englischen Ritter?« Sie musste wissen, dass es Randall Baines war. Zwar hatte er seine Identität anfangs geheim gehalten, aber schließlich hatte er seinen Helm abgenommen und jeder konnte ihn sehen. Da er zu spät gekommen war, hatte er es nicht geschafft, seine Tante und Diana während der ersten Hälfte des Turniers zu finden. Stattdessen hatte er am Rande gestanden und das Geschehen beobachtet, während er gleichzeitig nach den Männern des Barons Ausschau hielt. Alle Frauen um ihn herum waren wie hypnotisiert von dem Charisma des gut aussehenden Ritters, aber das spielte keine Rolle. Micheil war nur an der Reaktion einer Frau interessiert - Diana. Wie hatte sie sich gefühlt, als der Ritter seinen Helm abgenommen hatte?

Diana errötete und zappelte auf ihrem Sitz. Er warf ihr einen verwirrten Blick zu. Worum ging es ihr, und warum sprach sie nicht mit ihm?

Tante Elspeth antwortete: »Er war ein sehr gut aussehender Ritter und er kämpfte hart, obwohl ich mir nicht sicher bin, ob seine Konkurrenten auch so hart kämpften. Einige von ihnen schienen ein wenig melodramatischer gewesen zu sein, als es für ihre Verletzungen nötig gewesen wäre.«

»Ich stimme dir zu, Tante Elspeth.« Er wartete auf Dianas Beurteilung ihres wunderbaren Ritters, aber es kam keine. Sie starrte ins Leere. Dann dämmerte ihm endlich die Wahrheit - sie kämpfte damit, ihre Tränen zurückzuhalten.

Oh, bitte bloß keine Tränen. Dieser Bastard hatte Diana zum Weinen gebracht? Aber warum? Sie kannte ihn doch noch kaum, um echte Gefühle für ihn zu haben.

Tante Elspeth starrte ihren Schützling an. »Micheil, hast du bemerkt, zu wem der Ritter gekommen ist?«

»Nay, ich kam ein bisschen zu spät. Ich bin sicher, er ist zu seiner Verlobten gegangen.« Er zuckte mit den Schultern.

»Aye, das ist er. Und zu einem weiteren Mädchen.« Sie nickte mit dem Kopf in Richtung Diana.

Nein, das hatte er nicht getan ... Der Bastard hatte sich tatsächlich vor alle gestellt und um ihre Gunst gebeten? »Tante, hat er seinen Helm abgenommen, als er um ihre Gunst gebeten hat?«

»Nay, warum ist das wichtig?« Sie warf ihm einen verwirrten Blick zu und neigte fragend den Kopf.

Das war es ganz sicher, aber er hatte nicht vor, seiner Tante etwas zu sagen. Jetzt verstand er. Baines war mit seinem Helm zu ihr gekommen, und sie hatte nicht gemerkt, dass er es war. Ihre Träume von einem perfekten Partner waren gerade von einem mürrischen, verlogenen Ritter zunichte gemacht worden.

»Diana.« Er streckte seine Hand nach ihr aus, aber sie ließ ihren Kuchen fallen und stand auf. Dann, als ob sie es einfach nicht mehr aushielte, rannte sie in den Wald, fort von ihm und allen anderen. »Scheiße.« Er rannte ihr hinterher. »Diana, er ist ein Mistkerl, es tut mir leid, aber er war nicht für dich bestimmt.«

Sie rannte und rannte, und er konnte ihr Schluchzen hören. Schließlich fasste er ihr von hinten an die Schulter. »Diana, bitte bleib stehen.«

Sie drehte sich um und starrte ihn an. »Anhalten? Wozu? Damit du mir wieder erzählen kannst, dass du von Anfang an recht hattest? Die Genugtuung gönne ich dir nicht, Micheil Ramsay.«

»Er hat dich ausgenutzt. Ich bin nicht hier, um dich vom Gegenteil zu überzeugen, sondern um sicherzustellen, dass du dich nicht noch einmal von ihm ausnutzen lässt.«

»Nun, zumindest war es jemand anderes als der Baron Gow. Ich wurde fast gezwungen, diesen alten Flegel zu heiraten, ohne richtig geküsst worden zu sein. Also denke nicht daran, mir zu sagen, was ich tun soll. Wenn ich jemanden küssen will, werde ich das tun, und ich muss nicht bei dir um Erlaubnis bitten!«

»Och, ist das so? Denkst du, du gehst einfach die Straße hinunter und küsst, wen immer du willst?« Er trat näher an sie heran und vergewisserte sich, dass niemand in der Nähe war und sie gut zwischen den Bäumen versteckt waren. »Meinst du, das würde deinem Vater gefallen?« Er rückte näher, bis ihre Brüste fast seine Brust berührten. »Und was ist mit deinem Cousin? Würde Alex Grant dich jeden küssen lassen, den du willst?«

»Das ist mir egal. Ich küsse, wen immer ich will.« Sie stemmte die Hände in die Hüften und beugte sich zu ihm und starrte ihn an, um ihn zu etwas herauszufordern, von dem er wusste, dass er es nicht tun sollte.

Er erwiderte ihren Blick. Wie sollte er sie zur Vernunft bringen? »Nay, das wirst du nicht. Wenn du es tust, bringe ich dich zu Baron Gow zurück.« Sein Schrei hallte durch die Bäume.

»Das würdest du wirklich tun, nicht wahr? Du hasst mich. Du willst nicht, dass ich jemanden heirate, den ich will, oder auch nur mit jemandem spreche, den ich will.« Ihr Finger tippte auf seine Brust. »Du willst alles für mich aussuchen, sogar die Männer, die ich küsse. Warum eigentlich? Warum kümmert dich das?«

»Weil …« Verdammt, er konnte sogar ihren Duft einatmen, so nah standen sie sich. Er blickte auf ihre Lippen, die geradezu darum bettelten, geküsst zu werden. Ihre Brust berührten für eine Sekunde die seine, und ein alles verzehrendes Feuer durchströmte ihn. Verdammt, sie war so schön, dass er manchmal nicht klar denken konnte.

Sie starrte ihn immer noch an, aber die Wut in ihrem Blick hatte sich in etwas anderes verwandelt. Begierde. Er sah es und packte sie, senkte seinen Mund auf den ihren. Er zog sie an sich und fuhr mit den Zähnen über ihre Unterlippe, bis sie sich für ihn öffnete und er seine Zunge in ihrer süßen Höhle versenken konnte. Zum Teufel, das hatte er sich schon eine ganze Weile gewünscht. Sie schmeckte nach Erdbeeren, und als sie ihre Zunge mit seiner berührte, stöhnte er auf und tauchte tiefer ein. Ein leises, wimmerndes Geräusch entrang sich ihrer Kehle, das ihn restlos aus der Fassung brachte. Er verschlang ihre Lippen, bis sie sich an ihm rieb und weiterhin ein Feuer schürte, von dem er nicht wusste, ob er es so schnell wieder löschen konnte. Schließlich besann er sich und trat zurück, um einen guten Abstand zwischen sie zu bringen.

»Du wolltest einen Kuss, da hast du ihn. So macht man das, nicht auf die plumpe Art, wie dein Ritter dich geküsst hat.«

Damit machte er auf dem Absatz kehrt und stakste davon. Das Letzte, was er bemerkte, war, wie Diana mit den Fingern über ihre Lippen fuhr, während sie ihn ehrfürchtig anstarrte.

Zumindest hoffte er, dass es Ehrfurcht war. Obwohl er wahrscheinlich besser dran wäre, wenn sie wütend wäre, denn es gab nur einen Weg, das Feuer zu löschen, das sie gerade in ihm entfacht hatte, und das konnte er ihr nicht antun. Alex würde ihn umbringen und Tante Elspeth auch.

Er wollte sie mehr, als er jemals eine Frau gewollt hatte, und das jagte ihm eine Heidenangst ein.

KAPITEL NEUN

DIANA WAR WIE gebannt. Sie rieb sich die Lippen, da sie Micheil immer noch schmecken konnte. Dieser Kuss war überhaupt nicht wie der von Randall gewesen. Randall war heftig, rau und schlabberig gewesen. Micheils Kuss war fordernd und verzehrend gewesen, aber er hatte einen Funken in ihrem Körper ausgelöst. Es war die Art von Kuss gewesen, von der sie sich vorgestellt hatte, dass sie ihn eines Tages von ihrem Ritter bekommen würde.

Ihr Atem war schneller geworden, als sie in Micheils Armen lag, obwohl sie sich nicht sicher war, warum. Sie wartete, bis er sich verlangsamte, bevor sie ihm aus dem Wald folgte. Zu ihrer Überraschung wartete Micheil am Rande der Baumgrenze auf sie. Sein rauer Atem ließ ihr Herz wieder schneller schlagen und ein Gefühl der Ermächtigung überkam sie, weil sie etwas Wichtiges erkannte. Sie war die Ursache für sein ungestümes Atmen – genauso wie er ihres verursacht hatte – und es war aus Verlangen, nicht aus Wut gewesen. Verlangen, von dem sie wenig wusste und doch plötzlich so viel mehr davon wollte. Aber von Micheil Ramsay, nicht von Randall Baines.

Sie war verwirrter als je zuvor, und ihr Herz war jetzt in Aufruhr. War es möglich? Konnte Micheil der eine sein? Würde er in Erwägung ziehen, sie zu heiraten, um sie aus ihrem Dilemma zu befreien? Nein. Sie schüttelte unwillkürlich den Kopf bei dem Gedanken und erinnerte sich daran, wie entsetzt er gewesen war, als er etwas missverstanden hatte, was sie vorhin gesagt hatte. Er hatte erklärt, dass er niemals heiraten würde, oder etwa nicht?

Als sie ihn erreicht hatte, sagte er: »Es tut mir leid. Ich hätte das nicht tun sollen.«

Sie blickte in seine grünen Augen. »Es tut mir nicht leid, dass du es getan hast.« Sie schob sich an ihm vorbei und ging zurück zu Tante Elspeth.

Die runzelte nur die Stirn über die beiden, sagte aber nichts. Diana setzte sich wieder auf den gefällten Baum und schlang ihre Röcke um sich. Schweigen senkte sich über die Gruppe, doch dann sagte Tante Elspeth: »Glaubst du, dass er alles gewinnen wird, Micheil? Zu Beginn hat er ja ein ordentliches Tempo vorgelegt, aber je mehr ich ihm beim Kämpfen zusehe, desto ungelenker und schwächlicher wirkt er.«

Diana beschloss, den Mann zu provozieren. Warum auch nicht? Micheil hatte es genossen, dass Randall bei seiner Lüge ertappt worden war. Wie weit würde er wohl gehen, um ihn schlecht aussehen zu lassen? Nach diesem Kuss dachte sie, dass es ihr Spaß machen würde, Micheil auf dem Turnierfeld zu beobachten.

In der Tat, nachdem Randall gelogen hatte, hatte er es vielleicht verdient, von jemandem geschlagen zu werden.

Micheil seufzte. »Das ist er auch, Tante. Ich bin überzeugt, dass viele seiner Konkurrenten nicht mit vollem Einsatz kämpfen. Es ist sein Hochzeitsturnier, deshalb bin ich mir sicher, dass er derjenige sein wird, der das Gold gewinnt.«

»Du glaubst, er betrügt? Wirklich, Micheil? Deine Eifersucht zeigt sich.« Diana stützte ihren Ellbogen auf ihr Knie und ihr Kinn in die Hand. »Wenn du wirklich glaubst, dass er betrogen hat, warum forderst du ihn dann nicht heraus?«

Irgendwie traute er dem unschuldigen Blick, den sie ihm zuwarf, nicht. »Ich würde es nicht als Betrug bezeichnen, aber ich glaube, es ist bereits ausgemacht, dass er das Turnier gewinnen wird. Ich hoffe nur, dass er ein Gentleman bleibt und keinen derjenigen wirklich verletzt, die sich bereit erklärt haben, gegen ihn zu verlieren. Auch wenn er eine stumpfe Lanze benutzt, kann er Schaden anrichten, wenn seine Gegner gar nicht erst versuchen, sich zu wehren.«

»Dann fordere ihn heraus, Micheil.« Sie schenkte ihm ein süßes Lächeln.

»Da ich kein Engländer bin, wäre das nicht erlaubt, Diana.« Er hielt inne und fing ihren Blick auf, mit einem Funkeln, das er noch nie gesehen hatte. »Willst du mich besiegt sehen? Ist das dein Ziel?« Was hatte sie jetzt vor? Das Mädchen änderte ihre Meinung wie der Wind.

Tante Elspeth sagte: »Ich bin sicher, dass er einen anständigen Charakter hat und niemanden absichtlich verletzen würde. Immerhin hat er den König und die Königin als Zuschauer.«

»Ich für meinen Teil fände es unterhaltsamer, einen Nahkampf zu sehen, aber ich weiß nicht, ob er da große Chancen hätte. Und ich muss dir widersprechen, Tante. Nach dem, was ich von ihm gehört habe, glaube ich nicht, dass er einen anständigen Charakter hat.«

»Was hast du denn gehört?«, fragte Tante Elspeth, während ihr Blick von einem zum anderen wanderte. »Ich glaube, hier geht mehr vor, als ihr beide erzählt. Micheil, was ist es? Hier stehen der Ruf und die Gefühle eines jungen Mädchens auf dem Spiel. Bitte hüte deine Zunge.«

Er seufzte, er wollte Dianas Gefühle nicht verletzen, aber er musste sicherstellen, dass sie keine Zweifel an der Charakterlosigkeit dieses Tölpels hegte. »Ich habe gehört, dass er gerne Zeit mit verschiedenen Frauen verbringt. Man sagt, dass er kein Freund der Monogamie ist und schon alles ausprobiert hat, was Edinburgh so zu bieten hat.«

Diana stand abrupt auf. »Das denkst du dir doch nur aus. Nimm es zurück.«

Er grinste sie an. »Warum sollte ich mir denn so etwas ausdenken?« Diana war wirklich ein naives Ding. Er gluckste und starrte auf seine Füße. »Diana, ich bin nicht eifersüchtig auf ihn. Ich bin sehr stolz auf mein schottisches Erbe und ich denke mir gar nichts aus. Glaube, was du willst.«

Er küsste seine Tante auf die Wange und wandte sich zum Gehen. Es gab nichts mehr, was er hier tun konnte. »Ich werde mir einen Platz für die zweite Halbzeit suchen. Wir sehen uns nach dem Ende des Turniers wieder zu Hause. Wenn ihr wollt, hole ich euch hier ab, damit ich euch zurückbegleiten kann.« Er verbeugte sich leicht und machte sich auf den Weg zurück zum Turniergelände.

Er würde einen anderen Weg finden müssen, um ihr das wahre Gesicht dieses Abschaums zu zeigen, wenn sie ihm immer noch nicht ganz glaubte. Baines beim Turnier zuzusehen, war ziemlich traurig gewesen. Einige der Lanzen waren eindeutig in zwei Hälften gesägt und wieder zusammengefügt worden, damit sie bei der leichtesten Berührung brechen würden. Seine Konkurrenten schienen sorgfältig ausgewählt worden zu sein, um ihn in einem möglichst guten Licht dastehen zu lassen.

All das für einen Engländer? Ein Turnier wie dieses würde in den Highlands niemals erlaubt sein. Turniere sollten ein Beweis für die Stärke, Kraft und Beweglichkeit eines Mannes sein. Dieser Wettkampf demonstrierte nichts, außer Charakterschwäche.

Er suchte sich einen Platz, um die zweite Hälfte der Nachmittagsfeierlichkeiten zu beobachten. Grummelnd sah er zu, wie dieser Pferdearsch zur Freude der Menge wieder über das Feld paradierte. Das Tjosten ging weiter und sah ähnlich aus wie in der ersten Hälfte des Wettkampfes, bis ein Teilnehmer erschien, der ein Schweigen über das Publikum legte. Er erkannte den Mann nicht, aber er schien größer und kräftiger zu sein als die anderen Gegner.

Micheil kam näher und ging hinter ein paar Männern her, die lachten und sich über die beiden Kandidaten unterhielten. Das waren definitiv Unterstützer von Randall.

»Pass auf, gleich wird's lustig«, sagte der Erste der beiden.

»Warum das?«, fragte der andere.

»Weil der Typ der erste Schotte ist, gegen den er kämpft. Die anderen waren alle Ritter aus seinem Reich. Dies ist also sein erster echter Gegner.«

»Oh, dann muss er ihn vernichten.« Der zweite Narr warf seine Faust in die Luft.

»Nay, er muss vorsichtig sein, sonst wird er alle Schotten gegen sich aufhetzen. Wir sind schließlich in Edinburgh.«

»Ich dachte, er würde sich nur mit Männern anlegen, die er kennt.«

»Offenbar hat sich der hier am Tjostkomitee vorbeigeschlichen.«

Micheil grinste. Endlich, ein Schotte. Er schlenderte in die entgegengesetzte Richtung, gespannt darauf, wie der feige Ritter mit einem Reiter tjostete, der Eier in der Hose hatte. Die beiden traten gegeneinander an und nahmen den ersten Anlauf, verfehlten sich nur knapp, bevor sie sich an den gegenüberliegenden Enden des Feldes wieder aufstellten.

Beide Männer griffen erneut an, und dieses Mal erwischte Baines die Lanze des anderen, konnte sie aber nicht brechen. Viele der anderen Lanzen waren beim ersten Kontakt zerbrochen. War diese Lanze der Manipulation entgangen? Micheil grinste und hoffte, dass der Narr endlich seine gerechte Strafe bekommen würde.

Baines hielt seinen Arm in die Luft, um den Wettkampf vorübergehend zu unterbrechen und beschwerte sich über seine Lanze. Er brachte sie zu den Richtern und durfte die Lanze wechseln, etwas, das in den Highlands nie erlaubt gewesen wäre. Er vermutete, dass die Regeln nur wegen seiner Ehe so lax waren. Zurück in der Mitte des Feldes, wirbelte er die Lanze herum und drehte sie erneut, um sie zu testen, während sein Pferd unruhig herumtrabte, als ob es von etwas erschreckt wurde. Micheils Vermutung war, dass Baines aufgeregt war und seine Angst auf sein Pferd übertrug.

Die beiden machten sich auf einen weiteren Durchgang gefasst. Sie brachten sich in Position und spornten ihre Pferde an. Der Schotte war ein großer, kräftiger Krieger auf einem Schlachtross. Baines hatte nicht den Hauch einer Chance. Als sie mit stumpfen Lanzen in vollem Tempo aufeinander zusteuerten, brüllte die Menge erneut auf. Dann, kurz bevor Baines vor seinem Konkurrenten auftauchte, erhaschte Michael die Reflexion von etwas Metallischem in der Sonne. Er versuchte auszumachen, woher es kam, bis er das Glitzern wieder sah - eine Klinge oder etwas Ähnliches, das aus dem langen Stock ragte.

Er war sich nicht sicher, aber Baines musste wissen, dass es da war, was auch immer es war. Anstatt den Schotten direkt in die Brust zu treffen, wo sich seine Rüstung befand, traf er die Seite seiner Brustplatte, wobei die Klinge hart ins Fleisch einschlug. Der Schotte fiel zu Boden und griff sich an die Seite, Blut quoll zwischen seinen Fingern heraus. Der Herold verkündete umgehend seinen Sieg. Die Menge brüllte auf, sobald das Blut weit genug gesichert war, um von allen bemerkt zu werden. Sie schrien und skandierten, scheinbar ehrfürchtig vor der Stärke des englischen Ritters.

Micheil schrie, dass der Betrüger eine Klinge hatte, aber die Schreie der Menge waren ohrenbetäubend laut, sodass ihn niemand hören konnte. Schließlich fasste er einen Entschluss. Da er unfähig war, dieser Farce noch länger zuzusehen, beschloss er, zu handeln. Der Verkäufer war nicht der einzige Schotte, den er an diesem Tag getroffen hatte, der ihn ermutigt hatte, an dem Wettbewerb teilzunehmen. Andere, mit denen er gesprochen hatte, hatten ihm versprochen, ihm eine stumpfe Lanze und eine Rüstung zu besorgen, wenn er sich entschließen würde, an dem Wettbewerb teilzunehmen. Nachdem er diese Farce, die Baines ein Turnier nannte, gesehen hatte, konnte er nicht länger untätig bleiben. Er marschierte vom Feld, in der Hoffnung, dass er das, was er brauchte, noch rechtzeitig finden würde, um am Tjost teilnehmen zu können. Die Parade der Pferde sollte als Nächstes anstehen, um Baines eine Pause zu verschaffen. Er hatte Zeit.

Nachdem er erfolgreich seine Verwandten und die Grant-Wachen gefunden hatte, kehrte Micheil in seiner Rüstung zurück. Sein Plan war einfach: Er würde Baines zu Fall bringen, aber nicht bevor er ihn gezwungen hatte, sein wahres Gesicht zu zeigen. Der Narr kreiste noch immer unter dem Jubel seiner Fans um das Gelände, also hielt Micheil nichts davon ab, sich auf seinem Ross, mit der Lanze in der Hand, auf das Feld zu begeben. Er würde einfach das Feld betreten, bevor ihn jemand aufhalten konnte.

Dann wartete er darauf, dass Baines ihn zur Kenntnis nahm. Doch der englische Ritter zog es vor, ihn zu ignorieren und steuerte auf das gegenüberliegende Ende des Feldes zu. Micheil galoppierte ihm hinterher und hielt erst an, als sein Pferd gegen das des anderen Mannes gestoßen wurde. Die Zuschauer brüllten vor Aufregung über den neuen Herausforderer und hofften auf irgendetwas, das das Ereignis verlängern oder mehr Blutvergießen produzieren könnte. Die Menge war übersät mit wehenden Fahnen, während die Zuschauer alles daran legten, die beiden Kämpfer anzuheizen.

Baines drehte sich langsam um und starrte Micheil an. Das Gebrüll des Publikums wuchs, bis Baines den ersten Schritt machte und sich den Helm auf den Kopf setzte und das Visier herunterließ. Micheil nickte ihm zu und wendete sein Pferd, senkte sein Visier ebenfalls und ritt, wie es üblich war, zum anderen Ende des Feldes, um sich für den ersten Angriff bereit zu machen.

Micheil wusste, dass sein Konkurrent ein Betrüger war, also war er bereit, als der hinterlistige Ritter ihn angriff, bevor er die Chance hatte, sich umzudrehen und vorzubereiten. Er wandte sich um und wich Baines' erstem Angriff aus, wobei er den Bastard beinahe aus dem Sattel gehoben hätte, weil er so blindlings auf ihn losgegangen war.

Donnernder Applaus hallte über das Feld, also kehrte Micheil auf seinen Platz zurück und wartete darauf, dass der Betrüger den seinen einnahm. Baines würde es nicht wagen, jetzt einen Rückzieher zu machen. Der Ritter hielt seinen Arm noch einmal hoch, und die Kampfrichter unterbrachen das Turnier, damit Baines die Lanzen tauschen konnte.

Genau wie Micheil gehofft hatte, griff er nach der Lanze, die den Schotten zuvor zu Fall gebracht hatte. Wenn er ihn dazu bringen konnte, ihn ein paar Mal mit der Waffe zu streifen, würde es sicherlich jemand bemerken und Baines' Betrug würde für alle sichtbar aufgedeckt werden. Diana musste wissen, auf was für einen Mann sie sich da einließ, bevor es zu spät war.

Denn Micheil Ramsay wollte Diana Drummond für sich.

Da, er hatte es zugegeben. Er wollte sie und nicht nur als ein weiteres Spielzeug. Sein sofortiges Verlangen nach ihr hatte ihn zwar nicht überrascht, aber das Gefühl war nur noch stärker geworden, ebenso wie die Erkenntnis, dass er sich niemals von ihr trennen wollte. Es war an der Zeit, ihren albernen Traum, einen englischen Ritter zu heiraten, aufzugeben, und das wollte er mit diesem Tjost erreichen.

Baines kam auf ihn zu und traf ihn mit seinem ersten Schlag an der Schulter. Micheil hatte sich im letzten Moment gedreht, um zu verhindern, dass die Klinge ihn im Gesicht erwischte. Der miese Bastard hätte ihm das Auge ausstechen können. Jetzt würde er für seine Täuschung bezahlen. Er versteckte seine Lanze neben einer Tribüne und wartete auf den nächsten Durchgang, die Menge brach in Jubel aus. Er war entschlossen, den Verräter mit bloßen Händen auszuschalten.

Beim nächsten Durchgang, dem dritten, griff Micheil nach der

Lanze seines Gegners, um sie von seinem Gesicht fernzuhalten, wodurch die Klinge die Innenseite seines ungeschützten Arms erwischte und eine blutige Spur hinterließ. Die Menge tobte, als sie das Blut sah, doch niemand schien die Klinge zu bemerken.

Im nächsten Durchgang zielte Baines wieder auf sein Gesicht. Ramsay packte die Lanze und zerrte daran, wobei er seinen Gegner fast aus dem Sattel hob, obwohl die Klinge ihn an der Brust erwischte. Der betrügerische Ritter wurde immer schwächer. Ein weiterer Durchgang und er würde Baines zu Boden bringen.

In der nächsten Runde täuschte Baines ihn komplett und zielte auf seine Leiste, etwas völlig Unerwartetes. Micheil konnte ihn abwehren, aber ein kleines Stechen brannte in seinem Bauch. Seine Rüstung hatte ihn geschützt, aber das, was Baines in seiner Lanze hatte, hatte die Platte nach innen gedrückt. Das half ihm allerdings sogar, denn es reichte, um ihn restlos zu verärgern. Als er das Ende des Feldes erreichte, hob er seine Lanze auf, die an einer der Tribünen lehnte, wendete sein Pferd und ritt direkt auf Baines zu, zorniger als er es je gewesen war. Das Stück Scheiße hatte keine Ehre, gar keine! Er konnte hören, wie die Menge ihm zujubelte und »Schot-te, Schot-te, Schot-te« skandierte. Er war fast an Baines dran, als jemand rief: »Klinge! Er hat eine Klinge!«

Baines hörte es auch und wusste, dass er entdeckt worden war. Panik überzog sein Gesicht, als Micheil seine Lanze mit aller Kraft schwang und ihn vom Pferd fliegen ließ. Die Menge brüllte und Micheil drehte sich zurück in die Mitte des Feldes und sah zum ersten Mal an sich herunter. Da bemerkte er etwas.

Er war mit Blut bedeckt.

KAPITEL ZEHN

DIANA WAR GESCHOCKT, als sie Micheil am Ende des Feldes sah, der Randall Baines herausforderte. Tante Elspeth bemerkte ihn und ergriff Dianas Hand. »Oh, lieber Gott, bitte beschütze ihn.«

»Warum tut er das, Tantchen?« Diana starrte ihn an, der in eine Rüstung gekleidet war und einen Helm in der Hand hielt, um sein Gesicht zu schützen. Ihr Mund wurde trocken, als sie erkannte, wie gut er aussah, als er das Feld betrat. Aber er hatte es mit einem Lügner und einem Betrüger zu tun. Ihr Herz hämmerte ihr in der Brust bei dem Gedanken, dass Micheil verletzt werden könnte, ein vielsagendes Gefühl, das sie ignorieren wollte. Sie hätte den Mann nicht anstacheln dürfen. Diana wollte aufstehen und in die Baumkronen schreien, dass sie ihm jetzt glaubte. Baines würde ihn töten, wenn er die Chance dazu bekam. Ihr Magen verkrampfte sich, als sich die Szene vor ihr abspielte, und sie ergriff Elspeths Hand zur Beruhigung.

Als er mit seinem Pferd hinter Randall her ritt, überragte Micheil den anderen Mann und wirkte größer als der englische Ritter. Es gab nichts Sanftes an Micheil Ramsay, vor allem nicht seine Augen, die vor Wut und Hass loderten, als er Randall Baines erblickte.

»Ich weiß es nicht, aber ich bete, dass es gut ausgeht.« Tante Elspeth beobachtete Micheil ebenfalls, ihr Gesicht war von Sorge gezeichnet. »Ich glaube, es steckt mehr dahinter, als du oder ich verstehen können, auch wenn du vielleicht ein bisschen mehr weißt als ich. In den Augen meines Neffen liegt Hass, und ich weiß nicht, ob ich ihn jemals so gesehen habe.«

Diana ergriff die Hand ihrer Begleiterin und schaute die Szene vor ihr mit sorgenvoller Miene an. Als die beiden Männer zu kämpfen begannen, war sie aufgeregter denn je. Nachdem Randall Micheil das erste Mal verletzt hatte, bildete sich ein Kloß in ihrer Kehle, den sie nicht hinunterschlucken konnte. Ihr Bauch krampfte sich jedes Mal zusammen, wenn sie sich passierten, und sie konnte nur hoffen und beten, dass sie beide die Begegnung unbeschadet überstehen würden.

Nachdem er törichterweise seine Lanze abgelegt hatte, um es mit Baines mit bloßen Händen aufzunehmen, wurde Micheils Arm von der Lanze seines Gegners verletzt. Als er sich am Ende des Feldes umdrehte, bemerkte sie den Strom von Blut, der an seinem Körper herunterlief. Ihre Hand schnellte hoch, um ihren Mund zu bedecken, als sie vor Schreck keuchte.

Tante Elspeth drückte ihre Hand. »Ich weiß, meine Liebe. Mir ist es auch aufgefallen. Warum blutet er so stark von einer Lanze und mit Rüstung? Die Lanzen sind abgestumpft, obwohl ich weiß, dass es in jeder Rüstung offene Stellen gibt. Nur einer der anderen Gegner hat überhaupt geblutet und das war nur eine Kleinigkeit. Micheil blutet stark, obwohl er es nicht zu bemerken oder sich darum zu kümmern scheint. Es hat ihn jedenfalls nicht verlangsamt.«

Zwei weitere Durchgänge und Randall steuerte wieder auf sein Ende des Feldes zu. Er hatte bei der letzten Runde auf Micheils Gemächt gezielt, und die gesamte Menge war in Empörung über einen solch unehrenhaften Angriff ausgebrochen. Sie starrte Randall Baines an und fragte sich, worum es ihm ging. Micheil hatte ihn beschuldigt, genau die Art von Mann zu sein, vor der Tante Elspeth sie gewarnt hatte. Sie wusste, dass er ein Lügner war, aber jetzt entpuppte er sich als etwas so viel Schlimmeres. Randall Baines war ein Wolf.

Und genau dieser Wolf war jetzt auf dem Weg zu Ramsay, als Diana es sah. Die Reflexion der Sonne auf dem Stahl fiel ihr ins Auge, und sie war fassungslos. »Klinge! Er hat eine Klinge. Micheil, pass auf!«, schrie sie.

Baines stürzte als Erster zu Boden, nachdem er aus dem Sattel geworfen wurde. Micheil schaffte es zwar bis zum Ende des Feldes, doch dann griff er in die Mähne seines Pferdes und stürzte seitlich herunter. Er war blutüberströmt.

Diana stürzte zu Micheil hinüber - ein vielsagendes Zeichen, das wusste sie -, denn sie konnte sich nicht zurückhalten. Überall war Blut. Randall, das Schwein, hatte offenbar jemanden angewiesen, eine Klinge oder ein scharfes Metallstück an das Ende seiner stumpfen Lanze zu stecken. Er war die schlimmste Art von Betrüger.

Sie beugte sich zu dem verletzten Schotten. »Micheil, Micheil.« Seine Augen waren geschlossen, aber er stöhnte und seine Hand bewegte sich, griff nach ihrer. »Geht es dir gut?«

Micheil rollte sich auf die Seite und stöhnte erneut.

Sie rüttelte an seiner Schulter. »Er hatte eine Klinge, deshalb blutest du. Ich habe es gesehen. Ich habe die Klinge gesehen, als er im letzten Durchgang auf dich zukam.«

Er öffnete seine Augen und flüsterte: »Ich weiß. Ich habe es bei seinem vorigen Kampf gesehen. Es ist nicht das erste Mal, dass er sie benutzt hat. Ich wollte, dass alle seine wahre Natur sehen.«

Dianas Augen weiteten sich. »Du wusstest es? Du hast das mit Absicht gemacht?« Sie schlug leicht gegen sein Bein. »Das hast du, nicht wahr? Das war alles nur dazu gedacht, mir zu zeigen, wie schlecht mein Urteilsvermögen ist. Jetzt verstehe ich; all das nur dazu, um ihn in meinen Augen schlecht aussehen zu lassen. Verflucht seist du, Micheil Ramsay. Nur weil du dich nicht mit einer einzigen Frau zufrieden gibst, hältst du alle, die einen Partner fürs Leben suchen, für dumm.«

Sie lief das Feld hinunter zu Randall Baines, hielt sich dann aber zurück. Sie wollte den Lügner und Betrüger nicht mehr sehen. Er hatte gerade eine niederträchtige List abgezogen, und trotzdem wollte sie ihn sehen? Nein, das wollte sie nicht. Gewiss, sie war wütend auf Micheil Ramsay, weil er sie so dumm aussehen ließ, aber sie war überhaupt nicht an Randall Baines interessiert. Ihre einzige Chance war, wenn er sie einem seiner Freunde vorstellen würde. Unfähig zu entscheiden, was sie als Nächstes tun sollte, stand sie da, während das geschäftige Treiben sie von einer Stelle zur anderen schob.

Randall ging unmittelbar an ihr vorbei, zeigte auf sie und sagte: »Ich will dich, nur dich.« Er setzte seinen Weg fort, lächelte ihr über seine Schulter zu, umgeben von seinen vielen Wachen.

Sie wich erschrocken zurück. Was hatte er damit gemeint? Es

spielte keine Rolle, ob er sie wollte oder nicht. Sie hatte kein Interesse mehr an ihm. Sie schaffte es, sich einen Weg durch die Menschenmassen zurück zu Tante Elspeth zu bahnen. Kurz bevor sie Elspeth einholte, rief eine Stimme nach ihr. Sie drehte sich um und sah Clarissa, die sich auf der anderen Straßenseite versteckte.

»Er will dich sehen. Ich habe ihn gehört, als sie ihn vorbeigeführt haben. Er war im Delirium und sprach von seiner neuen Liebe. Du wirst doch sicher heute Abend zu ihm gehen?« In ihren Augen lag die pure Unschuld.

Diana blickte Clarissa finster an, da sie ihren Worten nicht traute. Zunächst einmal war er ganz und gar nicht im Delirium gewesen, als sie ihn gesehen hatte. Sie beschloss, dem Mädchen gegenüber unverblümt zu sein, und brachte es auf den Punkt. »Du warst diejenige, die mir gesagt hat, dass Randall Baines nicht derjenige ist, der heiratet.«

»Ich weiß. Ich bitte um Entschuldigung, aber ich wusste es nicht besser als du. Ich habe nur auf den Klatsch und Tratsch gehört. Aber jetzt glaube ich, dass er dich statt seiner Verlobten will. Ich vermute, dass er nach dir gerufen hat.« Sie grinste Diana an. »Du kannst dich glücklich schätzen. Alle Mädchen kleben ihm an den Fersen, weil er so gut aussieht, aber er will dich.«

»Nun, mich wird er nicht bekommen. Ich habe ihn beim Tjosten beobachtet und er ist nicht der richtige Mann für mich. Also mach dir nicht die Mühe, mich über seinen Zustand zu informieren, Clarissa. Ich bin nicht interessiert.« Diana verschränkte die Arme vor sich.

»Schade«, sagte Clarissa lächelnd. »Denn er ist wahrlich kein armer Mann, und er hat viele Freunde, von denen die meisten sehr gut aussehen.«

Diana wandte sich von ihr ab, bevor Clarissa ihre geschürzten Lippen sehen konnte. Sie hatte die einzige Möglichkeit genannt, die sie in Versuchung führen könnte, ihn ein letztes Mal zu besuchen. Könnte sie über ihn andere Ritter kennenlernen?

Diana ging zu Tante Elspeth hinüber, unsicher, was oder wem sie glauben sollte.

Micheil war zum Glück nicht ernsthaft verletzt. Zwar war viel

Blut zu sehen, aber die meisten seiner Verletzungen waren ober-
flächlich. Den schlimmsten Schaden hatte definitiv sein Stolz
abbekommen, wenn man Diana gefragt hätte. Er konnte nicht
aufhören, Randall Baines zu beschuldigen, ein Betrüger zu sein
und sich über das viele Glück zu beschweren, das der Lump
hatte. Auch wenn Micheil ihn ausgestochen hatte, so war Barnes
doch zum Sieger des Turniers gekürt worden.

Tante Elspeth sagte: »Micheil, ich habe es dir inzwischen schon
mehrmals gesagt. Der Mann wurde zum Gewinner erkoren, weil
er die Cousine des schottischen Königs heiraten soll. Das Preisgeld war doch von Anfang an für ihn bestimmt. Oder glaubst du
wirklich, man hätte zugelassen, dass der erstbeste dahergelaufene
Ritter das gesamte Schauspiel aufs Spiel setzt?«

Micheil schmollte also, wütend darüber, dass es so lange gedauert hatte, den Narren zu besiegen. »Er ist absolut untalentiert.
Deshalb brauchte er auch eine Klinge in seiner Lanze, um es
sich leicht zu machen. Aye, und ich bin sicher, dass er die Lanzen
seiner Gegner vor dem Kampf manipuliert hat.« Nachdem sie
ihn ins Bett gebracht und seine Wunden versorgt hatten, verbrachte er den größten Teil des Abends damit, zwischen seinen
Schnarchanfällen vor sich hin zu murmeln, sodass Diana einfach
nur dasaß und ihn beim Schlafen anstarrte. Sie musste zugeben,
dass sie von Micheil Ramsay weitaus mehr fasziniert war, als sie
es jemals von Randall Baines oder irgendeinem anderen Mann
gewesen war. Aber was sollte sie tun? Micheil hatte sehr deutlich
gesagt, dass er nicht an einer Heirat interessiert war.

Zuerst war sie ziemlich wütend auf Micheil gewesen, aber
jetzt, als sie ihn beobachtete, erkannte sie, dass er für sie und nur
für sie an dem Turnier teilgenommen hatte. Er hatte versucht,
sie mit Worten vor Randall zu warnen, aber sie hatte nicht auf
ihn gehört. Also hatte er sein eigenes Leben riskiert, um ihr zu
beweisen, dass der Engländer ihrer nicht würdig war.

Diana seufzte und wusste nicht, was sie tun sollte.

Tante Elspeth kam in die Kammer, um nach Micheil zu sehen
und strich ihm die Haare aus dem Gesicht. »Meine Liebe, er ist
ein hübscher Bursche. Warum hast du nicht an meinen Neffen
gedacht? Er würde einen wunderbaren Ehemann abgeben.«

»Da hast du vollkommen recht, Tante.« Diana blickte in die

hoffnungsvollen Augen der älteren Frau. »Aber Micheil hat mir sehr deutlich zu verstehen gegeben, dass er nicht heiraten will. Niemals.«

Stirnrunzelnd deckte Tante Elspeth Micheil zu. »Bist du sicher, dass er das nicht nur so gesagt hat? Das meint er sicherlich nicht ernst.«

Diana nahm Elspeths Hand. »Doch, das hat er mir gesagt.« Sie ließ ihre Hand fallen und ging in die Küche, während Elspeth sich weiter um Micheil kümmerte.

Diana witterte ihre Chance und schlüpfte aus der Hintertür der Hütte. Ihr Entschluss stand fest; sie hatte beschlossen, Randall ein letztes Mal zu sehen. Er war ihr nicht mehr wichtig, aber vielleicht würde er sich schuldig genug fühlen, um sie zu einem anderen Ritter zu führen. Zu Baron Gow gab es zu diesem Zeitpunkt keine Alternative. Sie musste heiraten, und zwar bald.

Als sie vor dem Fallgitter und dem Pförtnerhaus stand, starrte sie auf die imposante Burg von Edinburgh, die sich so königlich im Nachthimmel abzeichnete. Die Türme ragten so hoch, dass sie nicht zählen konnte, wie viele Stockwerke es waren. Die Torbögen und das Mauerwerk waren prachtvoll, die sorgfältig geschnitzten Verzierungen selbst in der Nacht sichtbar. Wachen marschierten über die Zinnen, bewegten sich wachsam zwischen den runden Türmen und den stolz wehenden Bannern.

Ein junger Bursche kam auf sie zu und sagte: »Hier entlang, er sucht schon nach dir.«

»Was?« Sie starrte den Fremden an, unsicher, ob sie ihm folgen sollte oder nicht.

Er packte sie an der Hand. »Sei still, Randall möchte dich sehen, und nur dich.«

Diana erlaubte ihm, sie den Weg entlang und durch das Fallgitter zu ziehen, um schließlich auf die Rückseite des Bergfrieds zu gelangen. Er führte sie durch ein verworrenes Labyrinth von Gängen, bis er an eine Tür klopfte und sagte: »Baines, ich bin's.«

Dann schob er sie in die Kammer und verschwand, wobei er die Tür hinter sich schloss. Sie lehnte sich gegen die schwere Holztür, aufgeregt und verwirrt, während sich ihre Augen an die Dunkelheit in der Kammer gewöhnten, die nur von zwei kleinen Funzeln beleuchtet wurde. Randall Baines lehnte an der Fensterverkleidung, ein schmallippiges Lächeln auf seinem Gesicht. »Gut, dass du gekommen bist.«

Diana fragte: »Geht es dir gut? Keine ernsthaften Verletzungen?«

»Natürlich geht es mir gut, Mädchen.« Er stand auf und schlenderte auf sie zu. »Ich bin der Sieger von Edinburgh, nicht wahr? Man hat mich zum Sieger erklärt, und ich habe die Goldmünzen, um das zu beweisen«, sagte er jovial, schlang seine Arme um sie und zog sie dicht an sich heran, den Kopf schon zum Kuss geneigt.

Sie stieß ihn weg, überhaupt nicht interessiert an seinen Annäherungsversuchen. »Deine Methoden waren ziemlich ruchlos.«

»Ich weiß nicht, wovon du sprichst, aber ich habe den Wettkampf vor vielen Zeugen gewonnen. Es war dein Freund, der unlautere Methoden angewandt hat, nicht ich.« Ein scharfer Unterton, der ihr nicht gefiel, schlich sich in seine Stimme.

Sie drehte ihm den Rücken zu, da sie befürchtete, er würde ihren Abscheu spüren, wenn sie ihm in die Augen sah. Es war an der Zeit, das Gespräch auf seine Freunde zu lenken. »Warum hast du mich hergebeten?«

»Ist das nicht offensichtlich? Weil ich dich will. Weil wir zusammengehören.« Er stellte sich hinter sie und kraulte ihren Nacken. »Können wir uns nicht einfach gegenseitig genießen?«

»Aber du bist mit einer anderen verlobt.«

Er wich zurück, Zorn blitzte in seinem Blick auf. »Ach, ist das dein Problem? Aye, ich bin mit dieser Kuh verlobt. Aber ich will nicht sie, ich will dich.« Er nahm ihre Hand wieder in seine und küsste jeden ihrer Finger.

»Es tut mir leid, aber ich kann das nicht tun, wenn du bald mit einer anderen verheiratet bist.« Diana war kurz davor, ihre Fassung zu verlieren. Sie war allein in einem Raum mit einem Mann, dem sie nicht vertraute. Wie hatte sie es so weit kommen lassen können? Leider wusste sie die Antwort darauf: Weil sie verzweifelt war und sie keine Zeit zu verlieren hatte. Denk nach, Diana, denk nach!

Grinsend zog er sie zu seinem Bett hinüber. »Entspann dich, meine Süße. Hilf mir, meine hässliche Verlobte zu vergessen.« Er küsste sie erneut, ließ seine Hände zu ihrer Taille hinunterwandern und streichelte ihren Rücken, während er sprach.

Sie drehte ihren Hals, um sich seiner Umarmung zu entziehen. »Was ist mit deinen Freunden? Wo sind sie heute Abend?«

»Ich möchte nicht von meinen Freunden sprechen.« Er versuchte, ihr den nächsten ungewollten Kuss aufzudrängen, während ihre Gedanken von einer Sache zur nächsten sprangen. Sie wollte ihn mehr als alles andere zurückstoßen, aber sie wollte ihn auch nicht verärgern. Er konnte gewalttätig sein, wie ihr plötzlich klar wurde. Oh, wie töricht war sie gewesen, hierher zu kommen.

Ohne etwas zu sagen, griff er nach ihren Schultern, zog ihr Kleid über ihre Arme hinunter und entblößte ihre Brüste.

»Meine Güte, das ist doch mal ein schöner Busen!« Er umfasste ihre Brüste mit seinen schwitzigen Händen.

Diana keuchte auf. Was war gerade passiert? Wie hatte er ihr Kleid hinten an ihrem Rücken aufgeschnürt? Und was tat er jetzt? Sie senkte den Blick, sah seine Hände auf ihren Brüsten und versuchte, sie zu bedecken und ihn wegzuschieben, aber ihre Hände waren ganz in ihrem Kleid gefangen.

»Entspann dich, Kleine. Ich verspreche dir, dass du dich amüsieren wirst. Ich bin stolz darauf, ein ausgezeichneter Liebhaber zu sein.«

Diana zwang sich, konzentriert zu bleiben. »Das ist nicht das, was ich will!«, sagte sie, ihre Stimme zitterte vor Angst. »Ich bin hergekommen, um herauszufinden, ob du einen Freund für mich hast. Einen Ritter? Du bist verlobt. Ich muss einen anderen finden.«

»Ich werde deine Bitte in Betracht ziehen, aber ich würde dich niemals einem Freund empfehlen, ohne dich selbst vorher zu testen.« Er zerrte ihre Röcke hoch und streifte mit seinen Händen ihre Beine hinauf. »Ich muss alles von dir sehen und fühlen. Du musst mich in dich hineinlassen.«

Tante Elspeth schoss ihr in den Kopf und ihre Worte bekamen plötzlich eine ganz neue Bedeutung. Der Mann vor ihr machte ihr alle möglichen Versprechen, aber er würde sie nur einlösen, wenn er sie unbekleidet sehen konnte. Und wie konnte er in ihr sein? Seine Kommentare verblüfften sie. Alles geschah zu schnell.

»Aber deine Freunde, du musst doch einen haben, der eine Frau sucht.«

Seine Hände strichen über ihre Brustwarzen und sie zuckte zusammen. Er machte Anstalten, sich aus seinen Hosen zu befreien, und sie keuchte, als sie seine Männlichkeit erblickte.

Er wollte ihre Jungfräulichkeit. Sie stieß sich gegen ihn und schrie: »Nay!« Sie stand auf und versuchte, ihr Kleid wieder über die Schultern zu ziehen, aber er zerrte sie zurück auf das Bett.

»Oh, du denkst, du kannst mich so scharfmachen und dann einfach gehen? Das glaube ich nicht. So leicht kommst du mir nicht davon.«

»Nein, bitte nicht. Ich muss nachdenken. Das ist nicht richtig. Bitte lass mich gehen, Randall.« Sie schaffte es gerade noch, ihre Brüste zu bedecken, bevor die Tür aufflog und Micheil hereinwütete. Er packte Randall an der Kehle und die beiden fielen auf das Bett.

»Wenn mich meine Ohren nicht im Stich lassen, dann hat die Dame Nein gesagt, du mieses Schwein!« Micheil schlug ihm mit voller Wucht ins Gesicht und Blut floss. Die beiden purzelten vom Bett auf den Boden, und Micheil schlug weiter auf den Ritter ein wie ein Berserker.

Diana richtete ihre Kleidung und schloss die Augen, da sie nicht mitansehen konnte, wie die beiden Männer um sie kämpften. Sie rannte zur Tür hinaus.

Sie wollte Randall Baines nie wieder sehen.

KAPITEL ELF

ALS SIE DAS Ende des Korridors erreichte, kam Micheil hinter ihr her und schob sie in eine Nische. »Schhh.« Sie schnappte nach Luft und kämpfte darum, nicht zu schluchzen. »Wir müssen uns durch die Küche zurück nach draußen schleichen, sonst sind die Schlosswächter hinter uns her.«

Sie nickte, ihr Atem ging stoßweise, und sie tat ihr Bestes, um sich zu beruhigen. Ihre großen Rehaugen starrten ihn mit einem solchen Vertrauen an, dass es ihm den Magen umdrehte. Die Blicke der Frauen waren sonst entweder neckisch oder auffordernd - ihr Blick war so viel mächtiger.

»Bereit?«, fragte er. Er ergriff ihre Hand. »Ich werde nicht zulassen, dass dir etwas zustößt.«

Sie nickte erneut.

Er ging den Gang hinunter, hielt ihre Hand fest und merkte erst jetzt, wie zerbrechlich sie sich anfühlte. Der Schurke würde noch mehr bezahlen, wenn er ihn wiedersah. Obwohl er bezweifelte, dass der große Randall Baines für seine Hochzeitsfeier in zwei Tagen besonders gut aussehen würde. Der Abschaum würde das Turnier für seine blauen Flecken verantwortlich machen, und niemand würde es merken.

Sie bahnten sich ihren Weg durch die Küche und hinaus durch ein kleines Tor auf der Rückseite der riesigen Festung. Sobald sie weit genug weg waren, blieb er stehen und zog sie in seine Arme. Er wischte ihr eine Träne von der Wange und sagte: »Bist du unversehrt? Er hat dir doch nicht wehgetan, oder?«

Sie schüttelte den Kopf, wich aber seinem Blick aus und umklammerte seine Arme, als würde sie ihn nie mehr loslassen.

Es gefiel ihm nicht, dass sie nicht sagen wollte, was für abscheuliche Dinge der Bastard ihr angetan hatte. So aufgebracht, wie sie war, ganz zu schweigen von der Tatsache, dass Baines fast völlig unbekleidet gewesen war, glaubte er nicht, dass es ihr gut ging. Hatte er es rechtzeitig geschafft? »Hat er deine Jungfräulichkeit genommen? Denn wenn er das getan hat, werde ich ihn töten.«

»Nay.« Sie schüttelte vehement den Kopf, die Tränen liefen ihr über die Wangen, gefolgt von röchelndem Schluchzen, und sie vergrub ihr Gesicht in seiner Brust, noch immer seine Arme umklammernd.

Er atmete ihren Duft ein und versuchte, seine eigene Wut über das, was er gerade gesehen hatte, als er die Kammertür öffnete, zu zügeln. »Ich werde dich beschützen, Diana, aber du musst aufhören, dich davonzuschleichen. Was hast du dir nur dabei gedacht?« Er klemmte ihren Kopf unter sein Kinn und streichelte ihren Rücken, während er sprach, wobei er mit ruhiger Stimme versuchte, ihren zitternden Körper zu beruhigen.

Nach ein paar Minuten zog sie sich zurück und starrte ihn an, wobei ihr Atem wieder stockte. »Ich habe nur versucht, etwas über seine Freunde herauszufinden. Ich dachte, einer seiner Ritter könnte daran interessiert sein, mich zu heiraten. Aber er würde es nicht tun, ohne mich vorher zu testen.« Der letzte Satz kam in einem Heulen heraus, und sie lehnte sich wieder schluchzend an ihn. Dann zuckte sie zurück. »Es tut mir leid, tue ich dir ... weh ... wo du geschnitten wurdest?« Sie schluckte am Ende.

»Nay, du kannst mir nicht wehtun, Kleines. Ich bin nur stolz auf dich, dass du standhaft geblieben bist und ihn weggestoßen hast.« Er legte seinen Finger auf ihr Kinn. »Ich habe gehört, wie du ihm Nein gesagt hast, und es war falsch von ihm, dich zu ignorieren. Du musst vorsichtiger sein.« Er drückte ihr einen leichten Kuss auf die Lippen.

Sie starrte auf seine Brust. »Tante Elspeth hatte recht. Er wollte nur meine Gunst. Er sagte ... er sagte ... er wollte erst alles von mir sehen.« Sie wimmerte wieder. »Wie konnte ich nur so dumm sein, mit ihm da reinzugehen? Mein Papa hat mich dazu erzogen, stark zu sein, zu kämpfen, an mich zu glauben. Ich fühle mich gerade so dumm.«

Micheil drückte sie wieder an sich, ein verschmitztes Grinsen auf seinem Gesicht. Der Bastard hatte ihr endlich sein wahres Gesicht gezeigt. Gott sei Dank war er noch rechtzeitig gekommen, um sie vor einer noch schlimmeren Situation zu bewahren.

»Danke, dass du mir gefolgt bist, Micheil.« Sie wischte sich mit dem Leinentuch, das er ihr gab, über das Gesicht, wodurch sich ihr Atem endlich ein wenig beruhigte. »Ich war mehr als töricht.«

»Wie bist du dort gelandet? Verdammt, ich versuche, ein Auge auf dich zu haben, aber du scheinst immer wieder zu entkommen. Versprichst du, damit aufzuhören?«

Sie nickte. »Clarissa.«

»Wer ist Clarissa?«

»Sie ist das Mädchen, das mir auf dem Hof gesagt hat, dass Randall mich will. Aber sie wusste zu dem Zeitpunkt nicht einmal, dass er verlobt war. Sie erzählte mir, dass sie zufällig hörte, wie er über mich sprach, als er sein Zelt auf dem Feld verließ und etwas davon sagte, dass er eine neue Liebe gefunden hätte. Alle Mädchen folgten ihm, um sich zu vergewissern, dass es ihm gut ging, denke ich. Da hat sie ihn belauscht. Ich dachte nur, ich könnte einen seiner Freunde treffen. Ich brauche einen Ritter, Micheil. Ich brauche einen Ehemann.«

»Diana, ein Mädchen kann in Edinburgh nicht allein losgehen. Du musst vorsichtiger sein. Du bist nicht auf deinem Land, wo jeder weiß, dass du die Tochter des Chieftains bist. Jeder dahergelaufene Bursche könnte dir hier nachstellen. Du bist zu schön.«

»Bin ich das? Du findest mich schön?« Sie starrte ihn mit einem Schmollmund an.

Er hob ihr Kinn mit dem Finger an. »Aye, natürlich bist du schön. Deshalb will der Ritter dich doch haben.«

»Ich bitte um Verzeihung. Ich werde es nie wieder tun. Er ließ mich von einem Burschen ins Schloss und in seine Kammer bringen. Als Nächstes küsste er mich und zerrte an meinem Kleid, machte Dinge, die ich nicht wollte, und versprach mir, mich seinen Freunden vorzustellen.«

»Bist du sicher, dass er dir nicht die Jungfräulichkeit genommen hat?«

»Ich glaube, ich würde es wissen, Micheil. Sobald er mir die Röcke hochgezogen hatte, stieß ich ihn weg. Da bist du reingekommen. Wenn du nicht gekommen wärst, weiß ich nicht, ob ich hätte entkommen können.«

Fast hätte er über ihren hochmütigen Blick gelacht. So schön und stark, wie sie war, war es schwer zu glauben, dass sie so unschuldig war.

»Dein Vater hat dich gut beschützt, nicht wahr?«

»Aye, das ist wahr. Und ich merke gerade, dass das vielleicht gar nicht so gut war. Ein Mädchen muss gewisse Dinge verstehen. Ich kann rechnen, lesen und auf die Jagd gehen, aber ich weiß wenig über die Art der Männer. Und wie genau geht man vor, um diese Dinge zu lernen, ohne in Situationen zu geraten, die unsicher sind?« Sie warf ihm einen frechen Blick zu.

Er strich ihr eine lose Haarsträhne hinters Ohr. Etwas zerzaust, aber er fand sie immer noch reizend. Er wünschte sich nichts sehnlicher, als sie jetzt sofort zu küssen, aber er wusste, dass er sie dann ausnutzen würde, wenn sie am verletzlichsten war. Er wollte sie nicht küssen, wenn Randall Baines noch in ihrem Kopf war. Er rieb mit dem Daumen über ihre Unterlippe.

Sie schaute durch ihre Wimpern zu ihm auf. »Ich mag deine Küsse lieber, Micheil. Er sabbert wie ein Hund.«

Er lachte kurz und herzhaft und umarmte sie. »Ich schätze, das ist ein guter Grund, sich von ihm fernzuhalten.« Als er sie wieder anschaute, sagte er: »Aber warum das traurige Gesicht? Er wird dich nicht mehr belästigen. Ich werde es nicht zulassen, das verspreche ich.«

Sie lehnte ihren Kopf an seine Schulter. »Ich weiß. Ich werde dir ewig dankbar sein, aber was soll ich jetzt tun? Er war meine Lösung für mein Problem. Jetzt habe ich keinen Ritter mehr, und stehe wieder vor dem Nichts.«

Micheil seufzte. Wenn sie immer noch entschlossen war, sich einen englischen Ritter zu suchen, hatte er keine Hoffnung, dass eine Beziehung mit ihr funktionieren würde. Nun, zumindest konnte er versuchen, ihr zu helfen, einen Mann zu finden, der ihrer würdig war.

»Wir gehen zurück zu Tantchens Häuschen und werden morgen früh weiter darüber nachdenken.«

Sobald sie Diana beruhigt hatten, brachten er und Tante Elspeth

sie ins Bett und gingen in die Hauptkammer. Er wollte gerade
zur Tür hinauszugehen, um etwas frische Luft zu schnappen, aber
Tante Elspeth rief ihm zu.

»Micheil, einen Moment bitte.«

Er drehte sich um. »Natürlich, Tantchen. Was gibt es denn?«

Elspeth schritt zu ihrem Neffen hinüber und nahm seine Hand
in die ihre. »Warum tust du nicht das Richtige und heiratest sie
selbst? Würde das nicht das Problem lösen?«

Micheils Inneres krampfte sich bei diesem Vorschlag zusammen. Er hatte in den letzten Stunden an nichts anderes gedacht,
aber es gab ein paar Probleme an der Sache. »Weil sie einen englischen Ritter will.«

»Aber, Micheil, sie ist jung. Sie weiß nicht, was sie will. Warum
machst du ihr nicht ein bisschen den Hof und schaust, ob ihr
beide zusammenpasst?«

Micheil schüttelte den Kopf. »Tante Elspeth, ich kann ihr nicht
ernsthaft den Hof machen, weil ich nicht mal selbst weiß, ob es
das ist, was ich will.« Ja, er hatte seine Tante gerade angelogen,
aber er wollte seine Angst vor Zurückweisung nicht zugeben.
Selten hatte ihn ein Mädchen abgewiesen. Was, wenn Diana ihn
gar nicht wollte?

»Hast du nicht daran gedacht? Sie ist ein schönes schottisches
Mädchen, und ihr hättet euer eigenes Land, ihr beide.«

»Ich habe es in Betracht gezogen. Ich bin mir nur nicht sicher,
ob ich bereit bin, mich mit einer Frau niederzulassen.« Er starrte
in den Himmel und versprach, bald ehrlich zu sein - zu anderen und zu sich selbst. Er wollte Diana mehr, als er je eine Frau
gewollt hatte. Sie jeden Tag zu sehen und sein Verlangen nach ihr
nicht auszuleben, war die reinste Folter. Er atmete mit zusam-
mengepressten Lippen aus und hoffte, irgendwie den Mut zu
finden, das zu tun, was er tun sollte: Diana von Drummond den
Hof zu machen.

»Dein Vater starb, als du noch jung warst, und du und Avelina
haben nur wenige Erinnerungen an ihn, aber dein Sire hätte
gewollt, dass du dich mit einer Frau niederlässt.«

»Das kannst du nicht wissen.« Micheil blickte sie finster an.

»Doch, das kann ich.«

»Wie? Mein Sire ist schon seit vielen Jahren tot.« Micheil versuchte, geduldig mit ihr zu sein, aber es fiel ihm immer schwer, über seinen Vater zu sprechen. Es war ein bitterer Verlust gewesen.

»Er war mein Bruder, Micheil, und er hat es mir erzählt. Er wollte, dass du mit deinem zukünftigen Leben genauso glücklich wirst, wie er es mit Arlene war. Er hat sie angebetet und euch alle geliebt. Er sagte, wenn er sich etwas für seine Kinder wünschen könnte, dann wäre es, dass sie jemanden finden, den sie wirklich lieben und mit dem sie glücklich werden können, so wie er es geschafft hat.«

»Ich weiß nur nicht, ob ich dazu bereit bin. Außerdem will ihr Sire, dass sie einen Adeligen heiratet, und ich bin der drittgeborene Sohn, also ein Niemand.« Diese Wahrheit wenigstens konnte er seiner Tante gegenüber aussprechen. Diana war die Erbin der Drummond-Ländereien. Sicher würden sie und ihr Vater ihn nicht als würdig erachten.

»Vielleicht, aber angesichts der Umstände denke ich, er würde dich in Betracht ziehen. Er möchte sie wahrscheinlich glücklich sehen, und wenn sie in dich verliebt ist oder zumindest auf dem besten Weg dahin - was ich glaube -, dann würde er es gutheißen. Er braucht niemanden mit einem Titel, nur jemanden, der seiner Tochter hilft, den Clan zu führen. Warum nicht einen Versuch wagen? Du lässt nie eine Frau an dich heran, Micheil. Vielleicht ist es an der Zeit.«

»Das tat Logan auch nicht.«

»Nay, wahrlich nicht, aber sieh ihn dir jetzt an. Er ist glücklicher, als ich ihn je gesehen habe. Gwyneth vervollständigt ihn. Hast du nicht gesehen, wie er mit ihrer kleinen Tochter umgeht? Sorcha ist entzückend. Ich freue mich so für sie, und ich möchte das gleiche Glück für dich und Avelina sehen. Ihr beide wart so lange ohne euren Vater. Ich fürchte, deswegen verbringst du so viel Zeit mit den Frauen. Bitte versuch es, für mich. Du kannst nicht leugnen, dass da etwas zwischen dir und Diana ist. Ich weiß, dass du es genauso siehst, wie ich.«

»Ich verspreche, über alles nachzudenken, was du gesagt hast. Vergiss nicht, dass ich bei Weitem nicht alle ihre Anforderungen erfülle. Ich weiß, dass ich nicht die Art von Mann bin, die sie zu heiraten wünscht.«

Elspeth beugte sich vor, um ihn zu umarmen und seine Wange zu küssen. »Ich kann dich nicht um mehr bitten, als dass du es dir überlegst.«

Micheil ging zur Tür hinaus und die Straße hinunter, begierig darauf, etwas von seiner Unruhe und Unzufriedenheit loszuwerden. Seine Tante hatte ihm gerade viel zum Nachdenken gegeben. Hatte sie recht? Zog er die Gesellschaft von Frauen vor, weil er die meiste Zeit seiner Kindheit ohne Vater verbracht hatte? Er musste zugeben, dass er viele seiner jüngeren Tage in der Nähe von Frauen verbracht hatte. Obwohl er zwei Brüder hatte, hatte sein ältester Bruder, Quade, die Jahre vor seiner zweiten Ehe in einem depressiven Loch verbracht. Und Logan? Er liebte Logan, aber er hatte einen Großteil von Micheils Kindheit fort von zu Hause verbracht. Er war oft weg, ohne jemandem zu sagen, wohin er ging oder wann er zurückkehren würde. Wahrlich, er hatte in seinem Leben viel Zeit mit Mädchen verbracht.

Micheil fand ein örtliches Gasthaus und trat ein, um seinen Durst mit einem Ale zu stillen und um Zeit zu haben, ernsthaft darüber nachzudenken, Diana den Hof zu machen. Er ließ seine Augen sich an die Dunkelheit gewöhnen und fand einen Hocker an einem Tisch. Seine Augen wanderten durch den Raum.

Es gab mehrere unzüchtige Schotten, die genüsslich dem Alkohol und den hübschen Mädchen, die sie bedienten, frönten. Ein Mädchen kam herüber, um ihm etwas zu trinken anzubieten, und sie schenkte ihm ein anrüchiges Lächeln. »Meine Güte, Euch habe ich hier aber noch nie gesehen. Wenn Ihr heute Nacht ein warmes Bett sucht, Fremder, weiß ich, wo Ihr eins finden könnt.«

Micheil gluckste. »Das ist die aufregendste Einladung, die ich seit Langem erhalten habe, Mädchen. Vielleicht überlege ich es mir.«

Obwohl er es genoss, mit ihr zu schäkern, so wie er es bei den Frauen immer tat, spürte er nichts, als sie sein Ale brachte und sich an ihn schmiegte, um ihm eine sanfte Kostprobe ihrer großzügigen Rundungen zu geben. Er rührte sich nicht, wie er es gewöhnlich tat, wenn er in der Nähe einer schönen Frau war.

Ein Bursche am Nachbartisch sagte: »Och, das ist doch der Schotte, der den englischen Ritter gezwungen hat, heute sein wahres Gesicht zu zeigen.« Er ging hinüber und klopfte Micheil auf die Schulter. »Gut gemacht, Junge. Ein Dankeschön im Namen aller Schotten heute. Der Ritter war ein Narr, sich mit dir anzulegen.«

Micheil lachte über die Bemerkung, er wollte den Tag nicht wirklich Revue passieren lassen. Eine weitere Maid kam herüber, ein dunkelhaariges, gertenschlankes Mädchen mit der Art von Beinen, die ihn komplett umschlingen konnten.

Er starrte immer noch auf ihre langen Gliedmaßen, als sie sagte: »Och, und ich weiß, wie man ihn richtig belohnt, wenn du mich verstehst, Schotte.« Sie lächelte und hob den Blick zu ihm. »Du kannst mir jederzeit den Vortritt lassen. Ich habe heute alles über dich gehört.«

Sie war zwar keine Schönheit, aber attraktiv genug, doch auch sie weckte keine Gefühle in ihm. Er zwinkerte ihr zu. »Ich verspreche, dass ich mir das für einen anderen Tag aufheben werde.« Sie kicherte und ging, um mehr Getränke für die Gäste zu holen.

Was zum Teufel war mit ihm los? Er schaute finster drein, und ihm kam ein rothaariges Mädchen in den Sinn, dessen Augen tränenüberströmt waren, weil es schlecht behandelt worden war. Diana war wirklich in sein Herz und seine Seele eingedrungen, sodass er immer noch zögerte, ihr seine Gefühle zu gestehen.

Da war natürlich seine Angst vor Ablehnung. Obwohl sie seine Hilfe immer zu schätzen wusste, hatte sie ihn nie so angemacht wie die anderen Mädchen. Genau wie heute Abend konnte er in jeden Raum gehen und irgendein Mädchen würde sich ihm anbieten, es brauchte nur ein Lächeln und ein paar nette Worte. Er schrieb sein Glück bei den Damen mehr seinen freundlichen Worten zu als seinen anderen Eigenschaften. Frauen waren es nicht gewohnt, sie zu hören. Süße Worte konnten ihn tatsächlich weit bringen, aber nicht bei Diana. Sie verlangte nach mehr, nach größeren Gesten, aber es war nicht weniger, als sie verdiente.

Vielleicht blieb das größere Problem die Unwahrscheinlichkeit, den Segen ihres Vaters zu bekommen. Ein Chieftain wollte normalerweise nicht, dass seine Tochter mit einem dritten Sohn verheiratet wurde. Ihr Vater hatte sich so sehr gewünscht, dass sie in den Adel einheiratete, dass er zustimmte, seine einzige Tochter an einen alten Baron von fragwürdiger Moral zu geben, was der König der Schotten gebilligt hatte. Micheil Ramsay hatte weder einen Titel noch einen König in der Nähe, der ihm befahl, Diana den Hof zu machen. Er würde die Zustimmung des Königs brauchen, um fortzufahren.

Er starrte auf den Tisch der Burschen neben ihm. »Sind die Ritter noch da?«

Der Mann antwortete. »Aye, sie bleiben bis zur großen Hochzeit. Keiner von ihnen ist so schlecht wie der, den du heute vom Pferd gestoßen hast.«

Ein anderer sagte: »Und du hättest dir das Preisgeld holen sollen. Nicht er. Wozu braucht der englische Schlappschwanz noch mehr? Er hat wahrscheinlich genug Geld, außerdem ist seine Verlobte wohlhabend.«

»Ist sie das?«, fragte Micheil. »Es hat durchaus seine Berechtigung, dass der König ihm das Preisgeld gegeben hat. Es war nicht vorgesehen, dass ich an dem Turnier teilnehme.« Er dachte über die Worte des Burschen nach. »Das Mädel hat also reichlich Zaster?« Das erklärte einiges über Baines - warum er eine Frau heiratete, die ihn nicht interessierte, warum er nicht genug Respekt vor ihr hatte, um sich von anderen fernzuhalten. Der schnöde Mammon, einfach gesagt - Reichtum.

»Ja, man sagt, das sei der Grund, warum er sie heiratet. Er ist zu geil, um sich mit einer zufrieden zu geben.«

»Sind die anderen Ritter verheiratet?«

»Nay, nur ein paar.« Einer sah den Jungen neben sich an. »Nach dem, was ich gehört habe, ist der Verlobte derjenige, der den Weibern nachstellt, nicht die anderen. Einige kamen mit ihren Frauen.«

Verdammt, das würde nicht helfen. Da er wusste, dass Dianas Vater ihn nie als Sohn akzeptieren würde, musste er einen anderen Ritter für sie finden. Warum hatte er also keine Lust, noch mehr Fragen zu stellen?

Weil keiner von ihnen gut genug für seine Diana sein würde.

KAPITEL ZWÖLF

DIANA ERWACHTE AN einem trostlosen Morgen. Micheil war verschwunden, und sie hatte nur noch einen Tag, um einen Ehemann zu finden. Sobald Baines am nächsten Tag heiratete, würden die Engländer wieder abreisen. Da sie aber nicht zur Hochzeit eingeladen war, musste sie unbedingt noch heute einen tauglichen Kandidaten finden, vor allem, da sie wusste, dass ihr die Zeit durch die Finger rann. Baron Gow würde nicht bereit sein, seinen Anspruch auf ihre Hand aufzugeben, wenn sie keinen Ehemann fand, und ihr Cousin, Alex, würde ihn und seine Leute nur eine Weile aufhalten können. Sie würde bald für ihre Handlungen zur Rechenschaft gezogen werden, da war sie sich sicher. Ein Notfallplan war unerlässlich, sonst müsste sie sich wohl oder übel damit abfinden, das alte Ekel zu heiraten.

Nachdem sie sich gewaschen und mit Tante Elspeth etwas gegessen hatte, beschloss sie, mit ihr auf den Markt zu gehen. Innerhalb einer Stunde fand Clarissa sie und zerrte sie hinter ein Zelt. Sie winkte Elspeth zu, die damit beschäftigt war, um etwas Brot zu feilschen.

»Hast du ihn letzte Nacht gesehen? Ich weiß, dass er dich will.« Clarissas Augen leuchteten vor Aufregung.

»Das mag sein, aber ich will ihn nicht, Clarissa. Ich bin nicht mehr daran interessiert, über ihn zu diskutieren, also hör bitte auf.«

»Warum nicht? Findest du nicht, dass er gut aussieht?« Clarissa sah sie an, als ob sie dumm wäre.

Diana seufzte. »Ja, das tue ich, aber er heiratet morgen seine Verlobte. Ich will nichts mit dem Flegel zu tun haben. Ich will einen Ritter, der ein reines Herz hat.«

»Ich dachte, du wolltest heiraten?«

»Will ich auch, aber er ist bereits verlobt.«

»Vielleicht kann er dir einen anderen finden. Unter seinen Freunden sind viele Ritter. Warum fragst du nicht?« Clarissa ergriff ihre Hand.

»Weil ich nicht wünsche, ihn jemals wiederzusehen, Clarissa. Bitte hör auf, mich wegen ihm zu belästigen.« Diana drehte sich auf dem Absatz um und stapfte wütend durch die Menge. Nach einiger Zeit ergriff Tante Elspeth ihre Hand und sagte: »Was suchst du, Kind? Du rennst herum wie ein kopfloses Huhn. Wir müssen bald nach Hause zurückkehren.«

»Nay.« Sie blieb in der Mitte des Platzes stehen und suchte die Menge um sich herum ab. »Nay, Tantchen. Verstehst du denn nicht? Wenn ich heute keinen Ritter finde, ist meine Situation hoffnungslos. Die große Hochzeit ist am nächsten Tag. Wie soll ich danach einen finden?«

Elspeth ging mit ihr weiter, bis es fast dunkel war. »Komm, Kind. Wir müssen nach Hause gehen. Es ist nicht sicher für zwei Frauen nach Einbruch der Dunkelheit.«

Diana ließ den Kopf hängen und stapfte hinter Elspeth her, mit dem Gefühl, als würde ihre Welt um sie herum zerbröckeln. Wohin sollte sie gehen? Was sollte sie tun?

Micheil kam von hinten heran und packte sie um die Taille. »Komm, du musst zurück zu Tante Elspeth. Gows Männer sind heute hier.«

Dianas Panik war offensichtlich, aber Micheil drängte sie in gleichmäßigem Tempo vorwärts und sorgte dafür, dass seine Tante mit ihnen mithalten konnte.

»Und sobald wir zu Hause sind, werde ich dir beibringen, wie man einen Dolch benutzt. Nach letzter Nacht würde ich mich besser fühlen, wenn du dahingehend nicht vollkommen unbeholfen bist.«

»Was ist letzte Nacht passiert, Micheil?« Tante Elspeth runzelte die Stirn.

Diana lief bei diesem Kommentar sofort rot an, aber er schritt ein, um ihre Scham zu lindern. »Das ist jetzt nicht wichtig, Tantchen. Sie muss darauf vorbereitet sein, sich zu verteidigen.«

Sobald sie zu Hause angekommen waren, halfen sie Tante Elspeth bei ihren Einkäufen, dann führte Micheil Diana zurück durch die Küche und in das kleine Wäldchen hinter dem Haus.

»Micheil, ich weiß überhaupt nicht, wie man einen Dolch benutzt«, sagte sie mit weicher Stimme. »Ich werde mich sicher schneiden. Ich besitze nicht einmal einen Dolch.«

»Genau deshalb habe ich auf dem Markt einen für dich gekauft. Der passt gut in die Falten deines Kleides. Du kannst eine Tasche nähen, um ihn zu verstauen.« Er hielt ihn ihr hin, damit sie ihn in Augenschein nehmen konnte.

Er hatte den schönsten gekauft, den er finden konnte. Der Griff hatte eine glatte schwarze Oberfläche und war mit kleinen Edelsteinen besetzt.

Sie befingerte die schönen Steine, dann blickte sie ihm fest in die Augen. »Micheil, der ist wunderschön. Ich danke dir für dein Geschenk.«

Er stand nahe genug, um ihren Duft einzuatmen, schwor sich aber, sich davon nicht von seinem Ziel ablenken zu lassen. Gows Männer waren immerhin in der Gegend. Sie musste wissen, wie sie sich zur Wehr setzen konnte, falls sie angegriffen wurde.

Sie stellte sich auf die Zehenspitzen und gab ihm einen flüchtigen Kuss auf die Lippen. »Ich liebe ihn.«

Micheil konnte nicht widerstehen. Er nahm ihr Gesicht in seine Hände und küsste sie zärtlich. Ihr erster Kuss war zu grob für sie gewesen. Ihre Lippen waren weich und warm, und sie schmeckte genauso süß, wie er es in Erinnerung hatte. Sie öffnete sich ihm und berührte seine Zunge mit einer Unschuld, die ihn zu überwältigen drohte, aber er behielt die Kontrolle. Kleine Schritte. Wenn er ihr Zeit geben musste, um sie davon zu überzeugen, dass sie keinen Engländer zu heiraten brauchte, würde er es tun.

Er trat zurück und sah, wie aufgeregt sie war, hielt sich aber davon ab, seine Brust wie ein Pfau aufzublasen. Sie mochte seine Küsse, und wenn die schwelende Leidenschaft in ihrem Blick ein Hinweis darauf war, dann fand sie diesen anscheinend noch schöner. Er drehte sie um und drückte sie eng an sich.

»Also, du bist Rechtshänderin?«, flüsterte er ihr ins Ohr.

»Aye.« Ihre Stimme war mehr ein lustvolles Stöhnen, was ihn

zum Schmunzeln brachte.Vielleicht hatte er ja doch eine Chance bei ihr.

»Dann muss die Tasche in deinem Rock auf der rechten Seite angenäht werden, damit du ihn schnell parat hast. Ich hätte auch noch eine Scheide dafür, falls du sie benutzen willst, damit du dir nicht die Hand aufschneidest. Das ist die Bewegung, die du üben sollst.« Er zeigte ihr, wie sie den Dolch halten musste, dass sie ihn schnell herausziehen und benutzen konnte. »Das ist nur ein kleines Messer – du wirst niemanden töten, wenn du es ihm nicht gerade in den Hals stichst.« Er zeigte ihr den Schnitt, den er meinte.

»Ich will niemanden umbringen.«

»Das solltest du aber, wenn man versucht, dich zu töten. Selbst wenn du nicht an den Hals desjenigen herankommst, wird ein Dolch im Bauch auf jeden Fall genug Schmerzen und Blutungen verursachen, um ihn auszubremsen. Wenn du deinen Angreifer in der Brust verwunden willst, brauchst du etwas Glück, sonst triffst du nur die Rippen. Für eine Anfängerin würde ich das nicht empfehlen. Denk einfach daran, dass ein Angriff von einer Frau jeden noch so hartgesottenen Krieger aus dem Konzept bringt und dir möglicherweise die Zeit verschafft, um wegzulaufen.«

»Aber die meisten Männer sind viel größer als ich.«

»Du kämpfst und trittst so kräftig, wie du kannst, so wie du es mit dem Baron und mit Randall getan hast. Du willst es ihnen nicht leicht machen. Selbst ein Schnitt am Arm kann eine Arterie erwischen und schwere Blutungen verursachen.«

Diana lehnte sich an Micheil und wünschte sich, sie könnte einfach für immer in seinen Armen bleiben. Er war stark und beschützend, genau wie ihre Mutter ihren Ritter beschrieben hatte. Er roch nach Leder und einem Geruch, den sie nur von ihm hatte, einer, der sie dazu brachte, sich an ihm reiben zu wollen, um mehr von ihm aufzunehmen.

Sie wischte sich den Schweiß von der Stirn. »Furchtbar warm hier draußen, nicht wahr?«

Er grinste. »Aye.« Es war eine tiefe, kehlige Antwort, die sich einen Weg über ihren Rücken und in ihr Innerstes bahnte und sie dazu brachte, sich an ihn zu schmiegen und sich nicht mehr zu bewegen.

Er drehte sie zu sich um und umfasste ihre Schultern. »Diana, ich weiß, dass ich hier ein Risiko eingehe, aber würde dein Vater jemals jemanden in Betracht ziehen, der nicht von edlem Blut oder ein Ritter ist? Würde er dir jemals erlauben, sagen wir, einen Mann wie mich zu heiraten?«

Ihre Augen weiteten sich, schockiert, aber mehr als erfreut über seinen verblümten Vorschlag. Sie nickte und lächelte. »Ich denke, er würde es in Betracht ziehen. Wahrhaftig, Micheil? Du würdest mich wollen?«

Hoffnung blühte in ihrem Herzen auf. Micheil war jemand, auf den sie sich verlassen konnte, jemand, der ihr Blut in Wallung brachte. Würde er es wirklich in Betracht ziehen? »Ich dachte, du wolltest nie heiraten?«

»Nun, zumindest wollte ich es vorher nie. Aber du hast meine Meinung geändert. Ich fürchte, ich möchte dich nicht gehen lassen. Darf ich dir den Hof machen, schlicht um zu sehen, ob wir zusammenpassen?«

Sie warf ihre Arme um seinen Hals. »Aye, Micheil. Nichts würde mich glücklicher machen.«

Er küsste sie innig, dann ging die Tür auf und ein Diener kam heraus. Der Kuss endete schneller, als es Diana lieb gewesen wäre.

Es spielte keine Rolle. Micheil hatte sie gerade zur glücklichsten Frau von ganz Schottland gemacht. Auf einmal gab es wieder Hoffnung für sie ... und auf unzählige weitere Küsse.

Es war früh am nächsten Morgen und die Hochzeit sollte erst am Mittag stattfinden. Obwohl er versprochen hatte, Diana den Hof zu machen, und sie zugestimmt hatte, beschloss Micheil, noch einmal auf den Markt zu gehen, um zu sehen, ob er noch etwas über die Männer des Barons in Erfahrung bringen konnte. Er spürte auch, dass etwas bei der Hochzeit nicht stimmte – sowohl mit dem Bräutigam *als auch mit der* Braut – und so beschloss er, die Ohren offen zu halten, um zu sehen, was er herausfinden konnte. Sein Hauptziel aber war nach wie vor ihrer aller Schutz. Er musste sicherstellen, dass Gows Männer ihren Aufenthaltsort entdeckten. Er ließ eine Wache im Haus zurück, nahm ein paar mit und schickte die anderen aus, um die Gegend auszukundschaften.

Als er den Markt betrat, fand er einen Verkäufer, der Tierfelle verkaufte und sehr gesprächig war. »Was sagst du zu dem Mädchen, das mit Baines verlobt ist? Ich habe sie beim Turnier nicht gesehen. Ist sie hübsch?«

»Och, man sagt, sie sei eine absolute Schönheit. Das sollte sie auch sein, da sie die Cousine von König Alexander ist, aber niemand hat sie je gesehen. Wir dachten alle, sie sei blond, aber die, die gestern auf der Tribüne saß, hatte eher rotes Haar.«

»Und, war sie hübsch?«

»Wie hätte man das sehen sollen? Ihr Gesicht und ihr Haar waren fast vollständig bedeckt und versteckt. Wie Ihr wisst, wäre es schottische Tradition, dass sie ihr Gesicht zeigt, vor allem beim Ritterturnier ihres Verlobten. Aber sie hat nie jemandem den vollen Blick auf ihre Schönheit gewährt.«

Micheil strich sich nachdenklich über das Kinn. »Das ist wahr, das ist ungewöhnlich. Viele sind von nah und fern gekommen, um ein Auge auf das Ehepaar zu werfen. War sie denn gar nicht mit dem König unterwegs? Ist sie nicht auf den Stufen der großen Halle erschienen, um die schottischen Gäste zu begrüßen?«

»Nay, ich habe das Mädchen nicht gesehen, und ich bin auch niemandem begegnet, der das von sich behaupten könnte. Manche vermuten, dass das so geplant war, damit mehr Menschen an der Zeremonie teilnehmen. Offenbar fürchtet König Alexander, dass die Schotten einer englischen Hochzeitszeremonie nicht beiwohnen oder das frisch vermählte Paar nach dem Gelübde nicht beglückwünschen.«

Nach diesem Gespräch war auf Micheils Gesicht ein gewisser Argwohn eingebrannt, den er nicht mehr ablegen konnte. Irgendetwas stimmte nicht, und es gab zu viele Ungereimtheiten. Alex würde direkt zum König gehen und ihm ein paar Fragen stellen. Leider hatte er keine Ahnung, wo Robbie und Alex waren, und der König würde ihn wahrscheinlich nicht anhören, aber er wusste, wo er einen finden konnte, der ihm helfen könnte.

Logan. Es war an der Zeit, nach seinem Bruder zu schicken, dem Experten im Aufspüren von Informationen. Gwyneth hatte vor nicht allzu langer Zeit ihre kleine Tochter zur Welt gebracht.

Würde er bereit sein, ohne Gwynie zu reisen?

Egal, er musste es versuchen. Also schickte er einen Boten zu Logan.

»Bitte, Tante Elspeth, bitte? Es sind so viele Verkäufer auf dem Markt für die Hochzeit.«

Elspeth starrte ihren Schützling mit den Händen in den Hüften an. »Micheil hat gesagt, wir sollen zu Hause bleiben. Er macht sich Sorgen wegen der Männer von Baron Gow.«

»Aye, aber wir können die Wache mitnehmen. Ich will nur zu den Tuchhändlern gehen. In Crieff finde ich nie so schönen Stoff. Wenn Micheil und ich heiraten, soll ich dann nicht das schönste aller Kleider haben?«

Elspeth seufzte. »Mädchen, du weißt, wie du mich weichkochen kannst. Also gut, einverstanden. Aber die Wache kommt mit uns, eine Stunde, und nur Stoffe und Bänder.«

»Und neue Schuhe?«

»Nur wenn wir zufällig an einem Händler vorbeikommen.«

Diana quiekte vor Freude und umarmte Tante Elspeth. Jetzt, wo die Möglichkeit Micheil zu heiraten im Raum stand, musste sie mit ihrer Kleiderwahl vorbereitet sein. Sie würden schnell heiraten müssen, um Baron Gows Einwände abzuwürgen, aber sie wollte sich trotzdem schön fühlen.

»In Ordnung, aber das ist das letzte Mal. Ich würde mir später gerne den Hochzeitszug ansehen. Vielleicht treffen wir Micheil, dann kann er uns helfen, unsere Pakete nach Hause zu tragen, obwohl er versprochen hat, für den Fall, dass Logan kommt, Lebensmittel einzukaufen.«

Also machten sie sich mit einer Wache wieder auf den Weg zu den Warenhändlern auf dem Markt. Eine Stunde später hatte sie ein paar Stoffe und dazu passende Bänder gefunden, aber noch keine Schuhe. »Komm, meine Liebe. Uns läuft die Zeit davon. Wir müssen gehen.« Diana, die sich über den Stoff freute, aber enttäuscht war, dass sie kein passendes Schuhwerk gefunden hatte, stapfte neben Tante Elspeth her und schniefte die ganze Zeit theatralisch.

Sie waren fast zurück bei der Hütte, als etwas Hartes Diana am Hinterkopf traf und ihre Welt in Dunkelheit tauchte.

Micheil hatte das Haus seiner Tante fast erreicht, die Arme voller Einkäufe, als er etwas sah, das ihn wie ein Faustschlag in die Magengrube traf. Geradeaus lag eine Frau, die er für Tante Elspeth hielt, bäuchlings vor ihm auf dem Boden. Diana war nirgends zu sehen. Er ließ die Waren fallen, kniete neben seiner Tante nieder und rieb ihre Schulter. »Tantchen, Tantchen, wach auf, bitte.«

Er war erleichtert, als er einen Puls an der Seite ihres Halses spürte, aber obwohl ihr Herz noch schlug, wachte sie nicht auf. Als er die Gegend nach der Wache absuchte, bemerkte er schließlich einen anderen Körper nicht weit entfernt. Er schaffte es, ihn aufzuwecken, und Gott sei Dank, er konnte sich bewegen, obwohl er zugab, dass er keine Ahnung hatte, was passiert war. Micheil schüttelte den Kopf und kehrte zurück, um seine Tante zu holen. Er nahm sie in die Arme und machte sich auf den Weg zurück zu ihrem Haus, in der Hoffnung, dass er Diana drinnen vorfinden würde. Ein mulmiges Gefühl in seinem Bauch sagte ihm aber, dass das Wunschdenken war. Diana würde sie niemals auf diese Weise verlassen. Es musste etwas passiert sein. Er legte Elspeth in ihrer kleinen Kammer auf ihr Bett, während die Wache bei den Paketen half. Es gelang ihm, seine Tante dazu zu bringen, an einem Schluck Ale zu nippen, genug, um sie stotternd aufzuwecken.

»Diana! Wo ist sie? Ich habe gesehen, wie ihr jemand auf den Kopf geschlagen hat, aber danach kann ich mich an nichts mehr erinnern.« Sie ergriff Micheils Hand. »Ich muss sie sehen, bitte, sonst kann ich nicht ruhen.« Die Worte waren wie ein Messer, das in sein Herz gestoßen wurde.

Er schüttelte traurig den Kopf. »Ich hatte gehofft, du würdest mir sagen, dass sie bei dem Angriff nicht bei euch war. Es gibt keine Spur von ihr, weder auf der Straße noch hier im Haus. Ich weiß nicht, wo sie ist, Tante Elspeth. Versuche, dich an so viel wie möglich zu erinnern.«

Zum Glück hatte er Logan und Gwyneth vorhin eine Nachricht zukommen lassen. Obwohl er die Situation nicht ganz verstand, gefiel ihm nicht, was hier vor sich ging, und er hatte nicht mehr das Gefühl, dass er allein damit umgehen konnte.

Er steckte Elspeth ins Bett und sie schlief schnell ein. Dann lief er nach draußen, um die unmittelbare Umgebung nach Hinweisen abzusuchen, fand aber nichts, bevor er zurückkehrte, um noch einmal nach seiner Tante zu sehen. Er war sich nicht sicher, was er als Nächstes tun sollte, und ging in ihrem Hauptraum auf und ab, als ein kräftiges Klopfen ihn aus seinen Gedanken riss. Die Tür flog auf, und zu seiner großen Erleichterung standen Logan und Gwyneth dahinter, beide grinsten ihr kleines Kind an, ihre neue Tochter Sorcha. Die Kleine war an Logans Brust gebunden, mit dem Gesicht nach außen, und wirbelte ihre Arme vor Freude über die Possen ihrer Mutter durch die Luft.

»Och, Gott sei Dank. Kommt rein, schnell. Ich brauche eure Hilfe.«

Logan bellte: »Dir auch einen guten Tag, Bruder. Was beschäftigt dich so?«

»Diana Drummond ist verschwunden, und ich habe keine Ahnung, wo ich sie suchen soll. Ich soll sie beschützen und ihr helfen, einen Ehemann zu finden, wie Alex Grant es mir aufgetragen hat, aber jetzt ist alles ein Chaos.« Er fuchtelte wild mit den Händen durch die Luft, während er sprach.

Logan rief: »Micheil, reiß dich zusammen. Und wo ist Tante Elspeth?«

Micheil starrte seinen Bruder einen langen Moment lang mit offenem Mund an, bevor er sie zu einem Tisch begleitete. Elspeths Dienstmagd brachte Ale für die Gäste. Dann erklärte er alles so kurz und bündig, wie er konnte. Er begann wieder auf und ab zu gehen, bevor er in der Mitte des Raumes stehen blieb und Logan anstarrte, der immer noch am Tisch saß. »Und?«

»Und was?«

»Was machen wir als Nächstes? Wir müssen ihr nachgehen. Verdammte Axt, wir können nicht einfach hier sitzen und hoffen, dass sie einfach so von selbst zurückkommt. Sie wurde wahrscheinlich entführt. Wir müssen etwas unternehmen.«

Logan sagte: »Zuerst mal sollten wir alle etwas essen. Mit leerem Magen kann ich nicht arbeiten. So wie sich die Dinge anhören, gibt es zwei Verdächtige. Wenn es Baron Gow ist, werden Alex Grant und seine Wachen ihm in kürzester Zeit auf der Spur sein und sich um ihn kümmern.«

»Alex hat Wachen hier in der Stadt, die nur nach dem Baron Ausschau halten. Ich muss sie finden und in Erfahrung bringen, was sie wissen. Du kannst dir derweilen etwas zwischen die Zähne schieben. Und die andere Person, die es sein könnte?«

»Dieser Ritter wollte vor seiner Hochzeit noch ein bisschen Spaß mit ihr haben. Obwohl es unwahrscheinlich ist, dass er etwas damit zu tun hat, da er mittags heiratet, besteht durchaus die Möglichkeit, dass er es war, wenn der geile Bock seine Angelobte wirklich nicht begehrt. Andererseits könnte es auch jemand sein, den wir überhaupt nicht verdächtigen, also müssen wir unvoreingenommen an die Sache herangehen. Aber zuerst müssen wir einen Plan machen, denn ich werde nicht einfach durch ganz Edinburgh rennen ohne irgendeine Art von Vorbereitung. Besorg uns doch bitte etwas zu essen und wir denken uns derweilen etwas aus. Wir werden auch eine Karte des Schlosses brauchen.«

»Wie seid ihr so schnell hierhergekommen?«, fragte Micheil.

»Wir waren schon auf dem Weg, als uns dein Bote erreicht hat«, sagte Gwyneth. »Dougal Hamilton hatte uns gebeten, in Edinburgh nach dem Rechten zu sehen. Er hat Wind davon bekommen, dass hier etwas Seltsames mit dieser Hochzeit vor sich geht – irgendeine Art von Betrug.« Sie löste das Plaid, das ihre Tochter an Logans Brust hielt, und wandte sich an Micheil. »Hier, würdest du deine Nichte einen Moment halten?« Sie hielt die kleine Sorcha ihrem Onkel entgegen.

Micheil starrte die Kleine an und nahm sie schließlich an sich, wobei er sich fragte, was er als Nächstes tun sollte. Sie schenkte ihm ein süßes, kleines Lächeln, während sie an ihren Fingern nuckelte. »Du hast dein Kind mitgenommen, als die Krone dich gebeten hat, verdeckte Arbeit für sie zu leisten?« Sein Bruder und seine Schwägerin waren beide Spione für die schottische Krone und hatten sich während eines Einsatzes kennengelernt und kurz darauf geheiratet. Dougal Hamilton war ihr Kontaktmann.

Gwyneth lachte. »Natürlich, das ist die einzige Möglichkeit, wie Logan und ich arbeiten können. Und da ich ein paar Monate ans Haus gefesselt war, wollten wir unbedingt weg. Sorcha geht überall mit uns hin. Sorcha, erinnerst du dich an Onkel Micheil?«

Sorcha schenkte ihm noch ein Grinsen, bevor sie sich die Faust in den Mund steckte und mit dem anderen Arm winkte. »Hier, ich werde sie füttern, während du und Logan einen Plan ausarbeitet. Ich kann hier drüben sitzen und mir alles anhören. Erzähl uns am besten auch alles, was du über Dianas Charakter weißt. Wir müssen wissen, ob sie eine Kämpferin ist und ob sie in solchen Situationen einen kühlen Kopf bewahren kann.«

Gwyneth setzte sich in der Nähe des Kamins hin, um die kleine Sorcha zu stillen. Logan reichte Gwyneth einen Becher mit Apfelmost, einen Apfel und ein Stück Käse, das sie essen konnte, während sie das Kind fütterte. Er küsste Gwyneth auf die Wange. »Bleib stark für mich, Liebes. Ich glaube, ich werde dich brauchen.« Er beugte sich hinunter, um auch Sorcha auf die Wange zu küssen, und sie löste sich lange genug von der Brust ihrer Mutter, um ihrem Vater ein breites Grinsen zu schenken. »Aye, Papa liebt dich auch, meine Süße.« Sie wandte sich wieder dem Essen zu, aber ihr Blick folgte ihrem Vater, während sie den Finger ihrer Mama umklammerte.

Micheil und Logan besprachen alles und machten ihren Plan. Als sie fast fertig waren, steckte Tante Elspeth ihren Kopf durch die Tür ihrer Kammer und sagte: »Gott sei Dank, dass du hier bist, Logan. Wir brauchen dich.«

Micheil sprang von seinem Stuhl auf und half ihr in den Raum hinaus. »Tante Elspeth, bitte sei vorsichtig. Du bist schrecklich gestürzt. Komm, setz dich zu Gwyneth, während wir reden.«

Elspeth setzte sich mit Tränen in den Augen hin. »Gwyneth, du siehst wunderbar aus, und das Kind ist so schön. Ich kann es kaum erwarten, sie zu halten.«

»Tantchen, geht es dir gut? Das ist eine schreckliche Beule an deinem Kopf.« Gwyneth beugte sich zu ihr.

»Aye, mir geht es gut, aber bitte tut alles, was ihr könnt, um Diana zu finden. Sie ist ein reizendes Mädchen, und ich glaube, jemand könnte sich an ihr vergehen.« Dann legte sie ihre Hand an die Seite ihres Mundes und flüsterte. »Und ich glaube, sie liebt Micheil wirklich. Sie gehören meiner Meinung nach zusammen.«

Micheil konnte nur finster dreinschauen.

KAPITEL DREIZEHN

DIANA WACHTE MIT starken Kopfschmerzen auf. Sie bewegte ihre Hand nach oben, um vorsichtig die Beule an ihrem Kopf zu befühlen, nur um sofort vor Schmerz zusammenzuzucken. Sie befand sich auf einem Bett in einer großen, runden Kammer, möglicherweise ein Turmzimmer. Ein Fenster ließ etwas Morgenlicht in die Kammer, genug für sie, um zu bemerken, dass sie nicht allein war. Eine alte Frau saß auf einem Stuhl neben dem Bett, und es waren zwei Wachen im Raum, eine auf jeder Seite der Tür.

Als die alte Frau bemerkte, dass sie wach war, sagte sie: »Wenn du mir dein Wort gibst, nicht zu schreien, werde ich die Wachen wegschicken und dir alles erklären. Aber wenn du schreist oder dich wehrst, werde ich sie dich ans Bett fesseln und knebeln lassen. Die Wahl liegt ganz bei dir.«

Die Knopfaugen der Frau bohrten sich in Dianas Augen, als sie ihre Antwort erwartete.

Diana dachte einen Moment lang nach, entschied dann aber, dass sie herausfinden musste, warum sie hier war. Sie konnte später immer noch kämpfen und schreien.

»Ich werde ruhig bleiben. Wer seid Ihr?«

»Das wirst du herausfinden, wenn die Zeit dafür gekommen ist.« Sie neigte den Kopf zu den beiden Wachen: »Lasst uns allein, aber haltet die Ohren offen, falls ich euch wieder brauche, um sie zu fesseln. Und wenn sie irgendwelche Geräusche macht, kommt ihr zurück, um sie zu knebeln.«

Die beiden Männer verließen den Raum und die alte Frau ging hinüber zum Bett. »Du fragst dich sicher, warum du hier bist. Zuallererst muss ich dir sagen, dass du die Auserwählte bist.

Viele junge Mädchen würden alles geben, um an deiner Stelle zu sein, also musst du dankbar sein und deine Position schätzen.«

Dianas Blick suchte die Kammer ab, auf der Suche nach irgendwelchen Hinweisen auf ihren Verbleib. Ihre Finger fanden das Messer in ihrer Tasche, und sie atmete erleichtert auf, dass sie nicht ganz ohne Hoffnung war, beschloss aber, es vorerst dort zu lassen. Verdammt, sie hatte genug davon, ein Opfer zu sein. Sie musste sich selbst aus dieser Situation befreien. Das Schlafgemach gehörte jemandem, der reich war, jemand, der sich die besten Möbel, Wandteppiche und Quilts leisten konnte. »Aber ich kann nicht gehen?«, fragte sie schließlich die alte Frau.

»Nay, das steht nicht zur Debatte. Irgendwann, wenn du dich mit deiner Position abgefunden und sie akzeptiert hast, wirst du auf eigene Faust losgehen dürfen. Aber du brauchst dir keine Sorgen zu machen, du wirst alles bekommen, was du jemals willst oder brauchst. Du kannst dich glücklich schätzen, denn du hast die Wahl zwischen zwei Menschen.«

»Das verstehe ich nicht. Wer hat mich auserwählt?« Sie umklammerte die Bettdecke in ihren Händen, während die Frau weiterredete, und ihre Augen das Schlafgemach nach allem absuchten, was sie als Waffe benutzen konnte. »Wessen Kammer ist das?«

»Das wird dein Zuhause für die nächsten Nächte sein. Wenn wir nach England zurückkehren, wirst du eine ähnliche Kammer wie diese haben, aber viel luxuriöser.«

»England? Ich gehe nicht nach England. *Wer hat mich ausgewählt?*«

»Mein zukünftiger Enkel natürlich. Seine Frau, meine Enkelin, erlaubt ihm eine Konkubine, und du bist diejenige, die er ausgewählt hat. Denk dran, es gibt viele, die gerne deinen Platz einnehmen würden. Wir werden uns sehr gut um dich kümmern.«

Diana traute ihren Ohren nicht. »Und der Name des Gentleman?«

»Randall Baines, natürlich. Wie ich höre, hast du bereits seine Bekanntschaft gemacht. Wenn du willst, kannst du die Hochzeitsprozession vom Fenster aus beobachten. Aber wieder nur, wenn du versprichst, nicht zu schreien.«

Die alte Frau hob einen knochigen Finger und zeigte auf das Fenster. »Sieh selbst, wie gut Randall aussieht.«

Diana setzte ihre Füße auf den Boden und stand auf, eine Welle von Schwindel überfiel sie. Sie setzte sich wieder hin und wartete, bis er sich wieder gelegt hatte.

»Sei vorsichtig, meine Liebe, du hast einen bösen Schlag auf den Hinterkopf bekommen.«

Sobald ihr Kopf klar war, kehrte sie zum Fenster zurück und schob die Felle zurück, wobei sie die Fensterläden umklammerte, während sie die Gegend nach dem Hochzeitspaar absuchte. Schließlich sah sie sie, auf weißen Pferden reitend. Randall saß da, die Schultern zurückgenommen und den Kopf hoch erhoben, und sah sehr königlich aus. Seine Braut - das geheimnisvolle Mädchen, das niemand bislang gesehen hatte - an seiner Seite.

Sie keuchte auf, als sie die Frau erkannte.

»Was ist los? Warum bist du so überrascht?«

Diana drehte sich zu der alten Frau um, dann griff sie nach dem Pfosten des Bettes, um sich aufrecht zu halten. »Seine Frau ... ich kenne sie.«

»Ja, das tust du. Sie sagte, sie habe versucht, dich zu überreden, bei ihrem Plan mitzumachen, damit du nicht auf den Kopf geschlagen werden musst.«

»Clarissa hat mir gesagt, dass er mich heiraten will, aber Clarissa war die ganze Zeit seine Verlobte, nicht wahr?«

»Ja, das ist wahr, aber ihr wahrer Name ist Clarice, nicht Clarissa. Sie hat dir eine Lüge erzählt, oder? Nun, sie ist ein verwöhntes kleines Mädchen.« Die alte Hexe kicherte, als sie sich wieder auf ihren Stuhl setzte.

Diana ging zurück zum Fenster und starrte auf das schöne Paar, das zur Freude der Menge im Hof herumtänzelte. »Ich verstehe das nicht. Warum sollte sie wollen, dass ihr Mann eine Mätresse hat? Will sie ihn nicht für sich selbst und für niemanden sonst? Ich würde das wollen.«

»Sie hat ihre Gründe, und sie waren sich einig.«

Diana wandte sich vom Fenster ab und blickte über ihre Schulter zu der Frau. »Sie waren sich einig? Er hat darauf bestanden, mich als seine Geliebte zu haben, und sie hat gesagt, es sei in Ordnung?«

»Mehr als in Ordnung. Sie will dich auch als seine Geliebte.«
Ein selbstgefälliger Blick huschte über ihr Gesicht, als sie auf
Dianas Antwort wartete.

Diana runzelte die Stirn. »Das verstehe ich immer noch nicht.
Sie hat einen Ritter, der sie will.«

»Aye, aber sie möchte keine Kinder austragen, also bist du auserwählt, das für sie zu übernehmen.«

»Nay ... warum sollte sie dann überhaupt heiraten?«

»Sie muss, weil der König von England es verfügt hat, also muss
es so geschehen. Die Verlobungsvereinbarung wurde vor langer
Zeit getroffen. Und abgemacht ist abgemacht.«

Diana bedeckte ihren Mund, als ihr die Realität ihrer Situation
endlich klar wurde. »Aber warum ich? Es gibt doch viel schö-
nere.«

»Weil dein Haar fast die gleiche Farbe wie ihres hat und du
grüne Augen hast. Immerhin musst du Randalls Kinder gebären.
Wenn es deine Kinder sind, werden sie Clarice genug ähneln,
um als ihre durchzugehen. Sobald du seinen Erben trägst, versteckt ihr euch beide, du als ihr Dienstmädchen, und ihr kommt
erst wieder raus, wenn das Kind geboren ist. Dann wirst du das
Baby aufgeben, damit es seinem Stand entsprechend aufgezogen
wird. Was kann man mehr verlangen?«

Diana stolperte zurück zum Bett und hielt sich den Kopf, wäh-
rend die Schmerzen zunahmen. Nein, das konnte sie nicht tun.
Auf keinen Fall würde sie ihr Kind aufgeben. Sie musste fliehen.
Micheil, bitte hilf mir.

»Tante Elspeth, bist du sicher, dass es dir recht ist, eine Weile
auf Sorcha aufzupassen?«, fragte Logan. »Micheil und ich werden
Informationen in der Stadt sammeln, bevor wir zurückkommen
und Gwyneth holen. Sie wird so schnell wie möglich zurückkehren, aber wir brauchen sie, um später ins Schloss zu gelangen.
Die Wachen befragen keine Frauen mit dicken Bäuchen oder
Kindern an der Hand.«

»Soll heißen?«

»Es muss Straßenkinder in Edinburgh geben. Gwyneth ist auf
der Suche nach einem jungen Mädchen, das uns im Tausch gegen
ein paar Münzen hilft. Nachdem wir uns hier wieder getroffen

haben, werden wir uns auf den Weg machen. Ich weiß nicht, wie lange es dauern wird.«

Elspeth nickte. »Keine Sorge. Ich bin ganz zufrieden mit dem Kind auf meinem Schoß.« Als hätte sie das Kompliment verstanden, blickte Sorcha lächelnd zu ihr auf.

Micheil schritt in dem Raum umher, während sein Bruder sprach. Sie mussten Diana finden, sie mussten es einfach. Alles begann sich endlich zu fügen. Sein Leben war im Begriff, eine große Wende zu nehmen, und er war zu früh unterbrochen worden. Er wollte Zeit mit Diana verbringen, um mehr über sie zu erfahren. Würden sie jemals die Gelegenheit haben, einfach nur zu lachen und sich aneinander zu erfreuen?

»Micheil und ich werden in Kürze zurückkehren.« Logan gab Sorcha einen dicken Kuss auf die Wange, was genügte, um sie zum Lächeln zu bringen, und geleitete Micheil zur Tür hinaus.

Als sie die Straße erreicht hatten, seufzte Micheil, unsicher, welche Richtung er einschlagen sollte.

Logan stemmte die Hände in die Hüften. »Willst du mir genau sagen, was dieses Mädchen für dich bedeutet? Hat die Tante die Wahrheit gesagt?«

»Nichts«, antwortete er zu schnell. *Zu viel* hätte er antworten sollen. »Alexander Grant hat mich gebeten, über sie zu wachen und sie sicher nach Hause zu ihrem Sire zu bringen. Ich habe keine Lust, am Ende von seinem Schwert aufgespießt zu werden, wenn ihr etwas zustößt. Im Moment spricht die Situation nicht gerade für mich, oder? Sie ist vor meiner Nase entführt worden.«

Sie gingen in Richtung Stadtzentrum. »Du lügst. Du bist in sie verliebt.«

»Was?« Micheil jaulte auf. »Nay.« Er zögerte. Das war typisch für seinen Bruder. »Och, es stimmt, ich bin unsicher, aber ich würde ihr gerne den Hof machen. Leider gibt es zu viele Hindernisse.«

»Das war nicht überzeugend genug, also sagt mir das, dass du sie zwar liebst, aber noch nicht bereit bist, es jemand anderem gegenüber zuzugeben. Bist du so verbohrt wie ich es bei Gwyneth war?«

»Was redest du da? Du und Gwyneth, ihr wart füreinander bestimmt. Ich bin sicher, ihr habt es von Anfang an gewusst.«

Logan grinste. »In gewissem Sinne, aye, sie hat ein Feuer in mir entfacht, aber ich hatte nicht sofort so tiefe Gefühle für sie. Diese Dinge brauchen Zeit, Bruder.«

»Und war sie für deine Gunstbezeugungen empfänglich?«

Logan hustete. »Empfänglich? Zum Teufel, sie hat mir gedroht, mir die Eier abzureißen, und ich habe nicht an ihrem Wort gezweifelt.«

Micheil lachte. »Och, das hätte ich zu gerne gesehen.«

»Frag Robbie Grant, wenn du ihn das nächste Mal siehst. Er ist mein Zeuge.« Logan grinste bei der Erinnerung daran, wie er seine Frau zum ersten Mal getroffen hatte. »Aye, da war von Anfang an ein Funke, aber ich habe mich entschieden, ihn zunächst zu ignorieren. Hätte ich so weitergemacht, wäre mir das größte Vergnügen meines Lebens entgangen.«

Micheil blickte seinen Bruder an. »Das da wäre?«

»Meine Frau und meine Tochter zusammen zu sehen. Jetzt verstehe ich Quade besser, als ich es jemals zuvor getan habe.«

»Du hattest immer eine Schwäche für Kinder, besonders für unsere Nichte und unseren Neffen.«

»Das ist wahr, aber meine Gefühle gehen darüber hinaus. Ich kann es nicht erklären. Aber jetzt sag mir, warum du weg aus Falkirk und in Richtung Edinburgh bist? Wie hast du Alex Grant davon überzeugt, dich nur mit seiner Nichte gehen zu lassen, ein Mann und eine Frau allein?«

»Weil es Gerüchte gibt, dass Baron Gow seine ersten drei Frauen umgebracht hat, und sein Verhalten legte nahe, dass sie wahr sind. Der Mann ist genauso grausam, wie man ihm nachsagt. Alex wollte nicht, dass Diana erfährt, dass wir gemeinsam ihre Flucht inszeniert haben. Sie und ich gingen alleine, aber Alex schickte zehn Wachen, um uns zu folgen. Als ich bei Tante Elspeth ankam, schickte ich die meisten los, um nach Gows Männern Ausschau zu halten. Mir ist jetzt klar, dass ich das nicht hätte tun sollen.«

»Warum Edinburgh und nicht zurück zu ihrem Vater?«

»Weil Diana überzeugt war, hier einen besseren Ehemann zu finden. Meine Güte, die Gewissheit, mit der sie davon sprach, ließ uns alle glauben, dass sie bereits jemanden im Sinn hatte. Ich glaube, wir hatten es alle so eilig, sie von Baron Gow wegzubringen, dass wir das nicht durchdacht haben. Dieser Mann ist eine grausame Bestie. Ich hätte ihm meine Tochter nie gegeben.«

»Etwas zu überstürzen, hört sich für mich nicht nach Alex Grant an.«

Sie erreichten das Stadtzentrum, und so trennten sich die beiden - Micheil ging in Richtung Schloss, Logan in Richtung der Kathedrale, in der die Hochzeit stattfinden sollte, und suchte die Wachen von Grant auf.

Micheil musste zugeben, dass er über Logans Geständnis schockiert war. Gwyneth passte so perfekt zu seinem Bruder, dass er vermutet hätte, sie hätten sofort gespürt, dass sie füreinander bestimmt waren.

Konnten er und Diana wirklich so perfekt zusammenpassen, wie sein Bruder und seine Schwägerin es taten? Der Kuss, den sie im Wald in der Nähe des Turniers geteilt hatten, hatte ihn völlig überrascht. Obwohl es beabsichtigt war, sie von Randalls schlechtem Charakter zu überzeugen, hatte es Micheil stattdessen nur angestachelt. Es hatte ihn wütend gemacht, zu hören, wie sie davon sprach, den anderen Mann zu küssen, also hatte er ihr beweisen wollen, dass der Engländer unmöglich der beste Küsser sein konnte. Die Spannung zwischen ihm und Diana hatte sie beide überrascht, das wusste er. Sie war in seinen Armen dahingeschmolzen und hatte eine Leidenschaft an den Tag gelegt, die ihn dazu gebracht hatte, sie auf den Boden zu werfen und sie gleich dort nehmen zu wollen. Wären sie nicht so kurz vor dem Turnier gewesen, hätte er vielleicht nicht aufgehört.

Das war völlig untypisch für ihn. Er hatte sich immer unter Kontrolle, egal, welches Mädchen ihm Gesellschaft leistete. Seine Erfahrung hatte ihm gezeigt, dass ihn nichts und niemand aus der Ruhe bringen konnte.

Bis auf Diana. Egal, wie er die Situation bewertete, er kam zu demselben Schluss. Er war in sie verliebt, er war nur noch nicht bereit, es seinem Bruder oder sonst jemandem gegenüber zuzugeben.

Außerhalb der Küche schlenderte er zu ein paar Straßenhunden hinüber, die nach Essen suchten. Micheil lehnte sich gegen den Zaun und zog ein paar Goldmünzen aus seiner Tasche. Sobald das Gold in der Sonne aufblitzte, stürmten zwei Burschen zu ihm herüber.

»Hat irgendwer irgendwelche ungewöhnlichen Begebenheiten beobachtet, besonders welche, die ein rothaariges Mädchen involvieren?« fragte Micheil, während er die Münzen in die Luft schnippte.

»Aye, das habe ich, mein Herr.«

»Erzähl, und ich werde sehen, ob du die Münze verdient hast.«

»Jemand hat auf der anderen Seite der Stadt zwei Menschen auf den Kopf geschlagen. Ich habe gesehen, wie er es tat. Dann warf er das flammenhaarige Mädchen in einen Karren und bedeckte sie mit einem Plaid.«

»Fahre fort. Wer war es und wohin haben sie sie gebracht?«

Der eine Junge blickte seinen Freund an. »Wir wissen nicht, wer es war, aber sie brachten sie hinter das Schloss.«

Der andere sagte: »Aye, in die Küche, glaube ich. Die alte Frau haben sie einfach am Boden liegen gelassen. Es waren zwei der Wachen des Engländers. Sie kamen mit ihm.«

Micheil lächelte und warf jedem der Jungen eine Münze zu.

Dafür würde Randall Baines bezahlen, dieser Mistkerl.

KAPITEL VIERZEHN

ALS MICHEIL WIEDER im Haus ankam, waren Logan und Gwyneth bereits mit einem jungen dunkelhaarigen Mädchen von etwa zehn oder elf Jahren dort. Er blieb stehen, sobald er durch die Tür trat, versteinert vom Anblick der blauen Flecken im Gesicht des jungen Mädchens.

Micheil starrte Logan mit fragend hochgezogenen Augenbrauen an. Gwyneth saß in der Ecke und stillte Sorcha.

Logan legte seine Hände auf die Schultern des Mädchens. »Das ist Molly. Molly arbeitete für die englische Familie, die Randall Baines und seine Verlobte hierher in die Stadt brachte.«

»Und jetzt nicht mehr?«, fragte Micheil.

»Nay. Molly ließ ein Tablett auf den Boden fallen, und die Großmutter von Clarice, Baines' Angetraute, gab ihr eine Ohrfeige und befahl, sie mit einer Rute zu schlagen. Gwynie fand sie nach der Tracht Prügel schluchzend draußen. Ena, die Großmutter, dachte, wenn sie sie schutzlos in die Kälte hinausschickten, würde sie ihre Lektion schon lernen. Sie wurde an einen Baum gefesselt.«

Molly ließ den Kopf hängen, Tränen kullerten ihr in Demütigung über die Wangen.

Tante Elspeth sagte leise: »Molly, bitte weine nicht. Ich verspreche, dass wir dich nie schlagen werden.«

Und auch Micheil sagte: »Nay, wir werden dich nicht schlagen. Wo sind deine Eltern?«

»In England«, antwortete Logan. »Sag Micheil, warum sie dich fortgeschickt haben«, fügte er hinzu, seine Stimme war sanft und väterlich.

Ihr Blick blieb starr auf den Boden gerichtet. »Mein Sire sagte, es gäbe zu viele Mäuler zu stopfen, also wurden meine jüngere Schwester und ich weggeschickt. Er wollte sich nicht von seinen Söhnen trennen.«

»Wo ist deine Schwester?« Micheil hatte fast Angst zu fragen.

»Maggie ist noch drinnen.« Ihre Augen weiteten sich bei der Erwähnung ihrer Schwester hoffnungsvoll.

»Hast du Informationen über Diana, eine Frau mit roten Haaren?«

Logan lächelte. »Aye, das tut sie. Molly kann uns zu Diana führen. Sie weiß genau, wo sie festgehalten wird. Diana wurde entführt, um als Randall Baines' Mätresse nach England gebracht zu werden.« Er neigte den Kopf zu seinem Bruder.

Micheils Augen weiteten sich. Gott, er konnte es kaum glauben, aber dem Gesichtsausdruck von Logan nach zu urteilen, war es wahr. »Seine Mätresse?«

Molly nickte, die Augen immer noch niedergeschlagen. »Seine neue Frau war einverstanden.«

Micheil kniete vor dem Mädchen und legte seinen Finger unter ihr Kinn, damit sie ihm in die Augen schaute. »Ich danke dir, Molly, dass du uns geholfen hast. Ist Lady Diana am Leben und wohlauf?«

»Aye, sie lassen sie bewachen, bis Randall von der Hochzeitszeremonie zurückkehrt.«

Gwyneth kündigte an: »Wir haben auch noch eine andere Aufgabe zu erledigen.«

»Und die wäre?«, fragte Micheil.

»Wir werden Maggie suchen und sie mitnehmen. Ich brauche ein paar Helfer mit meinem Kind, besonders da wir aktuell noch ein Kind erwarten.« Sie blickte Logan an. »Molly hat gesagt, sie würde lieber mit uns gehen als zurück nach England zu dieser Familie. Logan und ich hielten das für eine wunderbare Idee.«

Molly meldete sich zu Wort. »Ich kann auch Kleidung reinigen, Mylord.« Sie stand steif wie ein Brett, bewegte keinen Muskel, wahrscheinlich war sie wund von den Prügeln.

Micheil starrte ins Leere und stellte sich vor, wie er seine Hände um Baines' Hals schlang, um ihn langsam zu erwürgen. »Das klingt wunderbar, Gwyneth. Ich glaube, Molly und Maggie wird es bei den Ramsays gefallen, und ich bin mir sicher, dass

Mutter sich über die beiden freuen würde.«

»Komm, iss mehr, Kleines«, sagte Tante Elspeth und nahm Molly an der Hand. »Du bist zu dünn.« Sie setzte sie an den Tisch, aber Molly sprang zurück auf die Beine.

»Muss ich sitzen, Mylady?« Ihre Hände hielten schützend ihren Hintern.

Elspeth fand ein weiches Plaid und legte es auf den Stuhl. »Probier das mal, Mädchen.«

Micheil drehte sich zu Gwyneth um. »Seid ihr beide bereit? Es ist an der Zeit, dass wir uns vorbereiten und es tun.« Er rang die Hände, als er in der Mitte der kleinen Halle stand.

Er konnte einfach nicht länger warten. Wie zum Teufel konnte sich jemand an so einem kleinen Mädchen vergehen? »Und Molly, vergiss nicht, uns zu zeigen, wer die Alte ist, die deine Bestrafung angeordnet hat.«

Diana war in Panik, aber da war immer noch ein erdrückender Schmerz in ihrem Kopf. Die alte Dame setzte sich wieder auf ihren Stuhl - sie hatte offensichtlich nicht die Absicht zu gehen -, also drehte sich Diana auf die andere Seite und schloss die Augen, um so zu tun als würde sie schlafen. Sie brauchte Zeit zum Nachdenken. Micheil würde sie retten, nicht wahr? Und sie hoffte verzweifelt, dass es Tante Elspeth gut ging.

Kurze Zeit später öffnete sich die Tür und schloss sich leise wieder. »Ist sie brav, Großmama?«

Diana drehte sich zur Tür. Clarice kam zu ihrer Seite des Bettes herüber und setzte sich auf die Kante.

»Es tut mir leid, dass wir dir wehtun mussten, meine Liebe. Wenn du Randall nur nachgegeben hättest, hätten wir dich nicht entführen müssen.« Clarice fuhr mit dem Finger an Dianas Wange entlang. »Ich habe versucht, dich zum Einlenken zu bewegen.«

Diana zuckte vor der Berührung zurück, aber Clarice packte sie an den Haaren. Schmerz schoss durch Dianas Kopf, da sie so nah an ihrer Beule war. »Du wirst lernen, nicht auf mich herabzusehen, aber für den Moment werde ich dir verzeihen, da du wahrscheinlich ein wenig ... verwirrt bist ... von den Veränderungen in deinem Leben. Denk einfach daran, dass es viele gibt, die dankbar wären, an deiner statt zu gehen.«

»Dann nehmt doch eine von denen. Ich will weder mit dir noch mit Randall etwas zu tun haben. Du hast mich belogen und jetzt hältst du mich gegen meinen Willen hier fest. Ich werde dir niemals nachgeben.«

Clarice lächelte und ließ ihr Haar los, dann rieb sie ihre Wange mit dem Handrücken, nur um ihr im nächsten Moment eine schallende Ohrfeige zu geben. »Wir werden sehen. Randall wird sein Spiel mit dir treiben, ob du willst oder nicht.«

Sie stand auf und ging zu ihrer Großmutter hinüber. »Halte sie noch ein oder zwei Stunden ruhig. Wir müssen am Festmahl teilnehmen. Wenn du die Wachen brauchst, um sie zu fesseln, dann nur zu. Es darf keine Chance geben, dass sie ausbricht, solange das Schloss noch voller Schotten ist.«

Sobald sie weg war, machte Diana eine Bestandsaufnahme ihrer Umgebung. Es würde nicht schwer sein, die alte Schachtel zu überwältigen, und sie hatte ja ihren Dolch. Sie musste die Frau nur ablenken.

»Wäre es möglich, etwas zu essen zu bekommen, Mylady?«

»Hier ist etwas Käse. Das ist alles, was ich habe. Die dumme Dienstmagd hat den Brei verschüttet.«

»Aber mein Kopf tut so weh und das Kauen wird schmerzhaft sein. Brei wäre besser.« Sie musste von hier verschwinden. Ihre Aufpasserin stöhnte, aber sie stand auf, um mit den Wachen zu sprechen und schickte einen in die große Halle, um Essen zu holen.

Diana brauchte eine Ablenkung. Sie musste raus aus diesem Albtraum und zurück zu Micheil. Warum hatte sie Micheil nicht für all das gewürdigt, was er für sie getan hatte? Sie hatte sich von Kindergeschichten und ihrer eigenen Fantasie blenden lassen. Jetzt erkannte sie, dass *er* der Ritter war, der sie immer beschützte und für sie sorgte. Zur Hölle mit diesen dummen englischen Rittern. Sie wollte einen Schotten, und Micheil Ramsay war der richtige Mann für sie. Er hatte sie nach Edinburgh gebracht, sie vor dem Schuft Randall gerettet, sie gehalten, als sie weinte, sich gegen die Betrüger beim Ritterturnier gewehrt – er hatte ihr so sehr geholfen. Warum hatte sie ihn nicht als das erkannt, was er war?

Endlich wurde ihr klar, dass Micheil Ramsay ihr Ritter war, und dass sie sich in Edinburgh in ihn verliebt hatte, genau wie ihre liebe Mutter es vorausgesagt hatte. Wenn sie nur einen Weg hätte, es ihm zu sagen.

Gwyneth half Molly, sich in einer Schlafkammer in Tante Elspeths Haus anzuziehen. Die Männer waren immer noch im Speisesaal und planten eine Strategie auf der Grundlage der detaillierten Beschreibung, die Molly ihnen vom Grundriss des Schlosses gegeben hatte.

Gwyneth kniete vor dem Mädchen und steckte ihr Haar in eine Jungenmütze. Sie hatten beschlossen, dass die einzige Möglichkeit, in die Stadt zu kommen, darin bestand, sich als Küchenjungen zu verkleiden. Ein großes Fest, zu dem König Alexander den größten Teil der Stadt eingeladen hatte, bot die perfekte Tarnung für sie. Es würden viele im Burghof ein- und ausgehen, sodass niemand sie verdächtigen würde. Ihr einziges Problem bestand darin, sicherzustellen, dass Molly von keinem der Bediensteten im Inneren erkannt wurde.

»Mylady?«, flüsterte Molly.

»Was, Schätzchen?«, fragte Gwyneth sie und lächelte, in der Hoffnung, dem Mädchen etwas von seiner Angst zu nehmen.

»Versprecht Ihr, dass Ihr uns nicht zurücklasst, meine Schwester und mich?« Ihre Stimme zitterte, während sie auf ihre Füße starrte. »Wir gehen mit Euch überall hin, solange uns keiner schlägt. Oder ich nehme Maggies Schläge auf mich. Solange Ihr meine Schwester nicht schlagt, werde ich alles tun, was Ihr verlangt. Sie ist zu jung.«

Gwyneth legte ihren Finger unter Mollys Kinn und hob ihren Kopf hoch. »Ich verspreche, euch beide nicht zurückzulassen, und ich verspreche, keine von euch zu schlagen. Wenn wir getrennt werden, werde ich zurückkommen und euch holen. Glaubst du mir?«

»Ich werde mein Bestes tun«, flüsterte sie mit brüchiger Stimme.

»Sag mir, vor wem hast du mehr Angst – vor Randall, Clarice oder ihrer Großmutter?«

Molly wandte ihren Blick ab. »Lord Baines. Die anderen beiden kannte ich nicht, bevor ich nach Edinburgh kam.«

»Aber war es nicht die Großmutter, die dich verprügeln ließ?« Gwyneth hatte auf einmal ein ungutes Gefühl im Bauch.

»Aye, aber ich verstehe diese Art von Strafe. Ich bekam sie damals in England auch.« Sie starrte an die Decke, während sie mit den Zehen auf dem Boden klopfte.

Gwyneth hörte auf, sich an der Verkleidung des Mädchens zu schaffen zu machen, und suchte wieder Mollys Blick. »Und was für eine Art von Strafe verstehst du nicht?«

Molly antwortete nicht, aber Tränen glitten über ihre Wange, ihre Unterlippe zitterte.

»Molly, ich wurde einmal gezwungen, an Bord eines Schiffes zu gehen, wo ein Mann versucht hat, mich an einer Stelle zu berühren, die allein mein Privatbereich ist. Er gab mir ein sehr unangenehmes und schmutziges Gefühl. War es das, was passiert ist?«

Das Mädchen nickte, ihre Hände verschränkten sich vor ihrem schlanken Körper. »Lord Baines zwang mich, mich auszuziehen, und er berührte meine Brust. Er sagte, ich sei noch nicht ganz so weit, aber bald. Das hat mir nicht gefallen. Ich habe Angst um Maggie.«

Gwyneths Bauch krampfte sich plötzlich von einem vertrauten Griff zusammen - einem, den sie schon lange nicht mehr gespürt hatte. Es würde ihr für die Aufgabe, die vor ihr lag, gute Dienste leisten. Sie umarmte Molly fest, obwohl sie steif wie ein Brett dastand. »Mach dir keine Sorgen, Kleines. Randall Baines wird dich nie wieder anfassen, dafür sorge ich höchstpersönlich. Und die alte Frau genauso wenig.«

Molly entspannte sich und legte ihren Kopf auf Gwyneths Schultern, ihr leises Weinen hallte in Gwyneths Ohr wider. »Es tut mir leid, dass wir dich mitnehmen müssen, obwohl du Schmerzen hast«, sagte sie, »aber wir brauchen deine Führung. Komm, Mädchen, wir haben zu tun. Lass uns deine Schwester holen, aye?«

Molly nickte und richtete sich auf, damit Gwyneth ihre Verkleidung vollenden konnte. »Es macht mir nichts aus, wenn es wehtut, solange wir Maggie finden.« Als sie fertig waren, schritt Gwyneth in den Speisesaal hinaus, Mollys Hand in der ihren. Sie blieben vor den anderen stehen, und Gwyneth blickte ihren

Mann an und zog Molly dicht an sich heran, damit sie ihr einen Arm um die Schultern legen konnte.

Alle wurden still und warteten darauf, dass sie sprach.

Ihr Blick löste sich nicht von Logans und sie sagte: »An die Arbeit, Ehemann.«

Logan erstarrte. »Och, den Blick habe ich schon mal gesehen.« Er blickte zu Molly und warf seiner Frau ein süffisantes Lächeln zu.

Gwyneth nickte.

»Der Bastard wird bezahlen.« Logan wandte sich an seinen Bruder. »Das wird das reinste Vergnügen, das verspreche ich dir.«

Micheil starrte Gwyneth und Molly an und hoffte, dass er das stumme Gespräch zwischen Mann und Frau falsch interpretiert hatte, aber irgendetwas sagte ihm, dass dem nicht so war. »Baines ist ein Lügner und Betrüger. Das hat er vor einer Menge von Engländern und Schotten auf dem Tjostfeld bewiesen.«

Gwyneth schloss die Augen. »Och, aber der Mann ist so, so viel mehr als das.«

Ihre Augen flogen wieder auf, eine Wut in ihnen, die Micheil nur einmal zuvor dort gesehen hatte, in der Nacht vor vielen Monden, als Gwyneth den Mann zur Strecke gebracht hatte, der ihren Vater und ihren Bruder ermordet hatte. Die Frau seines Bruders war eine meisterhafte Bogenschützin, und sie trug immer ihren Bogen und ihre Pfeile bei sich. Er hatte in dieser Nacht den Beweis für ihre Fähigkeit gesehen.

Bevor sie das Haus verließen, wandte sich Gwyneth an ihren Mann. »Logan, richte meinen Umhang so, dass es so aussieht, als hätte ich einen Buckel. Ich muss meinen Köcher verstecken.«

Molly beobachtete sie aufmerksam, während Logan ihr assistierte. »Ihr benutzt Pfeil und Bogen, Mylady?«

Gwyneth nickte, während sie mit der Hand über ihren Rücken fuhr. »Aye. Ich habe versprochen, deine Schwester zurückzuholen, und das werde ich auch. Koste es, was es wolle.« Nachdem sie sich zurechtgemacht hatte, ging Gwyneth zu Tante Elspeth hinüber, die Sorcha in ihren Armen hielt, und küsste ihre schlafende Tochter auf die Wange, dann schritt sie zur Tür. »Kommt, wir müssen die beiden Mädels retten.«

Tante Elspeth lächelte und nickte zufrieden. »Gott segne dich, meine Liebe.«

KAPITEL FÜNFZEHN

DIE ALTE DAME ließ ein anderes Dienstmädchen den Brei hereinbringen. Als die Frau zum Fenster hinüberging, setzte Diana sich in Bewegung und schaffte es, in ihre Tasche zu greifen und den Dolch aus seiner Hülle zu befreien. Sie hoffte, sich nicht ins Bein zu schneiden, aber sie brauchte ihn.

»Nun, der Adel zieht in die große Halle ein. Wunderbar. Randall und Clarice sollten bald kommen. Ich würde gern noch ein wenig zu den Festlichkeiten hinuntergehen.« Sie wandte sich vom Fenster ab und starrte Diana an. »Und ich habe keine Lust, hier zu sein, wenn deine Unterweisung beginnt. Die werden sich schon mit dir vergnügen.« Sie schüttelte einen ihrer gichtigen Finger in ihre Richtung. »Sie hätten auf meine Worte hören und sich eine aussuchen sollen, die bereit ist, sich gegen Bezahlung zu fügen. Aber dieser Randall hat einige einzigartige Ansichten. Vielleicht ist es das Beste, dass du hier bist, damit er dich anstelle meiner schönen Enkelin benutzen kann.«

Die Tür zur Kammer schwang auf und Randall marschierte herein. »Nun, Ena, wie ich sehe, passt du gut auf meine Hübsche auf.« Er stand vor ihr und hatte die Arme vor der Brust verschränkt. »Meine Güte, ich glaube, ich bin dankbar, dass ich beschlossen habe, bis zu meiner Hochzeitsnacht zu warten, um dich zu nehmen. Es wird mir das Gefühl geben, eine echte Braut zu haben, anstatt der Eisprinzessin, die ich geheiratet habe.«

Diana blickte ihn an und er kicherte. »Wir werden heute Abend definitiv Spaß haben. Du wirst nicht die Einzige sein, die schreit, also wird wenigstens niemand auf deine Schreie hören.« Er machte auf dem Absatz kehrt und rief die Wachen herein. »Bringt die Frau zeitnah in den Raum neben meiner Kammer.

Seid diskret und knebelt sie, wenn ihr müsst. Aber bei all dem Trubel in der Halle und im Hof wird ihr wohl ohnehin niemand Beachtung schenken.«

Er ging hinüber und neigte ihren Kopf zurück, um sie zu küssen. Diana presste ihre Lippen zusammen und weigerte sich, den Kuss zu erwidern, bis er sie biss und sie aufjaulte. Er verpasste ihr eine Ohrfeige und sagte: »Wenn es sein muss, werde ich dich ans Bett fesseln lassen, darauf kannst du dich verlassen.« Er grinste und schlenderte zur Tür hinaus.

Diana spuckte auf den Boden, nachdem er gegangen war, starrte die alte Schrulle an, die in der Ecke lachte, und fragte sich, wie sie sich jemals zu dem abscheulichen Flegel hingezogen fühlen konnte. Sie überlegte, ob sie den Mann mit ihrem Dolch erstechen sollte, aber da die alte Frau immer noch anwesend war, würde sie ihn für zwei Personen benutzen müssen. Sie würde nur eine Chance haben, und sie war noch nicht bereit, sie zu verspielen. Die Wachen befanden sich immer noch just außerhalb des Raumes. Sie dachte, ihre beste Gelegenheit würde sich ergeben, während sie in den anderen Raum gebracht wurde oder wenn sie dort war.

Aber wo war Micheil?

Gwyneth gab Logan einen schnellen Kuss hinter dem Schloss. Micheil sagte: »Der Plan steht. Bist du damit einverstanden, Gwyneth?«

»Aye, Molly und ich werden unseren Teil tun, keine Sorge. Wir werden nach dir Ausschau halten, entweder draußen oder drinnen.« Gwyneth, gekleidet in ihren Lieblingswaffenrock und ihre Hosen, hatte ihren Bogen über dem Rücken und ihren Köcher in Reichweite, versteckt unter ihrem Umhang. Da es eine kühle Nacht war, hoffte sie, dass die Köchin sie nicht bemerken würde.

Logan sagte: »Micheil, du wartest hier draußen auf Gwyneths Kommando.«

Die Gruppe trennte sich und Gwyneth stapfte mit Molly zum hinteren Teil der Küche. Sie fanden zwei Servierteller und schlichen sich zum gegrillten Spanferkel nach draußen und stellten sich in der Reihe an Bediensteten auf. Sobald der Koch ihre Teller belud, gingen sie in die Küche.

»Beeilt euch mit dem Fleisch, Leute. Die fressen in der Halle, als gäb es kein Morgen. Es ist nicht genug da, um sie alle durchzufüttern«, rief ein Koch. »Zieh deinen Umhang aus, Junge.«

»Aye, Koch.«, murmelte sie über die Schulter, eilte aber weiter und verließ sich darauf, dass das Durcheinander sie decken würde.

Gwyneth eilte aus der Küche und in den Korridor, der zur großen Halle führte. Molly blieb direkt neben ihr. Kurz bevor sie die große Halle betraten, blieb Molly stehen und zeigte auf sie. »Dort, in diese Richtung.«

Sie bahnten sich ihren Weg durch ein großes Labyrinth von Gängen, die mit Essensresten, sich küssenden Liebenden und gelegentlich einer betrunkenen Seele, die auf dem Boden lag, übersät waren. Die Fackeln waren im Raum verstreut, sodass ihre Gesichter ziemlich verborgen blieben. Molly wies auf eine Tür, und Gwyneth stahl sich hinein. Es war eine kleine, verlassene Kammer, die ihren Zwecken perfekt dienen würde. Molly war definitiv eine Bereicherung.

»Hier, Mädchen«, sagte sie und zog eine kleine Flasche aus ihrer Tasche. »Streue etwas von diesem Pulver über das Fleisch, das du da hast. Sei vorsichtig, dass du nichts auf die Haut bekommst, sonst müssen wir es abwaschen.« Als sie mit ihrer Aufgabe fertig waren, schlichen sie zurück aus der Tür und den dunklen Gang hinunter, dann die Treppe am Ende des Korridors hinauf.

Sie stahlen sich zwei Stockwerke hinauf, ohne jemandem zu begegnen. Als sie die Tür am oberen Ende der Treppe erreichten, warf Gwyneth einen Blick zurück auf die feuchte Treppe. Da sie niemanden sah, steckte sie ihren Kopf aus dem Türrahmen und bemerkte die beiden Wachen vor einer Kammer, genau wie Molly es gesagt hatte.

Molly flüsterte: »Sind sie in der Nähe oder weiter unten im Gang?«

Gwyneth antwortete: »Sie sind nicht in der Nähe.«

»Dann müssen sie sie in der Hochzeitskammer haben. Das ist das größte Zimmer am Ende des Ganges. Darin gibt es zwei miteinander verbundene Räume und einen kleinen mit einer großen Wanne zum Baden und Ankleiden.«

»Dann legen wir los. Bist du bereit?«

Molly nickte mit einem ernsten Gesichtsausdruck und begann, ihr Tablett in Richtung der Wachen zu tragen. Zufrieden ging Gwyneth neben ihr her.

Die Wache auf der linken Seite hielt sie auf. »Lord Baines ist in seinem Zimmer, und er hat verfügt, dass niemand die beiden Kammern betreten darf.«

Gwyneth starrte ihn an. »Lord Baines selbst hat uns auf dem Weg nach oben abgefangen und uns gesagt, wir sollen Platten mit Fleisch heraufbringen. Wir haben zwei mitgebracht, eine für euch und eine für ihn.«

Eine Wache starrte auf das Essen, sein Mund sabberte. »Glen, ich habe schon lange nichts mehr gegessen. Lass sie rein, damit wir auch mal wieder was zu beißen kriegen. Was können zwei schmächtige Burschen schon anrichten?«

Der andere Wachmann nickte, seine Augen auf die riesigen Brocken dampfenden Fleisches vor ihm gerichtet.

»Aye. Lasst sie rein. Hier, gib uns unseres zuerst.«

Gwyneth reichte das Tablett weiter und griff nach der Tür. Sobald sie hineingetreten waren, schloss sie die Tür hinter ihnen. Eine Frau, auf die die Beschreibung von Diana zutraf, lag auf einem Bett an der hinteren Wand zwischen zwei Fenstern. Beide Fenster hatten Fellvorhänge, und unter dem weiter entfernten stand eine schwere Truhe. Eine alte Frau saß auf einem Stuhl neben dem Bett, eine Kommode nicht weit von ihr. Diana hielt ihre Finger an die Lippen, denn die alte Frau hatte sie noch nicht bemerkt. Auf der anderen Seite des Raumes befand sich eine weitere Tür. Sie lächelte, als sie Mollys Hand ergriff. Das würde einfach werden.

Diana starrte die beiden Burschen an, die gerade eingetreten waren. Randall war in seine Kammer gegangen und hatte gesagt, er würde sich umziehen, sang aber gerade mit tiefer Stimme nebenan und verursachte auch sonst allerlei Lärm in seiner Kammer. Wer waren dann die beiden?

Einer der Burschen, der wie ein Mädchen gebaut zu sein schien, stellte einen Teller mit Fleisch ab und trat zu der alten Frau hinüber. Dann riss er sie hoch und hielt ihr einen Dolch an die Kehle.

»Kein Wort, oder du bist eine tote Frau.«

Ena begann zu schreien, aber der Bursche drückte ihr mit seiner Hand die Kehle zu, bis sie keuchte und schließlich verstummte.

Der Junge flüsterte ihr über seine Schulter zu. »Ich bin mit Micheils Bruder verheiratet, und mein Name ist Gwyneth. Diana, kannst du die Alte fesseln?«

Diana wollte vor Freude schreien, aber stattdessen entschied sie sich, vom Bett zu hüpfen und mit dem Kopf zu nicken. »Aye, mit Vergnügen.« Sie lächelte Ena an.

»Gut, hier ist ein Seil. Fessel sie, ich kümmere mich um Baines.«

Dianas Augen wurden feucht, aber sie tat, was Gwyneth von ihr verlangte. Micheil hatte sich für sie eingesetzt. Verdammt, sie liebte den Mann! Sie ließen Ena auf das Bett fallen, und der kleinere Junge half ihr, indem er die Beine der alten Frau festhielt. Während Diana damit beschäftigt war, ihre Hände zu fesseln, ging Gwyneth zum Fenster am anderen Ende der Kammer, band ein Seil an einen Metallklotz auf der Truhe, zog dann die Felle zurück und ließ das Seil nach draußen fallen.

Ena starrte den kleineren Jungen an und sagte: »Du bist kein Junge. Du bist die dumme Magd, die ich auspeitschen ließ, weil sie faul war und das Tablett fallen ließ. Ich werde dich ...

Die Geschwindigkeit, mit der sich Gwyneth vom Fenster zu ihnen bewegte, ließ Diana zusammenzucken. Die grimmige Frau packte Ena an den Haaren, zog ihren Dolch heraus und hielt ihn an Enas Kehle. »Sag noch ein Wort zu diesem Mädchen, und ich schneide dir die Zunge heraus. Als Dank für das, was du ihr angetan hast, werde ich dich auspeitschen lassen.«

Die Augen der alten Frau verdrehten sich, und ihr Mund schloss sich.

»Besser. Wenn ich die Zunge noch mal sehe oder höre, ist sie weg. Das kannst du mir glauben; nichts würde mir mehr Freude bereiten, nach dem, was du mit diesem wehrlosen Mädchen gemacht hast.« Sie ruckte mit dem Kopf in des Mädchens Richtung, das jetzt auf den Boden starrte. »Sieh sie dir gut an, denn jetzt liegt dein Leben in ihren Händen.« Gwyneth starrte die Frau an, bevor sie schließlich ihren Kopf zurück auf die Matratze sinken ließ und davonschritt.

Diana blickte von Gwyneth zu dem Jungen und bemerkte erst dann, dass sie tatsächlich ein junges Mädchen war, das den Tränen nahe war. Diana holte ihren eigenen Dolch aus seinem Versteck und sagte: »Ich kümmere mich darum. Tu, was du tun musst, um uns hier herauszuholen. Randall ist in der Kammer nebenan und kann jeden Moment auftauchen.«

Gwyneth nickte und eilte hinüber, um durch die Korridortür zu spähen, gerade als Micheil sich über die Fensterbank in das Zimmer zog. Diana hätte am liebsten zum Himmel geschrien, als sich ihre Blicke trafen. Er grinste, und ihr Herz machte tausend Freudensprünge, aber sie zwang sich, ihre Aufgabe zu erfüllen. Sie blinzelte einige Male, um den Tränenschleier in ihren Augen zu beseitigen.

»Ich werde mich um die Wachen kümmern, Gwyneth. Das überlässt du in Anbetracht deiner Umstände lieber mir. Logan würde mir den Arsch aufreißen, wenn er herausfindet, dass ich seine schwangere Frau in den Zweikampf habe ziehen lassen.« Er versuchte zweifellos sein Bestes, um zu flüstern, aber zum Glück sang Baines weiter und nahm sie nicht wahr.

Micheil beugte sich vor, um Diana auf die Wange zu küssen, als er auf dem Weg zur Tür an ihr vorbeiging, und ihr wären fast die Knie weich geworden. Sie hatte nie erwartet, so starke Gefühle für einen Mann zu haben, und dass es so schnell ging, verblüffte sie noch mehr. Wie sehr wünschte sie sich, sie könnte es ihrem Vater sagen.

Sie hatte die alte Frau fertig geknebelt, als Micheil zu dem Mädchen sagte. »Molly, halte die Tür auf.« Das Mädchen lief hinüber und tat, wie ihr geheißen. Micheil zerrte die beiden reglosen Wachen in den Raum und fesselte eine.

»Sind sie tot?«, flüsterte das Mädchen, während er weiterarbeitete.

Gwyneth schüttelte den Kopf. »Nay, sie schlafen nur. Diana, kommst du mit ihr klar?«

Diana nickte. »Aye, sie geht nirgendwo hin.«

Als Gwyneth sich auf die Tür zur nächsten Kammer zubewegte, sagte Micheil: »Lass mich das machen. Diese Narren nämlich genauso wenig.« Er gestikulierte zu den Wachen, die bereits gefesselt waren.

Gwyneth schüttelte langsam und bedächtig den Kopf. »Keine Chance. Dieser Bastard gehört ganz mir.« Sie schritt zurück und küsste Molly auf die Wange, dann schwenkte sie mit einem breiten Grinsen auf dem Gesicht zurück zur Tür.

KAPITEL SECHZEHN

SOBALD GWYNETH DIE Kammer betrat, stürzte sich Diana auf Micheil und warf sich in seine Arme. Sie schlang ihre Arme um seinen Hals und drückte ihm einen Kuss auf die Lippen.

»Mein Ritter, endlich ist mein Ritter da.«

Micheil traute seinen Ohren kaum. Hatte sie gerade gesagt, was er dachte? Wenn er ihr Ritter war, bedeutete das, dass sie ihn wollte? »Wahrhaftig? Du willst mich?«

»Aye. Micheil, siehst du es nicht? Du bist der, von dem mir meine Mama erzählt hat.«

Er schüttelte den Kopf. »Ich bin kein Ritter, Diana. Ich kann nicht all das sein, was du dir erhofft hast.«

»Ich hatte viel Zeit, darüber nachzudenken, und ich war verwirrt. Meine Mutter sagte mir, ich würde mich in Edinburgh verlieben. Ja, sie erzählte Geschichten von tapferen Rittern und Tjosten, aber sie sagte nie, dass mein Mann ein Ritter ist. Sie sagte, sie hätte einen Traum, in dem ich einen Mann treffe und mich in Edinburgh verliebe. Das bist du. Ich habe mich in dich verliebt, hier in Edinburgh, genau wie meine Mutter gesagt hat.«

Micheil küsste sie, ein langer, inniger Kuss, der ihn benommen machte, ein Kuss, der ihn nach so viel mehr verlangen ließ. Sie schmeckte so süß, und doch entfachte sie ein Feuer in ihm, wie es keine andere je konnte oder könnte. Er musste zugeben, dass sein alberner Bruder in einer Sache recht hatte. Er war tatsächlich in Diana verliebt.

Er wich einen Schritt zurück und starrte sie an, glücklich darüber, sie endlich wieder in seinen Armen halten zu können. »Du hast mich zu Tode erschreckt, Diana. Ich hatte keine Ahnung, wo du bist.«

»Ich war so dumm. Danke, dass du mich geholt hast. Du würdest nicht glauben, was sie von mir wollten.«

»Molly hier –«, er nickte mit dem Kopf in ihre Richtung, »– hat uns einen kleinen Einblick in ihre Pläne gegeben. Wir hätten auf keinen Fall zugelassen, dass sie dich nach England entführen.«

»Danke, Molly.« Diana lächelte das schüchterne Mädchen an. Molly lächelte ebenfalls und starrte auf ihre Füße, die Hände vor dem Körper verschränkt.

Die Tür flog auf und enthüllte Logan im Türrahmen. Kaum hatte er die Situation im Raum erfasst, nickte er einer Person vor der Tür zu. Im nächsten Moment schritt König Alexander herein, gefolgt von zwei Wachen. Seine Augen weiteten sich beim Anblick der Wachen auf dem Boden, bevor sein Blick schließlich zu der alten Frau auf dem Bett wanderte. »Ena, worauf hast du dich diesmal eingelassen?«

Sein Blick fiel auf Diana, die von Micheil weggetreten war, aber immer noch seine Hand hielt.

»Binde die törichte Frau los, Ramsay. Sie hat einiges zu erklären. Ich habe sie gewarnt, dass sie nicht alles so haben kann, wie sie will, aber sie hört nie zu.«

Der König sah Ena wieder an, die Stirn tief in Falten. Ein lautes Krachen ertönte aus dem Inneren der angrenzenden Kammer.

Logan schrie: »Gwynie? Brauchst du Hilfe?«

»Nay, wir sind gleich wieder draußen«, rief sie zurück.

Logan lächelte, doch dann landete sein Blick auf König Alexander, der sich am Kinn kratzte, scheinbar verwirrt von der Frau auf dem Bett. »Ist sie nicht Eure Verwandte?«, fragte er den König. »Ich dachte, Clarice wäre Eure Cousine?«

König Alexander seufzte. »Ja, das ist sie. Aber Ena ist keine Blutsverwandte, und sie hat schon immer, sagen wir … ungewöhnliche Ideen gehabt. Anscheinend ist Clarice ihr sehr ähnlich. Ich werde sie beide in meinem Arbeitszimmer empfangen, um eine vollständige Erklärung zu erhalten. Die Wachen werden sie dorthin eskortieren.« Er nickte einer der Wachen zu, und diese half Ena auf und führte sie hinaus auf den Korridor.

Gwyneth öffnete die Tür zur Kammer und sagte: »Ihr könnt gerne eintreten, wenn ihr möchtet. Und bringt bitte Molly mit.«

Micheil legte einen Arm um Diana, nahm Mollys Hand in seine und führte sie in das andere Zimmer. Sie klammerte sich an ihn und weigerte sich, ihn loszulassen, was ihm das Herz brach. Gwyneth stand neben dem Bett, ein Stück vor Randall, der sich unter scheinbar unerträglichen Schmerzen zusammenkauerte. Sie hatte ein Plaid über dem Arm, das bis zu Randalls Schritt reichte.

»Entschuldige dich, Randall.« Gwyneth sah den Mann nicht an, aber sie bewegte ihren Arm ein wenig, wodurch Randall zusammenzuckte.

Micheil fand, dass Baines ein bisschen gequält aussah, aber er genoss den Anblick sehr. Anstatt sich einzumischen, beobachtete König Alexander die Szene von der Rückseite des Raumes aus, die Arme verschränkt, während er das Schauspiel vor sich betrachtete.

»Tut mir leid«, flüsterte Baines.

»Das ist nicht gut genug. Molly, komm bitte zu mir.«

Molly hielt ihren Kopf gesenkt, watschelte aber brav auf Gwyneth zu.

»Noch mal, Randall. Und bitte sprich sie direkt an.«

»Es tut mir leid, Molly.« Er starrte auf Mollys Gesicht.

Gwyneth griff fester zu.

»Für?«

»Dafür, dass ich dich unangemessen berührt habe. Ich werde es nie wieder tun.«

»So ist es besser. Molly, du kannst aus dem Zimmer gehen, wenn du willst, Süße.«

Molly wirbelte herum, eindeutig darauf bedacht, so schnell wie möglich von dem Mann wegzukommen. Ihre Angst spürend, folgte Diana ihr nach draußen, legte ihre Hände auf Mollys Schultern und schloss die Tür hinter ihnen. Micheil starrte Baines an, immer noch verwirrt darüber, was genau Gwyneth mit ihm vorhatte. Ein Dolch in seinem Bauch?

Logan seufzte. »Gwyneth. Hast du ihn wie einen Fasan abgebunden?«

Gwyneth lächelte ihren Mann an. »Er hat es verdient, Logan.«

»Möglicherweise hat er das.« Er stellte sich neben seine Frau und küsste sie auf die Stirn. »Lass bitte die Eier des Mannes los, ja?«

Micheils Augen weiteten sich. Das würde erklären, warum Baines aussah, als wäre er kurz vor der Ohnmacht.

Logan lachte. »Außerdem ist er kein Schotte. Ich denke, du hättest ihn auch ohne das besiegen können.«

Gwyneth runzelte die Stirn und starrte Baines an, dem noch immer Angst und Schmerz aus allen Poren quollen. »Gut, wahrscheinlich hast du recht.« Sie ließ los, was auch immer sie in der Hand hielt, und ließ das Plaid fallen, wobei sie ein Tuch mit Bändern daran freigab und es auf den Boden fallen ließ.

Baines stieß einen tiefen Seufzer aus und hielt sich sein Gemächt.

Gwyneths Ellbogen erwischte ihn im Gesicht und brach ihm mit einem lauten Knack die Nase, woraufhin er mit zurückgerollten Augen auf das Bett fiel. Sie schlang ihre Arme um den Hals ihres Mannes. »Ich schätze, du hattest recht, Logan.«

Logan warf einen Blick über die Schulter auf Randall auf dem Bett. »Er wird nicht mehr ganz so hübsch sein, oder?«

Der König flüsterte: »Ich verstehe, warum Hamilton euch beide anstellt. Rücksichtslos, meine Liebe, aber wohlverdient. Ihr dürft mich jederzeit bewachen.«

Eine winzige Stimme unterbrach sie aus der anderen Kammer. »Nay, nay, bitte, jemand muss ihr helfen! Clarice hat meine Schwester, und sie will sie mitnehmen.« Sie öffneten die Tür zwischen den Kammern, und Micheil eilte zu Molly ans Fenster und kam gerade noch rechtzeitig, um zu sehen, wie Clarice über den Hof rannte und ein kleines Mädchen hinter sich herschleifte.

Gwyneth stürmte hinter ihm her in die Kammer, direkt auf Molly zu. Logan und der König waren direkt hinter ihr.

»Diana, bleib bei Molly«, rief Micheil. »Wir sind gleich wieder da.« Er nahm an, dass er und Logan die Treppe hinuntergehen würden, aber Gwyneth ging geradewegs zum Fenster und ließ auf dem Weg dorthin ihren Umhang fallen.

»Ehemann, halte das Seil für mich.« Als sie hinauskletterte, griff Logan nach dem Seil, um es zu stabilisieren und sicherzustellen, dass es hielt.

»Verdammt, du lässt sie zuerst gehen, Logan?«

»Ich akzeptiere ihre Stärken, sie akzeptiert meine«, nuschelte er über seine Schulter, so, als hätte er diesen Satz schon einhundert Mal sagen müssen.

Gwyneth konnte sich ein Grinsen als Antwort auf Logans Kommentar nicht verkneifen. Sie hangelte sich am Seil hinunter und dankte Gott für ihren wunderbaren Mann. Sie würde Maggie zurückbekommen. Er wusste es, und sie wusste es auch. Zum Glück hatte sie noch nicht so viel Bauch wegen dem Kind.

Sie kam unten an und eilte hinter Clarice her, immer noch in der Lage, das Gespräch ihres Mannes mit seinem Bruder zu hören.

»Verdammt, Micheil, siehst du nicht, dass sie schneller ist als ich? Sie ist wendig und flink.«

Sie musste ihn ausblenden und sich auf ihr Ziel konzentrieren, ihre ganze Energie darauf richten. Ihre Finger streichelten das Ende ihres Bogens und vergewisserten sich, dass er dort war, wo sie ihn erwartete. Wenn sie ihn brauchte, würde er in Sekundenschnelle in ihren Händen sein.

Wind war aufgekommen und peitschte um sie herum, was ihr besser half, Clarice mit ihren voluminösen Röcken zu folgen, die um sie herum wogten. Die kleine Maggie hielt mit der Frau Schritt, so gut sie konnte.

»Halte durch, Maggie«, rief sie. »Ich bringe dich zurück zu Molly.«

Der Kopf des Mädchens drehte sich um, um zu sehen, wer ihnen folgte, und Gwyneth hoffte, dass sie den Mut hatte, stark zu bleiben. Clarice ging geradewegs auf die Ställe zu, was dazu führte, dass sich eine schmerzhafte Erinnerung in ihr Gedächtnis zurückschlich - der Tag, an dem es ihr nicht gelungen war, den Mann zu töten, der ihren Bruder und Vater ermordet hatte. Schließlich hatte sie es geschafft, aber die Erinnerung an diesen Tag schmerzte noch immer.

Nun, heute würde sie nicht versagen, versicherte sie sich selbst. Sie würde stark sein für zwei kleine Mädchen, die ein besseres Leben verdienten. Die Schnepfe, die Maggie entführt hatte, würde aufgehalten werden, kein Zweifel. Die Tore zu den Ställen lagen auf der anderen Seite des Gebäudes. Clarice würde um die halbe Länge des Gebäudes rennen müssen, um ans Ende zu

gelangen, was Gwyneth das perfekteste Ziel gab, das sie je gesehen hatte.

Lächelnd griff sie nach einem Pfeil in ihrem Köcher.

KAPITEL SIEBZEHN

GWYNETH SPANNTE IHREN Pfeil ein und ließ ihn los, kurz bevor Clarice die Ecke erreichte. Sie traf direkt in das Kleid, das hinter der Frau her wehte. Der Stoff drückte sie an die Holzwand. Sie zuckte zurück, als Gwyneth zwei weitere Pfeile fliegen ließ, von denen einer Clarices Hand traf und sie zwang, Maggie loszulassen, und der andere ihren weiten Ärmel oberhalb des Rocks ihres Kleides an der Wand befestigte.

Logan und Micheil, die schnell hinter ihr hergelaufen sein mussten, überholten sie, als sie sich ihren Weg zu ihrer Beute bahnte. Das kleine Mädchen, das Clarice' Gefangene gewesen war, lief direkt auf Gwyneth zu, warf ihre Arme um ihre Taille und vergrub ihr Gesicht in ihrem Waffenrock.

»Wo ist meine Schwester? Ich will zu Molly«, schrie sie, als Micheil und Logan Clarice packten und ihre Hände fesselten, damit sie sie zurück ins Schloss führen konnten.

»Mach dir keine Sorgen, Mädchen«, sagte Gwyneth. »Ihr seht euch gleich wieder.« Maggie hatte wunderschönes kastanienbraunes Haar und die blauesten Augen, die Gwynie je gesehen hatte. Sie kniete vor dem kleinen Mädchen nieder und sagte: »Ich verspreche es. Ich werde nicht zulassen, dass man euch noch einmal trennt.«

Während der Rest der Gruppe weiter in Richtung der Kammer des Königs zog, zerrte Micheil Diana in eine Nische. Sie blickte zu ihm auf, mit einem Ausdruck, der ihn dahinschmelzen ließ. Er nahm ihre Hände in seine und rieb mit seinen Daumen über ihre weiche Haut.

»Micheil, was ist los?«

Er räusperte sich und versuchte, die richtigen Worte zu finden. Alles war so schnell passiert, aber das spielte keine Rolle. Er spürte tief in seinem Inneren, dass es richtig war. »Ich …« Er blickte zur Decke hinauf und fing wieder an. »Ich wusste, dass ich starke Gefühle für dich entwickelt habe, aber ich hatte keine Ahnung, wie stark. Es war mein Bruder, der meine Liebe zu dir erkannte, noch bevor ich es tat. So lange hatte ich kein Interesse daran, mich in einer Ehe niederzulassen und jetzt …«

Diana starrte ihn an, sie bekam feuchte Augen bei seinen Worten. Das schöne Lächeln auf ihrem Gesicht sagte ihm, dass es Freudentränen waren, was ihm die Kraft gab, weiterzumachen.

»Du kamst in mein Leben und hast alles auf den Kopf gestellt. Ich liebe dich, und ich möchte dir ein Leben lang zeigen, wie sehr ich dich liebe. Ich will von hier fortgehen, dir den Mond und die Sterne zeigen und dich immer an meiner Seite haben. Diana Drummond, willst du mich heiraten?«

Diana quiekte und sprang in seine Arme. »Aye, Micheil. Es gibt nichts, was mich glücklicher machen würde.« Sie stellte sich auf ihre Zehenspitzen und nahm sein Gesicht in die Hände. »Ich liebe dich auch. Aye, aye, aye.«

Er küsste sie zärtlich, in heller Aufregung darüber, dass sie akzeptiert hatte. Er beendete den Kuss und lehnte seine Stirn gegen ihre. »Willst du mich hier in Edinburgh heiraten oder willst du lieber erst mit deinem Sire sprechen?«

Tränen glitten über ihre Wangen. »Hier, Micheil. Das ist der letzte Teil des Traums meiner Mama, der dann in Erfüllung geht. Sie sagte, ich würde mich in Edinburgh verlieben und heiraten.«

Er lächelte und wischte ihr die Tränen aus dem Gesicht. »Sobald wir in der Kammer des Königs fertig sind, werde ich einen Priester suchen, wenn der König einverstanden ist.«

Dianas Blick suchte die Kammer ab, während sie versuchte, alles zu verarbeiten, was sich in so kurzer Zeit ereignet hatte. Mit Ausnahme der jungen Mädchen war die gesamte Gruppe im königlichen Arbeitszimmer zusammengepfercht, während König Alexander zwischen seinem Schreibtisch und seinen Wachen links und rechts der Tür auf und ab schritt. »Nun gut. Wer möchte anfangen, mir dieses Fiasko zu erklären?«

Keiner sprach. Während Logan Baines vor sich hielt, stand Micheil neben Clarice. Ena saß auf einem Stuhl und weigerte sich, jemanden anzusehen.

Endlich sprach Randall. »Ich weiß nicht, was passiert ist. Ich habe heute meine Verlobte Clarice geheiratet, aber ich habe keine Ahnung, wer diese Leute sind.« Er ruckte mit dem Kopf in Logans und Micheils Richtung. »Ich würde es vorziehen, wenn ich den Abend mit meiner Braut verbringen dürfte. Ich bin völlig unschuldig.«

»Unschuldig?« Diana stieß ein spitzes Lachen aus. »Wenn du unschuldig bist, warum wurde ich dann entführt und in der Kammer neben deiner gefangen gehalten?«

»In Ordnung. Ich habe also einen Fehler gemacht. Doch es gibt keinen Grund, warum ihr mich nicht freilassen solltet. Ich habe ihr nicht die Unschuld genommen.«

Gwyneth knurrte und ging drei Schritte auf ihn zu. »Überlasst ihn mir noch einmal, Ehemann.«

Mit verzweifelten Augen hielt Baines seine Hände vor sich. »In Ordnung. Zwei Fehler.« Er zeigte auf Gwyneth. »Haltet sie einfach von mir fern.« Er brauchte einen Moment, um seine Fassung wiederzuerlangen, dann fuhr er fort. »Ich habe mich bei dem Mädel entschuldigt, aber diese hier«, er zeigte auf Diana, »hat mich verfolgt. Sie ist seit zwei Tagen hinter mir her. Ich habe ihr nur gegeben, was sie wollte.«

Dianas Reaktion war schnell. »Aye, du hast mich einmal reingelegt, aber kein zweites Mal, besonders nachdem du auf dem Turnierplatz dein wahres Gesicht gezeigt hast.«

Micheil ließ Clarice los und ging auf die beiden zu. Seine Faust traf das Gesicht des englischen Ritters. Baines bedeckte hurtig seine gebrochene Nase, sodass Micheils Faust von seiner Wange abrutschte und ihn nach hinten stieß.

»Genug!«, brüllte König Alexander. »Ich schere mich nicht um diesen englischen Narren. Bringt ihn vorerst aus dem Zimmer, Wachen. Ich will mit den anderen beiden reden.« Er wies auf Clarice und Ena. »Welchen törichten Plan hast du jetzt wieder angezettelt, Ena?«

Ena warf dem König einen hochmütigen Blick zu. »Clarice ist in einen anderen verliebt, und sie wollte diesen Narren nicht heiraten. Wir haben seinen Hintergrund überprüft. Er würde ihr nie treu bleiben. Ich habe es ihr nicht übel genommen. Ich wusste, dass du darauf bestehst, dass sie heiraten, Alexander ...«

»Ena, achte auf deine Ausdrucksweise.« Der König warf ihr einen durchdringenden Blick zu.

»Wie *Ihr* wünscht, *Sire*, obwohl ich *Euch* schon kannte, als *Ihr* noch in Windeln stecktet. *Euer Gnaden.*«, sagte sie mit so viel Pathos, wie sie aufbringen konnte. »Clarice ist meine einzige Enkelin, und ich will, dass sie glücklich ist. Sie wollte weder mit Baines verkehren noch sein Kind austragen, also entführten wir eine Rothaarige, mit der er sich vergnügen kann. Was könnte das schaden? Das wird in England ständig gemacht.«

»Das Blöde daran ist, dass ihr die Tochter eines schottischen Chieftains entführt habt.«

Clarice' Augen weiteten sich. »Was?«

König Alexander brüllte. »Sie ist die Erbin des Drummond-Clans. Und warum hast du das arme kleine Mädchen genommen und bist mit ihr geflohen?«

»Ich möchte nicht mit Baines verheiratet sein. Ich mag ihn nicht, und ich habe beschlossen, zu meinem Geliebten zu fliehen«, antwortete Clarice, die Arme vor sich verschränkt.

Der König wartete und starrte sie an.

Mit leiser Stimme fügte sie hinzu: »Ich wollte ein Dienstmädchen. Mein Geliebter hat keins. Sie ist nur ein kleines Mädchen, und sie gehört niemandem. Ich habe nachgefragt. Kann ich sie nicht haben?«

»Nay!«, rief der König. »Wenn ich die Ehe auflöse, werdet ihr beide euch dann wie Erwachsene aufführen?«

Diana sah, wie Ena sich von ihrem Stuhl nach vorne lehnte und ihre Enkelin anstarrte. Die alte Frau fummelte einen Moment lang an ihren Röcken herum, bevor sie schließlich sprach: »Wir werden nach Hause gehen. Wenn du uns nur vielleicht etwas für unsere Mühen entschädigen könntest, Alexander ...«

»Ena. Wenn du so weitermachst, werde ich dich noch erdrosseln.« Er lehnte sich zu ihr hin, deutlich verärgert über die Dreistigkeit der alten Frau.

»*König* Alexander. Ich bitte um Verzeihung. Es ist nur ... wir könnten ein bisschen Geld gut gebrauchen.«

»Nay, nichts da. Du wirst genug bekommen, um mit meinen Wachen als Eskorte nach Hause zu gehen.« Er drehte sich um und starrte Clarice an. »Und das mit dem Dienstmädchen kannst du dir auch aus dem Kopf schlagen. Besorge dir gefälligst eine in England. Warte nur, bis ich deine Mutter wiedersehe.«

Kopfschüttelnd wandte sich König Alexander an seine Wachen. »Bringt sie weg und sperrt sie irgendwo in eine Kammer. Lasst sie nicht gehen, bis ich es sage. Logan, du wirst den Priester ausfindig machen, damit ich diese Ehe annullieren lassen kann. Was für eine Katastrophe. Micheil und Gwyneth, holt eure Tante und eure Tochter und bringt sie her. Gott allein weiß, was für andere Schurken heute Nacht noch da draußen ihr Unwesen treiben.« Er trat auf den Korridor hinaus und rief weitere Wachen herbei. »Räumt den Innenhof und die große Halle. Die Festivitäten sind vorbei.« Die Männer verschwanden, um seine Anweisungen auszuführen.

Logan ging mit den Wachen, um zu tun, was ihm befohlen worden war. Der König schüttelte wieder den Kopf und richtete seine Aufmerksamkeit auf Gwyneth. »Ich lobe dich für deinen Dienst an der Krone, meine Liebe. Ich kann mit Stolz sagen, dass ich dich mit eigenen Augen in Aktion gesehen habe. Wenn deine Familie eintrifft, wirst du für die Nacht deine eigene Halle haben. Es gibt reichlich zu essen.«

»Majestät, ich würde die Krone gerne um einen Gefallen bitten, wenn ich darf«, flüsterte Gwyneth.

Der König nickte. »Frei heraus, mein Kind.«

»Ich wollte darum ersuchen, dass Molly und Maggie in unsere Familie aufgenommen werden. Laut Molly wurden sie von ihrem eigenen Vater aus Not fortgeschickt, und sie wurden von Randalls Familie abscheulich behandelt.«

Der König überdachte ihre Bitte und rieb sich das Kinn. »Die beiden Mädchen sind bei meiner Haushälterin. Wenn ich die Gelegenheit habe, werde ich mit den beiden Mädchen und der Familie Baines sprechen, um deine Aussage zu überprüfen und gegebenenfalls deiner Bitte nachzukommen. Heute Nacht werden sie unter dem Schutz meines Personals und der Fürsorge meines persönlichen Heilers bleiben. Bis zum nächsten Morgen werde ich eine Entscheidung getroffen haben. Ist das akzeptabel,

Lady Ramsay?«

»Aye, habt Dank.«

Micheil hatte sich einen Weg zu Diana gebahnt und hielt nun ihre Hand. »Mein König, wenn ich Euch kurz sprechen dürfte?«

Die Augen des Königs verengten sich, als er sich an Micheil wandte. »Aye, Ramsay?«

»Ich möchte um die Ehre bitten, Diana Drummond zu meiner Frau zu nehmen. Wenn möglich, würde ich das gerne hier tun, bei Eurem Priester, mit Euch als Zeugen.«

Diana hielt den Atem an und hoffte, der König würde zustimmen.

König Alexander wandte sich an Diana. »Bleibt einen Moment in meiner Kammer. Gwyneth, wenn du möchtest, kannst du mit ein paar Wachen zurückkehren und deine Familie holen.«

Gwyneth gab Micheil einen schnellen Kuss und drückte ihm die Schulter, bevor sie ging. »Es ist das Richtige.« Sie verschwand mit ein paar Wachen.

Nun, da die anderen gegangen waren, führte der König die beiden zu zwei Stühlen. Für den Moment herrschte Stille in der Gruppe. Sie warf einen Blick auf Micheil, und er ertappte sie dabei, wie sie ihn anstarrte, und schickte ihr einen Blick, der ihr Herz zum Schmelzen brachte. Könnten sie heiraten und all ihren Sorgen ein Ende setzen? Sie hätte sich kaum einen besseren Abschluss für die vergangenen turbulenten Tage vorstellen können.

Sie errötete, starrte ihren König an und wartete auf seinen Befehl.

»Diana von Drummond, das Letzte, was ich von deinem Vater hörte, war, dass er dich mit Baron Gow verlobt hat. Ich erhielt auch ein Schreiben, in dem stand, dass der Baron mit dem Arrangement einverstanden war. Ich dachte, du wärst inzwischen verheiratet, aber ich hatte bei all dem Wahnsinn keine Gelegenheit, mit dir darüber zu sprechen. Was sagst du dazu?«

Micheil sagte: »Wenn ich darf, Eure…«

Alexander hob die Hand, um Micheil zum Schweigen zu bringen. »Von Diana, bitte.«

Diana räusperte sich. »Ihr habt recht. Meinem Sire ging es nicht gut, und er wünschte sich, dass ich heirate, damit unsere

Ländereien in unserer Blutlinie bleiben, da ich ihr Erbe bin. Als ich keinen geeigneten Partner fand, einigte er sich auf das Arrangement mit dem Baron.«

»Und du hast dem nicht zugestimmt? Ist dein Vater nicht schwer krank?«

Tränen füllten ihre Augen. »Aye, ich habe zugestimmt, bevor ich den Baron traf. Aber ...«

Er hielt sie auf. »Es gibt kein Aber. Du hast dieser Ehe zugestimmt.«

Diana brach in Tränen aus, und Micheil griff nach ihrer Hand und strich mit dem Daumen über ihren Handrücken.

»Nur zu, sag, was du sagen willst.« Der König winkte mit der Hand.

»Ich habe zugestimmt, Euer Gnaden, aber als ich den Baron schließlich traf, hat er mir Angst gemacht. Er war grausam und machte mir einige sehr plumpe Avancen. Ich bin sicher, wir würden nicht zusammenpassen. Also bin ich fortgelaufen.« Sie starrte auf den Boden, verlegen über ihr Handeln.

»Und wie bist du auf das Land des Barons gekommen, wenn dein Vater so krank war?«

»Ich wurde von meinen Cousins, Alexander und Robbie Grant, begleitet.«

»Hmmm.« Der König kratzte sich an der Backe, die Lippen geschürzt. »Und was hielt Grant von dem Baron?«

»Ich bin mir nicht sicher. Wisst Ihr, Micheil und ich gingen ...«

»Wenn ich dazu etwas sagen darf, Euer Gnaden.« Micheil räusperte sich.

Der König starrte ihn einen Moment lang an, bevor er ihm schließlich ein Zeichen gab, zu sprechen.

»Alex Grant bat mich, sie nach Edinburgh zu begleiten, auf der Suche nach einem englischen Ritter, den sie zum Mann nehmen könnte. Wir dachten, sie kenne bereits einen, aber als wir ankamen ...«

Dianas Kopf ruckte und sie starrte Micheil an. Hatte sie ihn richtig verstanden? Alex hatte ihre Reise nach Edinburgh unterstützt?

Der König hob die Hand. »Schon gut.« Er schwieg einen Moment, bevor er seinen Blick wieder auf Micheil richtete.

»Würde der Grant deinen Antrag auf ihre Hand unterstützen?«

Micheil nickte.»Ich glaube, das würde er. Er hat die Heirat mit Baron Gow nicht unterstützt.«

Diana rutschte an den Rand ihres Stuhls.»Aye, Euer Gnaden. Er würde es, da bin ich mir sicher. Und mein Sire würde das auch. Er will, dass ich glücklich bin. Er hat mich nur deshalb gezwungen, weil ich noch niemanden gefunden habe, der meiner Vorstellung von einem idealen Ehemann entspricht.«

Er blickte sie mit einer hochgezogenen Augenbraue an.»Und ist Micheil Ramsay das für dich?«

Diana errötete und merkte, wie verwöhnt sie klingen musste. »Aye. Euer Gnaden, ich war jung und verstand nicht viel von der Welt. Mein Sire war zu wachsam und hat mich vor Burschen und allem, was außerhalb unserer Ländereien und unseres Clans war, schützen wollen.«

Er lächelte.»Und jetzt?«

Sie wusste, dass sie sich dumm anhörte.»Nach meiner Zeit in Falkirk und Edinburgh weiß ich, welche Eigenschaften ich in einem Ehemann suche.«

»Ich lausche gespannt.«

Sie schaute Micheil an.»Ich will jemanden, der mich beschützt, der mir zuhört und mich unterstützt. Der Drummond-Clan gehört mir, und das Land ist das, wo ich aufgewachsen bin. Ich möchte mitbestimmen, wie unser Clan geführt wird, und nicht mit jemandem wie dem Baron verheiratet sein, der kommen und meine Leute herumkommandieren würde. Er hätte mich nie nach meinem Beitrag gefragt. Ich bin stolz auf meinen Clan, und Micheil würde mir helfen zu tun, was das Beste für ihn ist. Er ist freundlich und weise und geduldig.«Tränen schnürten ihr die Kehle zu, als sie sprach.

»Und das ist es, was du willst?«

»Aye.« Sie starrte auf ihren Schoß, bevor sie zu Micheil aufsah. »Ich möchte jemanden heiraten, der unseren Clan so führt wie mein Sire, und ich denke, dieser Mann ist Micheil. Mein Volk würde sich freuen, ihn zu akzeptieren, und mein Vater auch.«

König Alexander lächelte.»Es scheint mir, dass dein Ausflug nach Edinburgh dich einiges gelehrt hat, junge Dame.«

»Aye, das hat es. Ich schäme mich für einige meiner Taten, aber ich bin dadurch weiser geworden.«

Der König dachte einen Moment lang nach. »Warum willst du denn hier heiraten und nicht in deiner Heimat?«

»Weil ich fürchte, dass Baron Gow nach mir suchen wird, und wenn Micheil und ich bereits verheiratet sind, wenn er uns findet, kann er nicht hoffen, uns auseinanderzureißen.«

Nach einigen Minuten stand König Alexander auf. Er breitete seine Arme aus und sagte: »Ich unterstütze diese Ehe. Es würde mir gefallen, wenn aus all diesen Kuriositäten wenigstens noch eine gute Ehe entstehen würde. Noch mehr wird es mich freuen, wenn das Land der Drummonds unter der Hand zweier loyaler Schotten bleibt. Würdet ihr in Betracht ziehen, in ein paar Stunden zu heiraten, solange der Priester noch hier ist?«

Micheil blickte Diana lächelnd an, und sie nickte. »Aye, mein König.«

»Dann lasst uns die Hochzeit vorbereiten. Wir werden den kleinen Saal benutzen, und ich werde in dieser Nacht ein passendes Gemach für euch finden, wenn ihr einverstanden seid.«

Sie nickte. »Danke, Euer Gnaden.« Freudentränen glitten über ihr Gesicht, als sie erkannte, dass ihre Träume in Erfüllung gehen würden. Ihre Heirat mit Micheil war das, was sie immer gewollt hatte, was ihr Vater wollen würde und ihre Mutter auch, wenn sie jetzt hier wäre. Dies war die beste Entscheidung für ihren Clan.

Der König streckte seinen Arm aus. »Komm, Diana von den Drummonds. Wir werden meine Schneiderin suchen. Micheil, ich bin sicher, deine Familie wird bald eintreffen, wenn sie es nicht schon getan hat. Sie sollten in der östlichen Halle sein.«

KAPITEL ACHTZEHN

EIN PAAR STUNDEN später stand Micheil am Ende eines der Säle des Königs und schritt vor seinem Bruder auf und ab. »Ich kann nicht glauben, dass das passiert. Wo ist sie? Vielleicht hat sie ihre Meinung geändert?«

Logan gluckste. »Das bezweifle ich. Ihr passt meiner Meinung nach gut zusammen.«

»Glaubst du das? Habe ich eine gute Wahl getroffen?«

Logan lehnte sich näher an seinen Bruder, um sicherzugehen, dass sie nicht abgehört wurden. »Micheil, ich weiß, du liebst die Mädels, aber wie lange hättest du noch so weitermachen können? Du hast alle in der Nähe des Ramsay-Hofes ausgekostet, bist dann nach Glasgow, Ayr und jetzt nach Edinburgh weitergezogen. Hattest du vor, dich demnächst in England umzusehen?«

Micheil lachte. »Nay, ich mag eben Frauen. Ich kann nicht anders. Aber jetzt, wo ich Diana getroffen habe, habe ich kein Verlangen nach einer anderen. Ich schaue andere Frauen an, aber ich sehe sie nicht mehr so wie früher. Manchmal macht es mir Angst, was sie für eine Macht über mich hat. Bin ich dumm? Bereust du etwas? Früher bist du nie lange an einem Ort geblieben.« Micheil suchte den Blick seines Bruders und hoffte auf eine ehrliche Antwort. Bereute er es, Gwyneth geheiratet und sich niedergelassen zu haben?

»Nay, Micheil. Nicht einen Moment lang habe ich Reue empfunden, an keinem einzigen Tag. Meine Frau macht mich zu einem besseren Menschen. Und Sorcha? Ich hätte nie gedacht, dass ich so viel Liebe empfinden könnte. Nein, du hast das richtige Mädchen für dich gefunden und wirst es nicht bereuen. Außerdem ist ihr Land nicht weit von dem der Ramsays entfernt, also können Gwynie und ich euch oft besuchen. Keiner von uns mag es, lange an einem Ort zu bleiben. Sie ist definitiv meine Seelenverwandte.«

»Das ist alles so schnell passiert. Vielleicht überstürzen wir die Dinge, aber wir fürchten beide, der Baron könnte auf seine Rechte pochen. Wenn du den Bastard kennenlernen würdest, würdest du verstehen, warum ich ihm nicht erlauben kann, in Dianas Nähe zu kommen ... Quade und Mutter werden wütend sein, wenn sie herausfinden, dass ich ohne sie geheiratet habe.«

Logan schüttelte den Kopf. »Nay. Sie werden sich für dich freuen. Es wird für mehr Heiterkeit bei den Festtagen sorgen. Es ist an der Zeit.« Er klopfte seinem jüngeren Bruder auf die Schulter und neigte den Kopf in Richtung Tür.

Micheil schluckte den dicken Kloß in seinem Hals hinunter. Diana war angekommen. Freudestrahlend schritt sie am Arm von König Alexander durch den Saal, gekleidet in ein tiefblaues Kleid, das ihre roten Locken perfekt zur Geltung brachte. Als sie schließlich an seiner Seite ankam, hielt er ihr den Arm hin und sie ergriff ihn. Sein Herz quoll über vor Glück, aber er bemerkte, dass ihre Augen sich mit Tränen gefüllt hatten.

»Stimmt etwas nicht? Willst du unter vier Augen reden?«, flüsterte er ihr ins Ohr.

»Nay. Ich wünschte nur, mein Vater wäre hier. Aber ich weiß, er ist nicht stark genug, um die Reise zu bewältigen. Meine Mutter ist hier bei mir im Geiste, ich kann sie hier bei uns spüren.«

Augenblicke später standen sie vor dem Priester, Gwyneth und Tante Elspeth an Dianas Seite und Logan an der von Micheil. Als der Priester ihre Hände in das blaue Ramsay-Plaid wickelte, konnte Micheil spüren, wie Dianas Hand zitterte, also drückte er sie ein wenig. Sie blickte zu ihm auf und murmelte: »Ich liebe dich.«

Ehe er sich versah, war die Zeremonie wieder vorbei und er küsste Diana, schockiert von dem Gefühl der Gelassenheit und Erfüllung, das er empfand. Er umfasste ihr Gesicht und küsste sie erneut unter dem Jubel seiner Familie. Er flüsterte in ihr Ohr: »Ich liebe dich auch. Ich weiß nicht, wann es passiert ist, aber ich liebe dich, wirklich.«

Der König hob die Arme, um anzudeuten, dass er sprechen wollte. Er wandte sich an das Brautpaar und gratulierte ihm zuerst. »Meine besten Wünsche und eine wunderbare Zukunft für eure Ehe. Es ist mir zu Ohren gekommen, dass Teile des Tjost-Turniers nicht ganz gerecht abgelaufen sind. Ich bin schockiert, dass das hier im Land der Schotten passiert ist, aber es gibt einen Mann, der mit den bewundernswertesten Eigenschaften gehandelt und gekämpft hat.«

Er blieb stehen, um an die Seite der Kammer zu gehen und zog eine schwere Tasche aus einer hölzernen Truhe heraus.

»Micheil Ramsay, mein Dank ist dir gewiss, dass du dich auf schottischem Boden so ehrenhaft verhalten hast. Ich glaube, dass dieses Preisgeld zuvor irrtümlich vergeben wurde, und es gefällt mir, es euch als Hochzeitsgeschenk der Krone zu überreichen.« König Alexander überreichte Micheil und Diana einen Beutel mit Goldmünzen, und als Micheil Einspruch erheben wollte, sagte er: »Sie gehen an den Sieger des Tjost-Turniers, da ich finde, Baines hat sie nicht verdient. Micheil hat rechtmäßig und respektabel gewonnen.«

Micheil akzeptierte mit einem Lächeln und verbeugte sich vor seinem König.

Sobald die Feierlichkeiten begannen, flüsterte Logan in Micheils Ohr: »Ich habe die Säge gefunden, mit denen er die Lanzen sabotiert hat.«

Micheil starrte seinen Bruder schockiert an. »Ich bin zufrieden, dass seine Unehrlichkeit aufgeflogen ist, aber irgendwie scheint das nicht richtig zu sein.«

Logan umklammerte die Schulter seines Bruders. »Doch, das ist es. Nimm es mit Stolz an. Ich habe von deinen Leistungen auf dem Feld gehört. Alle Schotten rühmen ihren Landsmann. Du hast es verdient.«

Micheil schlang seine Arme um seine Frau und küsste sie. »Bist du glücklich, Liebes?«

Sie lehnte ihren Kopf an seine Schulter. »Micheil, dieser Tag, der so schrecklich begann, hat sich in etwas Wunderbares verwandelt. Ich könnte nicht glücklicher sein.«

Sie aßen eine wunderbare Mahlzeit. Platten mit Wildfleisch, Spanferkel und Fasan wurden auf schönen silbernen Servierplatten serviert. Deftiges Schwarzbrot und Schalen mit Minzerbsen standen auf jedem Tisch, zusammen mit einer großen Auswahl an Käsesorten. Diana beugte sich vor und sagte: »Micheil, ich bin froh, dass heute unser Hochzeitstag ist. Ich mag diese gemütliche Atmosphäre, und wir sind in einem wunderschönen Schloss. Wir können später noch mit dem Clan und meinem Sire feiern. Dieser Moment gehört nur uns.«

Tante Elspeth weinte viele Tränen. »Ich wusste es die ganze Zeit. Warum habt ihr zwei so viel länger gebraucht, um endlich zu erkennen, dass ihr füreinander bestimmt seid?«

Diana warf Tante Elspeth einen verlegenen Blick zu. »Eines Tages wirst du schon noch merken, wie stur ich sein kann, Tantchen.«

Micheil zog die Stirn in Falten. »Du gibst zu, dass du ein bisschen stur bist? Ich habe viele, viele Male versucht, dich von den englischen Rittern abzubringen.«

»Aye, aber du hast dich schließlich auch lange nicht als Kandidat angeboten.«

»Nay, aber ich bin nicht stur, nur töricht.«

Tante Elspeth sagte: »Micheil, versuche nicht, einem Mädchen ihre Träume zu verwehren. Sie brauchte nur etwas Führung.« Sie küsste jeden von ihnen auf die Wange. »Ihr seid wie füreinander geschaffen. Ihr seid jetzt zusammen, und das ist das, was zählt.«

Diana lächelte Elspeth an, hob Sorcha von Logans Schoß und sagte: »Übrigens, weint dieses Kind jemals? Ich habe noch keinen Pieps von ihr gehört.«

Logan schaute finster drein. »Nay, sie ist schließlich meine Tochter. Sie ist perfekt. Und vielleicht habe ich auch einen Sohn, wenn du uns das nächste Mal siehst, Tante Elspeth.«

Gwyneth flüsterte: »Ähm, und noch zwei Töchter, Ehemann?«

»Verdammt, Frau, hast du es etwa eilig?«

»Och, da gibt es etwas, das ich ganz vergessen habe, dir zu sagen«, sagte Gwyneth mit einem schelmischen Lächeln.

»Was?«

Das ganze Gespräch am Tisch verstummte.

»Ich bat den König um Molly und Maggie. Ich konnte die Möglichkeit nicht ertragen, dass sie an die Familie von Randall Baines zurückgegeben werden. Sie könnten mit uns nach Lothian zurückkehren.« Sie starrte zu Logan auf und wartete auf seine Reaktion.

Micheil lächelte, denn er wusste, dass Logan Gwyneth gerne alles geben würde, was sie wollte.

Logan neigte den Kopf und kaute einen Moment lang auf seiner Unterlippe, dann hellten sich seine Augen auf. »Meinst du, sie werden einverstanden sein? Immerhin sind sie Engländer.«

Gwyneth beugte sich vor, schlang ihre Arme um ihn und sagte: »Danke. Du weißt, dass sie ein Zuhause brauchen. Ich denke, sie werden einverstanden sein.«

Logan flüsterte: »Vielleicht können sie dir beim Kochen und Nähen helfen.«

Gwyneth blickte finster drein, doch dann hellte sich ihr Gesicht auf. »Aye, du hast recht. Vielleicht können sie mir etwas beibringen. Meine weiblichen Fähigkeiten sind recht dürftig.«

»Aber du hast so viele Fähigkeiten, die ich an dir liebe«, sagte Logan mit einem breiten Lächeln, dann hob er seinen Kelch. »Auf Micheil und Diana, meine neue Schwester, und auf zwei neue Töchter.«

Der König begleitete das Brautpaar in sein Gemach. Er küsste Diana auf die Wange und hielt ihr die Tür auf. »Wenn ihr etwas braucht, lasst es mich bitte wissen.« Mit einem weiteren Lächeln verließ er sie.

Diana keuchte auf, als sie und Micheil in den Raum traten und die Tür hinter sich schlossen. »Das ist so schön.«

Ein großes Himmelbett befand sich zwischen zwei fellbesetzten Fenstern. Im Kamin brannte ein Feuer, und davor standen zwei gepolsterte Stühle mit einer kleinen Truhe dazwischen. Auf der Truhe stand eine Schale mit Äpfeln und eine Flasche Wein, daneben zwei goldbeschlagene Kelche.

Das Bett war mit mehr Kissen und Fellen bedeckt, als Diana je gesehen hatte. Wenn sie dort einschlief, fürchtete sie, dass sie es nie wieder verlassen wollte.

Micheil nahm ihre Hand und führte sie zu dem Tisch und den Stühlen hinüber, dann schenkte er ihnen beiden einen Becher Wein ein. »Diana, das ist ein wunderschönes Kleid, aber darf ich dir trotzdem dabei helfen, es auszuziehen?«

Ihre Reaktion musste sich in ihrem Gesicht gezeigt haben, denn er fügte schnell hinzu: »Nur um es dir bequemer zu machen. Es liegt ein weißes Nachthemd auf dem Bett, in das ich dir helfen kann, wenn du möchtest. Wir hatten bisher wenig Gelegenheit, uns zu unterhalten, und das würde ich gerne tun.«

Die Worte erfüllten ihr Herz mit Freude. Sie kehrte ihm den Rücken zu und band ihre widerspenstigen Locken zusammen. »Aye, ich bin bereit, mich aus diesen Fesseln zu befreien.« Sie blickte über ihre Schulter zu ihm, als er ihre Bänder löste, in der Hoffnung, dass sie ihm gefallen würde.

Sobald das Kleid zu ihren Füßen fiel und sie daraus stieg, wanderte Micheils Blick über ihren ganzen Körper. Das hauchdünne Kleid verbarg ihre Figur kaum. »Mädchen, du bist wunderschön.« Er zog sie in seine Arme und küsste sie.

Als er den Kuss beendete, gluckste Diana. »Weißt du, wie viel besser du darin bist als Randall oder Baron Gow? Sie waren schrecklich. Deine Küsse sind wunderbar, Micheil.«

Er nahm seine Finger an ihre Lippen und sagte: »Psst. Danke für das Kompliment, aber ich würde es vorziehen, diese beiden Namen heute Abend nicht mehr zu hören.«

»Einverstanden, oder meinetwegen auch nie mehr.«

Micheil setzte sich in den Stuhl und zog sie auf den Stuhl neben seinem. »Erzähl mir, was du denkst. Bist du wirklich glücklich, Diana?«, fragte er und reichte ihr einen der Kelche mit Wein. »Ich habe dich vorher vor anderen gefragt. Jetzt frage ich dich unter vier Augen.«

Diana nippte an ihrem Wein. War sie glücklich? Ja, mehr als sie je für möglich gehalten hatte, obwohl sie im Moment ein wenig nervös war. Sie starrte auf Micheils langes dunkles Haar, auf das Funkeln in seinen Augen, auf sein wunderbares Lächeln. Was konnte sie sich mehr wünschen, als sein hübsches Gesicht jeden Morgen als Erstes zu sehen, für den Rest ihres Lebens?

Sie leckte sich über die Lippen und musste zugeben, dass die Neugierde sie übermannte. Was sie in diesem Moment am meisten wollte, war, ihn ohne seine Kleidung zu sehen. Ihr Blick glitt über seine Brust und seine muskulösen Arme hinunter zu seinem flachen Bauch und darunter. Sie trank einen Schluck Wein und setzte den Becher ab.

»Mädchen, wenn du mich weiterhin so ansiehst, kann ich dir für nichts garantieren.«

Hitze breitete sich in ihrem Körper aus und ließ sich zwischen ihren Schenkeln nieder. Ihr Verstand konnte einen Gedanken nicht loslassen. Sie wollte, dass ihr Mann mit ihr schlief; sie hatte lange genug Geduld gehabt. Diana stand direkt vor Micheil und fuhr mit dem Daumen unter den Saum ihres Unterhemdes, ließ es über ihre Schulter fallen und befreite eine Brust aus ihrem stoffenen Gefängnis.

Sie hielt inne, unsicher, was sie als Nächstes tun sollte, aber Micheils begieriger Blick gab ihr die Zuversicht, fortzufahren.

Seine Augen wanderten über ihre nackte Haut. »Nicht aufhören, Liebes. Ich möchte mehr von dir sehen.«

Diana warf ihre Haare zurück und gab ihre andere Brust frei, wobei sie ihr Unterkleid bis zu ihrer Taille hinunterschob, wo sie sie festhielt. »Du bist dran. Ich möchte auch ein bisschen Haut sehen, Lord Ramsay.« Sie schaute ihn durch ihre Wimpern an, schockiert über ihre eigene Dreistigkeit, lachte aber, als er erst seine Stiefel und Strümpfe und dann seinen Gürtel auszog, noch bevor er aus seinem Stuhl aufgestanden war. Er wollte gerade sein Plaid auszuziehen, aber sie hielt ihn mit ihrer Hand auf. Beflügelt von dem neu gewonnenen Selbstvertrauen, schüttelte sie den Finger vor seinem Gesicht. »Noch nicht.«

Micheils Augen weiteten sich. »Och, du bringst mich noch um, wenn du mich noch länger auf die Folter spannst.«

Sie grinste ihn an und hielt ihre Arme in die Luft, während sie mit den Hüften wackelte, sodass das Unterkleid langsam nach unten sank, wobei sie alle paar Zentimeter oder so anhielt, um ihn noch ein bisschen mehr zu reizen. Sie umfasste ihre Brüste von unten und rieb mit ihren Daumen über ihre empfindlichen Brustwarzen, sodass sie schnell steif wurden. Sie kam nicht umhin, zu bemerken, dass sein Plaid ein bisschen mehr einem Zelt glich als noch vor ein paar Augenblicken. Obwohl sie unerfahren war, hatte sie sich schon lange Gedanken über den Liebesakt mit einem Mann gemacht und ihren Zofen viele Fragen gestellt. Oft hatte sie gehört, wie sie darüber flüsterten, wie man einen Mann necken sollte. Es schien, als hätten sie ihr einen guten Rat gegeben.

»Frau, weißt du, wie lange ich darauf gewartet habe?«, knurrte er, sich immer noch zurückhaltend.

»Nay, ich weiß es nicht. Sag es mir bitte, Ehemann.« Ihr Wackeln ließ ihr Kleidchen auf ihre Hüften fallen, also griff sie nach unten und zog daran, bis sie gerade über ihrem Schamhaar stoppte, um ihn noch schärfer zu machen, bevor sie es ganz zu Boden fallen ließ. Sie konnte an dem Blick ihres Mannes erkennen, dass ihr Plan aufgegangen war.

Seine Stimme, tief und erregt, jagte ihr einen Schauer über den Rücken. »Vom ersten Moment an. Ich habe dich begehrt, seit ich dich zum ersten Mal gesehen habe. Bitte erlaube mir, dich zu berühren.« Sein Blick huschte über ihren Bauch und hinunter zu ihren Schenkeln, während er darauf wartete, dass das letzte Stückchen Kleidung verschwand. »Verdammt, du bist so schön, Diana. Diese Kurven, deine Brüste, ich will diese schönen Nippel in meinem Mund. Lass mich dich so verwöhnen, wie du verwöhnt werden solltest.«

Sie gluckste und trat zurück. »Warte.« Immer noch das feine Kleid in den Händen haltend, drehte sie sich langsam um, bis sie mit dem Hintern zu Micheil stand. Sie warf einen Blick über ihre Schulter und konnte sich ein Kichern nicht verkneifen. Es hatte nicht viel gefehlt, dann wäre ihm der Sabber aus dem Mund gelaufen.

Seine Augen folgten der Kurve ihrer Hüfte bis zu ihrem prächtigen Hintern, der nur noch ein bisschen bedeckt war. »Diana, bitte hör auf. Ich muss dich berühren.«

Sie wackelte mit dem Hintern und sagte: »Du darfst mich leicht berühren, aber nur, wenn du vorher dein Plaid fallen lässt.«

Noch bevor sie ihren Satz beendet hatte, flog das Plaid bereits quer durch den Raum und Micheil stand mit nacktem Hintern vor ihr, genau wie sie es gewollt hatte, um sich die Möglichkeit zu geben, den Blick abzuwenden, wenn sie verlegen war. Ihre Augen weiteten sich beim Anblick seiner Erektion, die ihr entgegenragte. Ihr Blick wollte dort verharren, aber sie zwang ihn fort und zog es stattdessen vor, alles andere an ihm in sich aufzunehmen, seine Muskeln, seinen strammen Bauch, die dunklen, dicken Brusthaare, die seinen Bauch hinunterführten, bevor sie zur Straße des Glücks zusammenliefen. Er sah absolut großartig aus.

Er griff hinüber und streichelte jede Backe ihres Hinterns, und sie stöhnte auf, als sie merkte, wie wunderbar sich eine zärtliche Berührung anfühlen konnte. Sie war nicht mehr in der Lage, klar zu denken, ließ das Tuch auf den Boden fallen und fiel in schierer Wollust gegen ihn zurück, unfähig, ihr Verlangen weiter zu kontrollieren.

Seine Hand griff an ihre lockige Vulva, und öffnete sie, stöhnend. »Ich wusste, du würdest feucht für mich sein.« Er führte langsam einen Finger in sie ein, und ihre Beine knickten vor Lust fast ein. Nur indem sie sich an seinen Armen festhielt, schaffte sie es, aufrecht zu bleiben.

»Das war's, Frau«, flüsterte er ihr ins Ohr. »Ich halt›s nicht mehr aus.« Micheil nahm sie in seine Arme und ließ sie auf das Bett fallen. »Jetzt bin ich dran, Mädchen.«

KAPITEL NEUNZEHN

DIANA LIESS SICH in das weich gepolsterte Bett fallen und griff nach ihrem Mann, wobei sie ausladend ihre Beine spreizte.

Sie griff nach seinem harten Penis, aber er hielt ihre Hand zurück. »Noch nicht.« Bevor sie widersprechen konnte, küsste er sie, drang tief in sie ein, kostete jeden Winkel mit seiner Zunge, bis sie ihn erwiderte. Er küsste sie zärtlich und langsam, bis er ein Stöhnen von ganz tief unten hörte, genau wie er es gewollt hatte.

Er beendete den Kuss und blickte auf sie herab, erfreut über die Leidenschaft, die er in ihrem Blick sah. Er zog mit seiner Zunge eine Linie an ihrem Hals hinunter, küsste ihr Ohrläppchen, liebkoste ihren weichen Nacken und ließ sich schließlich in dem Tal zwischen ihren üppigen Brüsten nieder. Er leckte ihre Brustwarze, bis sie sich aufrichtete, dann nahm er ihren empfindsamen Gipfel in den Mund und saugte an ihm, bis sie aufschrie. Ihre Finger gruben sich in seine Schultern, und er lächelte.

»So ist's recht, jetzt bin ich dran, dich zu necken, Kleines. Wie fühlt es sich an, mir ausgeliefert zu sein?«

»Micheil, bitte!«

»Bitte was, meine Süße?«

»Bitte, einfach bitte. Ohhh«, stöhnte sie und umklammerte die Laken an ihrer Seite, als seine Zunge zu ihrer anderen Brust hinüberwanderte und alles wiederholte, bis sie erneut aufschrie. »Bitte, ich brauche dich.«

»Wo brauchst du mich, Liebes?« Sein Blick fing ihren ein, und er konnte nicht anders, als sie noch ein wenig zu necken, so sehr entzückte ihn ihre Erregung. Verdammt, sie sprühte vor Leidenschaft. Seine Hand strich über ihren Bauch, bis er ihre Pforte fand. Er neckte ihre Klitoris und drang mit einem Finger in sie ein, dann mit zwei, bis sie ihre Hüften auf seinen Fingern bewegte und versuchte, ihren Höhepunkt zu erreichen.

»Mach langsam, Diana. Wir haben die ganze Nacht Zeit.«

»Nay, ich kann diese Folter nicht länger ertragen. Ich will dich jetzt. Bitte, Micheil. Hör auf zu spielen und tu, was immer du tun musst.« Sie drückte ihre Hüften gegen ihn, dann schaffte sie es, sich so weit zu entfernen, dass sie nach unten greifen und seinen Ständer fassen und spüren konnte, wie er in ihrer Hand pulsierte.

»Och, noch nicht. Du bist noch nicht bereit. Das wird wehtun, das weißt du?«

»Ich bin bereit. Ich brauche dich. Du weißt, was zu tun ist. Bitte hör nicht auf, Micheil!« Sie griff nach ihm, eine zaghafte Berührung, die ihre Unsicherheit über das, was kommen würde, andeutete.

Micheil knurrte. »Genug, Mädchen. Ich muss mich um dein erstes Mal kümmern.« Er löste sich aus ihrem Griff und bewegte sich auf die Vorderseite des Bettes, bis er mit seiner Zunge ihre Klitoris fand. Er saugte an ihrem Lustpunkt, bis sie keuchte, dann drang er wieder mit seinem Finger in sie ein.

»Micheil? Was ist ...? Ohhh ...«

Ihre Beine spreizten sich weit, und er saugte an ihr, bis sie in heiserer Erregung seinen Namen schrie, während ihre Muskeln seinen Finger umschlossen.

Als sie fertig war, küsste er sich einen Weg zurück über ihre Haut, bis er ihr in die Augen sehen konnte, während er seinen Kopf auf seinen Ellbogen stützte. Ihr zufriedener Ausdruck gefiel ihm. »Besser? Habe ich dir gegeben, worum du gebettelt hast?«

Sie schaute ihn an und wimmerte, dann packte sie seinen Bizeps. »Ich will mehr.«

Er gluckste und kniete sich über sie, stützte sein Gewicht auf die Ellbogen und drang nur ein wenig in sie ein. »Das wird wehtun, Liebes, aber ich werde mich beeilen.«

»Aye.«

Micheil drang in sie ein, und sie keuchte bei dem plötzlichen Schmerz, als er ihr Jungfernhäutchen durchbrach. Er küsste ihre Stirn und verstummte. »Ist alles in Ordnung mit dir? Ich werde warten, bis du bereit bist.« Er fuhr mit den Fingern durch ihr

Haar und biss die Zähne zusammen, zwang sich zu warten, bis sie mit ihm fertig war. Er schwor sich, dass er keinen Muskel bewegen würde, bis sie ihm sagte, dass sie bereit war.

Einen Moment später neigte sie ihre Hüften, um ihn weiter in sich aufzunehmen, dann zog sie sich wieder von ihm zurück. »Ja, geht schon wieder, Micheil.«

Micheil umfasste ihre Hüften und drang in sie ein, wobei er ihr das Tempo überließ, bis er spürte, dass ihre Lust zurückkehrte. Sie wölbte ihren Rücken und spreizte sich weiter, um ihm einen besseren Zugang zu ermöglichen. Er rief ihren Namen und stieß in sie, bis sie sich perfekt zusammen bewegten, keuchend und mit schwitzenden Körpern. Immer wieder vor und zurück, bis er merkte, dass sie kurz davor war, dann griff er nach unten und streichelte wieder ihre Klitoris, bis sie zuckte und diesmal seinen Schwanz zusammenpresste, bis er es ihr kurz darauf gleichtat. Ein tiefes Knurren entlud sich, als er in ihr kam, intensive Wellen der Lust durchschossen ihn, bis er auf ihr zusammensackte.

Als er wieder einigermaßen klar denken konnte, stützte er sich wieder auf die Ellbogen und rollte sich auf die Seite, nahm sie mit sich und küsste ihre Wange. Er hielt sie fest und wollte nicht, dass der Moment je endete.

»Hat es dir gefallen, Diana? Habe ich dir gegeben, wonach du dich gesehnt hast?«

Sie stützte sich auf und umfasste sein Gesicht, um ihn zu küssen. »Ja, und noch viel mehr.« Sie ließ ihren Kopf auf seine Brust fallen und schlief schnell ein.

Am nächsten Morgen saßen sie alle beim Frühstück, als der König, gefolgt von seinen Wachen, hereinschlich. Er machte sich zuerst auf den Weg zu Micheil und Diana. »Hat euch die Unterkunft gefallen, Diana und Micheil?«

»Aye.« Diana nickte und errötete bei dem Gedanken, wie sehr sie sich über ihre neu gefundene Liebe freute. Sie beugte sich zu Micheil vor und er küsste ihre Wange.

»Wunderbar, danke, Euer Gnaden.« Micheil lächelte.

Der König nickte anerkennend und wandte sich an Gwyneth und Logan. »Wie ihr gewünscht habt, habe ich sehr gründlich über euren Vorschlag nachgedacht.«

Diana konnte nicht umhin zu bemerken, dass jeder im Saal stehen blieb, um die Entscheidung des Königs über die beiden Schwestern zu hören.

Er fuhr fort, die Hände hinter dem Rücken verschränkt. »Ich habe auch mit der Mutter von Randall Baines gesprochen, die die Mädchen von zu Hause mitgenommen hat. Sie war zwar traurig, sie wieder abzugeben, aber ich ließ ihr keine Wahl in dieser Angelegenheit. Sie teilte mir mit, dass die Familie der Mädchen nicht wollte, dass sie zurückgegeben werden. Das Ehepaar glaubte, es hätte zu viele Kinder, und ihr Vater war offenbar mit Mollys Aussehen nicht einverstanden und meinte, er würde sie niemals verheiraten können. Seine Frau hat Maggie nur mitgeschickt, damit Molly nicht allein ist.«

Der König winkte den Wachen an der Tür zu, und sie öffneten sie und führten die beiden Mädchen herein. Molly und Maggie traten in die Kammer, aneinandergeklammert, aber sie bewegten sich nur ein paar Schritte vorwärts. In Mollys Armen lag ein Bündel, das sie auf dem Tisch abstellte, bevor sie an die Seite ihrer Schwester zurückkehrte.

Der König fuhr fort: »Die Mädels sind ganz zufrieden mit eurem Vorschlag und würden, wenn ihr immer noch einverstanden seid, gerne als eure Zofen mitgehen.«

»Aber das ist nicht das, was ich will«, sagte Gwyneth, stand auf und schritt energisch auf König Alexander zu. »Euer Gnaden, ich möchte sie wie unsere Töchter behandeln, sie richtig erziehen und sie als Teil meiner Familie aufnehmen, damit sie für immer oder bis zu ihrer Heirat bei uns leben, aber nicht als Dienstmädchen. Sie werden Aufgaben haben, aber sie werden keine Bediensteten sein.«

Diana blickte auf die beiden bezaubernden Schwestern, unfähig zu glauben, dass ihre Eltern sie verstoßen könnten. Sie dachte an die Liebe, die ihre Mutter und ihr Vater für sie hatten. Wie schrecklich muss es sein, ohne die Liebe der Eltern aufzuwachsen. Als Gwyneth erklärte, dass sie sie als Töchter haben wollte, erhellten sich die Gesichter der beiden Mädchen wie von einem plötzlichen Sonnenstrahl erleuchtet.

Der König wägte Gwyneths Bitte ab und wandte sich schließlich an ihren Mann. »Logan, ist das in Ordnung für dich?«

»Aye, ich würde mich freuen, zwei weitere Töchter zu gewinnen. Wir versprechen, sie nicht zu schlagen oder schlecht zu behandeln, und wir werden sie nie trennen.«

Molly versuchte, ihr Lächeln zurückzuhalten, konnte es aber nicht. Maggie hüpfte auf und ab, ihr glattes braunes Haar hüpfte mit ihr, während sie sich an ihre Schwester klammerte.

Der König wandte sich an die Mädchen. »Dann ist es beschlossene Sache. Molly und Maggie, ich werde euch vom Priester als Molly und Maggie Ramsay taufen lassen.« Er wandte sich wieder an Logan und Micheil. »Wann wollt ihr aufbrechen?«

»Am Morgen«, antwortete Logan. »Wir wollen nach Hause zurückkehren, besonders jetzt, da wir zwei neue Töchter haben, die wir in unseren Clan einführen wollen.«

Micheil nickte. »Wir werden mit ihnen und den übrigen Kriegern der Grants reisen und zu Dianas Clan zurückkehren. Wir hoffen, ihren Vater zu finden, und dass es ihm noch gut geht.«

König Alexander schritt zur Tür und blieb dann stehen, um sich erneut an die Gruppe zu wenden. »Ich werde ein Schreiben an Baron Gow, Alexander Grant und deinen Vater, Diana, schicken, in dem ich erkläre, dass ich dieser Verbindung zugestimmt habe. Ich möchte euch keine weiteren Schwierigkeiten bereiten.«

»Dürfen wir morgen auch ein Schreiben von Euch mitnehmen, Euer Gnaden?«, fragte Micheil. »Für den Fall, dass die anderen Briefe ihren Adressaten nicht erreichen? Ich möchte nicht, dass meine Frau Schwierigkeiten bekommt, falls wir unterwegs auf Baron Gow oder seine Männer treffen. Sie könnten immer noch auf der Suche nach ihr sein.«

»Aye, ich werde mich darum kümmern. Die anderen Boten werden heute Morgen abreisen. Wenn ihr noch etwas braucht, bevor ihr geht, fragt sie bitte.« Er verbeugte sich und verließ die Kammer, seine Wachen folgten ihm.

Sobald er weg war, drehte sich Gwyneth zu den Schwestern um und streckte ihre Arme aus. Die beiden sprangen in ihre Umarmung und quiekten vor Aufregung. Sie umarmten auch Logan, und alle anderen schlossen sich an, um sie in der Familie willkommen zu heißen.

Molly hob ihr Bündel auf und brachte es zu Gwyneth hinüber,

mit einem schüchternen Gesichtsausdruck. »Das haben wir für dich gemacht, während wir gewartet haben. Maggie kann gut mit einer Nadel umgehen, also hat sie das meiste gemacht. Ich bin eine bessere Köchin, also kann ich bei der Zubereitung des Essens helfen.« Sie knetete ihre Hände vor der Brust, als Gwyneth das Geschenk entgegennahm. »Aber ich habe geholfen, so gut ich konnte. Ich wollte euch dafür danken, was ihr für mich und meine Schwester getan habt. Ich wollte sie nicht verlieren.« Sie ließ den Blick zu Boden sinken.

Diana spähte über Mollys dunkle Locken hinweg und beobachtete, wie Gwyneth einen wunderschönen dunkelblauen Waffenrock mit Silberfäden darin und blauen Hosen herauszog. Sie staunte, als sie die sorgfältigen Nähte ertastete, die die Mädchen gesetzt hatten. Was allen am meisten auffiel, war das, was unter ihrer Hose lag – dieselbe Kleidung noch mal in Sorchas Größe.

Gwyneth hielt sie hoch, damit alle sie sehen konnten, dann drückte sie beide Mädchen und küsste sie auf den Scheitel. »Perfekt, genau wie ihr zwei.«

Am nächsten Morgen versammelte sich die Gruppe bei den Ställen, bereit, weiterzuziehen. Der König hatte ihnen das angeforderte Schreiben gegeben, in dem er seine Zustimmung zu ihrer Heirat erklärte. Diana betete, dass ihr Vater es akzeptieren würde und dass er noch am Leben sein würde, um Micheil kennenzulernen. Er hatte vor der Reise nach Falkirk schnell abgebaut, was ihr Sorgen bereitete.

Auf der Rückreise in ihre Heimat südlich von Crieff würden sie Falkirk meiden müssen, um nicht in Baron Gows Gebiet zu geraten.

Micheil streckte den Arm nach seiner Frau aus. »Komm, reite mit mir, Diana.«

»Micheil, nay. Kann ich nicht allein reiten? Du weißt, wie gerne ich reite. Ich bin in letzter Zeit nicht oft dazu gekommen. Bitte lass mich eine Zeit lang allein reiten.«

Logan schaute finster drein. »Micheil, wir haben genug Wachen. Das wird schon gut gehen.«

»Aye, aber Sorcha und Maggie werden beide mit dir reiten.

Molly wird mit Gwyneth reiten. Wir haben ziemlich viele Mädels dabei. Ich fürchte, wir werden vielleicht ungewollte Aufmerksamkeit auf uns ziehen.«

»Gwyneth kann auf sich selbst aufpassen. Wir haben schon mit den Mädels besprochen, was zu tun ist, wenn wir angegriffen werden. Stimmt's, Molly?«

Molly nickte. »Aye, Maggie wird Sorcha zu mir bringen, und wir werden uns im Gebüsch verstecken, bis alles wieder sicher ist. Wir versprechen, gut auf Sorcha aufzupassen.«

Micheil starrte Diana an. Seine Augen verengten sich, aber offenbar konnte er ihr nicht widersprechen. »Gut. Ich will heute einfach keinen Ärger. Morgen wirst du mit mir reiten. Und keine Widerrede bitte. Einverstanden?«

Diana lächelte und umarmte ihren Mann. »Aye, ich werde morgen mit dir reiten, keine Widerrede. Ich verspreche es.«

»Bist du einverstanden, dich um die kleinen Mädchen zu kümmern, wenn es Ärger gibt?«

Sie schürzte die Lippen, bereit zum Diskutieren. »Ich kann meinen Dolch benutzen.«

Micheils Hand schoss hoch, um sie aufzuhalten. »Nay, so machst du dich nur zum Ziel. Du und die Mädchen werden in den Wald oder ins Gebüsch gehen.«

Diana runzelte die Stirn und starrte Logan an. »Aber Gwyneth wird doch nicht mit uns gehen, oder?«

»Gwyneth ist die beste Bogenschützin im ganzen Land«, sagte Logan. »Nay, sie kämpft an meiner Seite. Immer.« Er ging hinüber und küsste seine Frau, die gerade die Taschen auf die Pferde band, während Molly Sorcha hielt.

Gwyneth spürte ihre Verärgerung und ging auf sie zu und umarmte sie. »Ich weiß, du bist beleidigt, Diana, aber du *bist* ein Ziel.«

»Dann sollte ich nicht mit den Mädels gehen. Ich werde die Angreifer anlocken.«

»Aber das Ziel ist, dass du wegkommst, bevor sie nahe genug sind, um dich zu kriegen. Wenn wir in einen Hinterhalt geraten, musst du weglaufen, bevor sie nah genug an euch dran sind. Ich kümmere mich um sie, wenn sie dir folgen.« Micheils Gesichtsausdruck verfinsterte sich, als würde ihm allein bei dem

Gedanken an einen solchen Angriff übel.

Diana starrte auf den Boden. »Wie ihr wollt. Aber sobald wir Falkirk hinter uns gelassen haben, müsst ihr alle aufhören, euch über mich Sorgen zu machen.«

Sie ritten den größten Teil des Tages durch, hielten ein- oder zweimal an, um Sorcha zu stillen und sich zu stärken. Sie hatten zehn Wachen dabei, die Grant-Wachen, die ihnen nach Edinburgh gefolgt waren. Alex hatte darauf bestanden, dass sie in ihrer Nähe blieben.

Sorcha war ganz zufrieden damit, in ihrem Tragetuch vor ihrem Vater zu sitzen. Wahrlich, Diana hatte noch nie ein ruhigeres Baby gesehen. Maggie ritt hinter Logan und spielte mit der Kleinen, wann immer sie wach war. Der Anblick der neuen Schwestern, die zusammen spielten, ließ ihr das Herz aufgehen.

Micheil verbrachte mehr Zeit damit, seine schöne Frau anzustarren, als in der Ferne nach Feinden Ausschau zu halten. Diana war eine wahre Schönheit, und sie saß königlich auf ihrem Pferd, als wäre sie dazu geboren worden. Er hatte sich ein wenig Sorgen gemacht, dass sie heute zu müde zum Reiten sein würde, aber sie war standhaft wie immer. Ab und zu ritt er dicht an sie heran und zwinkerte ihr zu. Es spielte keine Rolle, wie oft er das tat, sie errötete immer noch wie beim ersten Mal und warf ihm einen kessen Blick über die Schulter zu.

»Micheil, hör auf, mich zu blamieren«, flüsterte sie schließlich.

»Was mache ich nur, Liebes?« Sein Grinsen würde sie nur noch mehr in Verlegenheit bringen – er wusste das.

»Du denkst an unser Liebesspiel«, flüsterte sie.

»Aye«, zwinkerte er wieder. »Ich kann nicht anders, als solch wunderbare Erinnerungen wieder wachzurufen. Du bist so schön. Willst du meine Lieblingsstelle an dir wissen, Frau?«

»Och, Micheil! Ich wünschte, ich hätte etwas, das ich nach dir werfen könnte. Hör auf, mich zu ärgern.«

Er kicherte und sagte: »Nur wenn du versprichst, es mir später zu sagen.«

»Das werde ich. Und jetzt hör auf mit deinem unaufhörlichen Gequatsche.« Sie streckte das Kinn in die Luft und spornte ihr Pferd an.

Und dann geschah das Unglück. In der Abenddämmerung kamen zwischen fünfzehn und zwanzig Pferde aus dem Wald und steuerten direkt auf sie zu.

KAPITEL ZWANZIG

GWYNETH VERSCHLUCKTE SICH fast an ihrem eigenen Speichel, als sie die berittenen Krieger bemerkte, die auf sie zukamen. Die Männer von Baron Gow. Es mussten seine sein, denn sie trugen kein Plaid und schienen etwas unkoordiniert zu sein.

Kurz zuvor hatte sie noch Micheils und Dianas charmantem Geplänkel zugehört, aber jetzt war dieser idyllische Moment zerstört worden.

Alles geschah ganz unvermittelt. Zwei Pferde steuerten direkt auf Diana zu. Ein Reiter packte ihre Zügel, während der andere nach ihr griff und sie über sein Pferd warf. Vier andere flankierten sie, um Micheil oder Logan daran zu hindern, sie zu erreichen, sodass sie sich erst zu ihr durchkämpfen mussten. Obwohl sie sich nichts sehnlicher wünschte, als sofort in die Schlacht zu reiten, war Gwyneth um die Sicherheit ihrer eigenen Familie besorgt. Sie ließ Molly auf den Boden sinken und ritt vor Logan her, zog ihr Schwert, um ihn und die Mädchen zu schützen, während er Maggie zu Boden sinken ließ und Sorcha in ihre Arme legte. Die Mädchen rannten in den Wald, Sorcha schrie ein wenig, aber Gwyneth seufzte, als sie sah, wie sie sich hinter einem großen Felsen neben den Bäumen versteckten.

Gwyneth schwang ihr Schwert nach einem Reiter und traf ihn an der Seite, sodass er vom Pferd flog. Der Rest der Grant-Wachen, die hinter ihnen ritten, sprang in das Handgemenge, und das Klirren von Stahl auf Stahl hallte über das Land, als die beiden Gruppen erbittert miteinander kämpften. Logan stürzte sich mitten ins Getümmel, während Gwyneth sich zurückhielt - ein weiterer Schachzug, den sie von vornherein geplant hatten.

Logan wollte, dass sie weit genug von den feindlichen Truppen entfernt war, um Pfeil und Bogen benutzen zu können.

Der Reiter, der sich Diana gepackt hatte, versuchte, zu entkommen. Micheil ritt direkt hinter ihm, was verhinderte, dass Gwyneth auf den Narren schießen konnte, aber mit Diana auf dem Pferd wäre sie das Risiko ohnehin nicht eingegangen. Vier Grant-Krieger ritten neben Micheil her und töteten unterwegs zwei von Gows Männern mit Leichtigkeit, und die restlichen sechs ließen sich zurückfallen, um mit Logan zu kämpfen.

Gwyneth suchte sich einen Platz abseits der Gruppe, spannte ihren Pfeil ein und schoss los. Sie traf einen Mann direkt in die Brust. Ein großer, hässlicher Typ wurde von ihrem Pfeil zwischen die Augen getroffen und stürzte in Sekundenschnelle von seinem Pferd. Logan nahm sich den nächsten vor, stach ihm ins Bein, erwischte dann seinen Schwertarm und zog ihn von seinem Pferd. Zwei der Grant-Männer erledigten je einen mit den Hufen ihrer Pferde. Es waren nur noch fünf übrig, und einer machte sich, ohne einen Blick zurückzuwerfen, aus dem Staub, er wollte lieber fliehen, als sich dem Tod zu stellen.

Gwyneth schoss einem der Angreifer in den Bauch, während Logan einem anderen das Schwert in die Brust rammte. Als schließlich auch die letzten beiden von Gows Männern von den Grant-Wachen niedergeschlagen wurden, machte sich Logan auf die Suche nach Micheil.

Gwyneth warf einen Blick auf die Mädels, die immer noch hinter dem großen Felsen vor einer Baumgruppe kauerten. Molly spähte heraus und verließ die Deckung des Felsens, als sie sah, dass es ruhig geworden war. Maggie folgte ihr, Sorcha glücklich in ihren Armen.

Als einer von Gows Männern im vollen Galopp aus den Bäumen kam, steuerte er direkt auf die Mädchen zu. Gwyneth schrie auf, aber sie zwang sich, ihre Hände soweit zu beruhigen, dass sie einen Pfeil einspannen und sicher zielen konnte, doch sie verfehlte ihn dennoch. Ihr Herz schlug ihr bis zum Hals, als sie sah, wie er nach unten griff und Sorcha aus Maggies Armen riss und sie vor sich hielt, damit Gwyneth keinen weiteren Pfeil auf ihn abschießen konnte.

Er ritt auf Gwyneth zu, bevor er sich wieder umdrehte, die

schreiende Sorcha in seinem Schoß. Er lachte und steuerte zurück in Richtung der Baumgruppe, in die gleiche Richtung, aus der er gekommen war. Gwyneth, krank vor Angst, dass ihr Kind dabei war, entführt zu werden, machte sich bereit, einen weiteren Pfeil abzuschießen. Eine Angst, wie sie sie noch nie zuvor gefühlt hatte, ergriff sie, aber sie zog einen weiteren Pfeil aus ihrem Köcher und spannte ihn ein. Sie bemerkte, dass Logan aus der anderen Richtung zurückkam, aber er war noch zu weit weg, um sein Schwert zu benutzen.

Der Rohling war zum Glück noch in Reichweite, und sie wartete, bis er ihr den Rücken zudrehte, bevor sie losließ und ihn in die linke Flanke in der Nähe seiner Niere traf. Ihr nächster Pfeil landete in der anderen Seite seines Rückens und er erstarrte. Er hob das Kind von seinem Schoß und hielt es am Arm fest, sodass es an der Seite des Pferdes baumelte und mit den Beinen fuchtelte.

Gwyneth hielt den Atem an und gab ihrem Pferd die Sporen, während sie die ganze Zeit von der Vorstellung verfolgt wurde, wie der Narr Sorcha auf den Boden fallen ließ, bevor er auf sie fiel und sie zerquetschte. Logan stürmte in die gleiche Richtung.

Was keiner von ihnen erwartet hatte, war eine kleine Fee mit einer Masse dunkler Locken, die wie ein Blitz hinter dem Felsen hervorkam, gerade als der Krieger sie überholen wollte. Sie griff nach oben, um Sorcha aus seinem schwächelnden Griff zu zerren, kurz bevor er vom Pferd fiel.

Logan, der näher dran war, schrie: »Frau, es geht ihr gut.« Sorchas Schreie gingen in Gelächter über, sobald Molly das Kind in ihren Armen aufrichtete.

Mit einem Seufzer der Erleichterung ritt Gwyneth auf die Mädchen zu.

»Es tut uns leid, es tut uns so leid.« Mollys Atem stockte immer wieder, als sie von Logan zu Gwyneth blickte.

Logan griff nach unten und hob Sorcha auf, legte sie zurück in ihr Tragetuch, nachdem er sie geküsst hatte, was sie mit einem freudigen Quietschen quittierte. »Es geht ihr gut, Frau, keine Wunden.«

Molly stand weinend zwischen den beiden Pferden und klammerte sich an Maggie. Gwyneth sprang von ihrem Pferd und ging auf die Schwestern zu. »Gut gemacht, Mädels. Ihr braucht euch nicht zu entschuldigen. Ihr habt unser Kind gerettet, und dafür gebührt euch unser Dank.«

Molly ließ ihre Schwester schließlich los, rannte in Gwyneths Arme und vergrub ihr Gesicht in ihrem Waffenrock.

»Du bist gerannt wie ein Reh, meine Süße. Wir sind dankbar für dein schnelles Denken und Handeln.« Maggie lief hinüber und ergriff Gwyneths Bein. Sie küsste die beiden auf den Kopf und hielt sie fest. »Jetzt kann ich mich entspannen. Ich habe meine drei Töchter sicher zurück.«

Micheil bereitete den beiden Narren, die zwischen seinem Schwert und seiner Frau saßen, einen schnelleren Tod, als sie verdient hatten. Sobald er sie niedergestreckt hatte, spornte er sein Pferd an und überließ die beiden anderen den Grants und seinem Bruder. Warum hatte er nachgegeben? Er hätte ihr nie erlauben dürfen, allein zu reiten.

Der Bastard nahm einen anderen Weg durch die Bäume, und Micheil streckte seinen Arm aus, um zu verhindern, dass die Äste eines seiner Augen ausstachen. Das Tageslicht war fast verschwunden, und er kannte die Gegend nicht, aber er konnte den anderen vor sich hören. Er glaubte, dass Diana ihren Dolch in den Falten ihres Kleids hatte, und fragte sich, warum sie ihn noch nicht benutzt hatte. Der Narr musste sie völlig gefesselt haben, wahrscheinlich konnte sie sich nicht bewegen.

»Diana, rede, schrei, mach irgendwas, damit ich weiß, wo du bist. Ich bin direkt hinter dir.«

Dianas Brüllen hallte in den Bäumen wider, und er konnte nicht anders, als über ihren Elan zu lächeln. Seine Frau war eine starke, und sie würde sich von Baron Gows Männern nicht unterkriegen lassen. Er trieb sein Pferd an, bis sie aus dem Wald herauskamen, und er merkte, dass er den Abstand zwischen ihm und seinem Widersacher verkürzt hatte. Noch ein paar Meter und er würde versuchen, weit genug zu springen, um den Flegel vom Pferd zu stoßen.

Diana war stark genug, um das Pferd zu kontrollieren, sobald er sie befreit hatte. Er würde sämtliches Leben aus dem Mistkerl prügeln, der es gewagt hatte, seine Frau anzufassen.

Befeuert von seiner Wut, gelang es ihm, noch mehr Boden gut-
zumachen. Bald war er fast neben Diana und dem Mann. Noch
ein paar Meter und er hätte ihn gehabt. So schnell er konnte,
sprang er zur Seite und erwischte den Rüpel mit seinem ganzen Gewicht, sodass beide zu Boden stürzten. Seine Faust flog
zuerst in das Gesicht des Trottels, gefolgt von einem weiteren
Aufwärtshaken gegen seinen Kiefer. Die Bilder von den Händen
des Mannes auf Diana schürten seinen Zorn ins Unermessliche.
Er schnappte sich seinen Dolch und rammte ihn in den Hals des
Kriegers, erst dann bemerkte er den weiteren Dolch, der bereits
aus seinem Bauch ragte.

Gut gemacht, Frau. Es hatte ihn nicht getötet, aber es hatte ihn
genug verlangsamt, dass Micheil sie einholen konnte. Sobald er
dazu in der Lage war, rutschte er von dem sterbenden Mann
herunter, da spürte er plötzlich das der Boden vibrierte, von
mehreren Pferden, die in ihre Richtung kamen. Seine Frau hatte
das Pferd, das sie ritt, gebremst und sich aufgerichtet. Als sie in
seine Richtung kam, drehte sie den Kopf und sah die riesige
Anzahl von Kriegern, die auf sie zuritten.

Micheil rief: »Diana. Komm her. Bleib nicht stehen.« Sein
Pferd schien durch die herannahende Streitkraft unruhig zu werden, aber es kam zu ihm, als nach ihm gepfiffen wurde. Diana ritt
schnell auf ihn zu, nah genug, dass er die Panik in ihrem Gesicht
sehen konnte.

Das Heulen der Grant-Krieger hallte über die Wiese, und
Micheil atmete erleichtert auf, als er seiner Frau vom Pferd her-
unterhalf und seine Arme um sie schlang und sein Gesicht in
ihrem Haar vergrub. Sie war steif wie ein Brett in seinen Armen,
bis er sagte: »Das sind die Grants. Mach dir keine Sorgen.«

Erleichterung flutete ihren Körper und sie flüsterte: »Ich hatte
solche Angst. Ich werde ab sofort immer mit dir reiten. Keine
fremden Männer mehr. Bitte.« Ihre Atmung war noch immer
schwer von dem Stress der Entführung, aber sie klammerte sich
an ihn.

»Bist du auch nicht verletzt? Keine Wunden?« Sein Blick
suchte ihr Gesicht nach irgendetwas ab, er fuhr mit den Händen
über ihren Körper, um sicherzugehen, dass es keinen Grund zur
Sorge gab.

»Aye, mir geht es gut. Micheil.« Sie vergrub ihr Gesicht in seiner Brust. »Ich kann nicht mehr, bitte. Ich will nach Hause zu meinem Sire und meinem Clan. Kein Baines, kein Gow. Wann wird das alles aufhören? Und was ist mit den Kleinen? Wir müssen nach ihnen sehen. Sie könnten deine Hilfe brauchen.«

»Logan und Gwyneth hatten sechs Wachen dabei. Alex wird gleich hier sein.« Er hielt sie fest, noch nicht bereit, sie loszulassen.

Alex Grant löste sich von der Gruppe und ritt zu ihnen herüber. »Gibt es noch andere?«

»Aye.« Micheil zeigte auf ihn. »Schick ein paar zurück, um Logan zu unterstützen, obwohl ich hoffe, dass er inzwischen keine Hilfe mehr braucht.«

Alex nickte und befehligte seine Krieger. »Glückwünsche sind angebracht. Ist es wahr? Ein weiterer Ramsay hat in die Familie Grant eingeheiratet?«

Ohne sie aus seinen Armen zu entlassen, schwang Micheil sie herum, bis sie Alex gegenüberstand. »Aye. Wir haben im Schloss von Edinburgh mit dem Segen des Königs geheiratet. Hast du sein Sendschreiben nicht erhalten?«

»Aye, das haben wir, aber Baron Gow hat seins verbrannt, ohne es zu lesen, und behauptet, das Siegel sei gebrochen gewesen. Sobald er hörte, dass ihr in Edinburgh seid, schickte er eine Gruppe seiner Männer, um Diana zu sich zu holen. Danach brach er zur Burg Drummond auf, mit einem Priester im Schlepptau. Er hofft nach wie vor, eure Ehe zu annullieren und dich zur Frau zu nehmen, sobald du zu Hause ankommst.«

»Und mein Sire?« Ihr Blick war hoffnungsvoll genug, um Micheils Herz zu erweichen. Wie sehr wünschte er sich, die Gelegenheit zu haben, den Chieftain der Drummonds endlich persönlich kennenzulernen.

Alex schüttelte den Kopf. »Er ist noch am Leben, Cousin, aber er spricht nicht. Er ist dem Tod nahe, und ich fürchte, Baron Gow käme das ganz gelegen. Ich habe Robbie und ein paar andere als Schutz dort zurückgelassen, in der Hoffnung, dass wir euch beide finden und an seine Seite zurückbringen können, bevor er stirbt. Baron Gow wird es uns nicht leicht machen. Aber da wir alle da sind, wird er nicht in der Lage sein, die Botschaft des Königs infrage zu stellen, so wie er es versucht hat, als wir gegangen sind.«

Diana nickte und lehnte sich an ihren Mann. »Bitte bringt mich zu meinem Vater.«

Micheil küsste sie auf die Wange. »Natürlich. Wir brechen auf, sobald wir sicher sind, dass Logan und die Mädchen in Sicherheit sind. Alex, kannst du noch ein paar Männer entbehren, die uns ins Drummond-Land eskortieren? Deine Krieger waren unentbehrlich. Logan und Gwyneth sind in Edinburgh zu uns gestoßen, aber jetzt müssen sie erst mal ihre neuen Familienmitglieder nach Hause bringen. Er reist mit vielen Mädchen, und ich möchte sicherstellen, dass sie sicher sind.«

Alex zog eine Augenbraue in die Höhe. »Aye, meine Wachen kommen mit mir zu Dianas Vater, aber ich bin gerne bereit, einige zum Schutz von Logans Familie abzustellen. Ich habe genug, um beide zu bewachen. Neue Familie?«

»Er und Gwyneth haben zwei Mädchen adoptiert, zusammen mit ihrem neuen Kind, Sorcha.«

Micheil half seiner Frau beim Aufsteigen und kletterte dann hinter sie, erfreut darüber, endlich seinen Bruder zu sehen, jetzt da Diana in Sicherheit war.

»Wir müssen erst mal sehen, wie es ihnen geht. Sie mussten allein gegen ein paar von Gows Männern kämpfen.«

KAPITEL EINUNDZWANZIG

SIE FANDEN IHRE Familie, die sich auf einer Lichtung niedergelassen hatte und Kaninchen kochte, die Gwyneth und
zwei andere Krieger erlegt hatten. Alle waren in Sicherheit, sehr
zu Dianas Erleichterung. Die große Gruppe von Wachen und
kleinen Mädchen saß um das Feuer, während die Männer das
Fleisch kochten.

Molly und Maggie versteckten sich beide hinter Logan, sobald
sie Laird Alexander Grant auf die Lichtung schlendern sahen.
Aus der Ferne rief er eine Begrüßung. Nachdem beide Seiten
ihre Geschichten ausgetauscht hatten, wurde ein Plan für den
morgigen Tag vereinbart - eine Gruppe würde bis zum Mittag nach Lothian zum Ramsay-Anwesen aufbrechen, während
der Rest sich auf den Weg zu den Ländereien der Drummonds
machte.

Diana war nicht von der Seite ihres Mannes gewichen. Sie
kauerte neben ihm auf einem Baumstumpf, so dankbar, nach
einer weiteren Begegnung mit der Gefahr bei ihm zu sein.

Sobald sie mit dem Essen fertig waren, schlenderte Alex zu
Gwyneth hinüber, die Sorcha auf ihrer Hüfte wippte, und sagte:
»Darf ich, Mylady? Ich vermisse mein eigenes kleines Mädchen.«

Molly und Maggie spähten hinter Logan hervor und sahen
den großen Highlander an, als er Sorcha hochhob und sie in
seine Arme legte, damit sie nach draußen blicken und sich alle
ansehen konnte. Er setzte sich auf den Boden und sie auf seinen
Schoß, wickelte sein Plaid um sie, während sie all die Possen der
Menge beobachtete.

Als sie endlich in der Lage waren, sich davonzuschleichen,
rannten Molly und Maggie auf die gegenüberliegende Seite der

Lichtung und klammerten sich aneinander, flüsterten mit verzweifelten Stimmen. Sie fragte sich, was sie wohl beschäftigte, fühlte aber, dass es ihr nicht zustand, zu fragen.

Einige schliefen auf ihren Plaids ein, aber Molly und Maggie hielten sich immer noch gegenseitig fest, mit gequälten Gesichtern. Egal, was Gwyneth sagte, um sie zu trösten und sie davon zu überzeugen, dass sie nicht in Schwierigkeiten waren, dass sie stolz auf sie war, weil sie so schnell gehandelt hatten, um Sorcha vor dem bösen Mann zu retten, der sie bedroht hatte, es schien nicht zu wirken.

Schließlich stand Molly auf und marschierte in den Wald, wobei sie eine schluchzende Maggie zurückließ. Ein paar Minuten später kehrte Molly mit einem Ast in der Hand zurück. Mit zielstrebiger Miene schritt sie zu Logan und Gwyneth hinüber, dann blieb sie vor Logan stehen, den Blick nach unten gerichtet.

Logan warf Gwyneth einen verwirrten Blick zu. Die ganze Umgebung wurde still, da sie alle neugierig wurden, was die kleine Molly zu sagen hatte. Der gequälte Ausdruck auf dem Gesicht des Mädchens brach Diana fast das Herz.

Diana drückte Micheils Hand, während sie das kleine Mädchen beobachteten.

Logan sprach zuerst. »Molly, was ist los? Was willst du mit dem Ast?«

Mollys Gesicht, das nie ernster war, verzog sich, als sich ihr zitterndes Kinn ein wenig hob. Sie hielt den Ast vor sich hin. »Hier ist die Rute. Wenn ich darf, möchte ich jetzt die Strafe für meine Schwester übernehmen.«

Logan, mit einem schockierten Gesichtsausdruck, sagte: »Was?«

Molly starrte auf den Boden. »Ich weiß, dass wir bis zum Morgen auf unsere Schläge warten sollen, aber ich möchte Maggies jetzt haben, damit sie nicht die ganze Nacht weint, während sie wartet.«

Logan wandte sich an Gwyneth. »Ich weiß nicht, was ich sagen soll.«

»Bitte, können wir es schnell machen?«, fragte Molly, ihre Hand zitterte, als sie ihnen den Ast hinhielt.

Logan nahm den Ast von Molly und sagte: »Mädchen, ich habe dir schon mal gesagt, dass ich keine Leute schlage, die kleiner sind als ich, schon gar keine Frauen und Kinder.«

Molly schaute ihn an, ihre Augen strahlten vor Hoffnung.

Gwyneth streckte ihre Hand nach Maggie aus, die nun laut genug schluchzte, dass alle sie hören konnten. Das kleine Mädchen eilte zu ihr hinüber und ließ sich von ihr an sich ziehen. Gwyneth strich ihr sanft über die Schultern und drehte sich zu Molly um, während sie Maggie tröstete. »Du hast die kleine Sorcha gerettet. Wie kommst du darauf, dass wir dich schlagen würden?«

»Weil ich Sorcha im Arm hielt, als er sie entführte.« Maggie schluchzte. »Ich habe sie nicht fest genug gehalten, sonst hätte er sie nicht packen können. Es ist alles meine Schuld, nicht Mollys. Aber ich mag die Rute nicht.« Sie kippte den Kopf zurück und wimmerte. »Es tut weh, wenn ich geschlagen werde. Es tut mir leid. Ich wollte sie nicht loslassen. Bitte schick uns nicht zurück. Du kannst uns beide schlagen.«

Logan zog Molly in eine Umarmung, während Gwyneth Maggie tröstete.

»Psst«, sagte Logan. »Niemand kriegt hier Schläge mit dem Stock.« Er nahm den Ast, brach ihn über seinem Knie und warf ihn über seine Schulter. »So, jetzt ist er weg. Und jetzt hört auf zu weinen. Es bricht mir das Herz, wenn Mädchen weinen.«

Maggie blickte zu ihm auf. »Wahrhaftig? Ihr werdet keinen von uns beiden schlagen?«

»Nay, Mädchen. Hast du nicht gehört, dass ich dem König sagte, ich würde dich nicht schlagen?«

Molly flüsterte: »Aber Lady Baines hat meinem Sire gesagt, dass sie uns nicht schlagen würden, und sie haben uns die ganze Zeit mit einer Rute gehauen und uns immer bis zum Morgen warten lassen.«

»Keine Schläge. Niemals«, sagte Gwyneth. »Jetzt hör auf zu weinen und spiel mit deiner Schwester. Sie ist da drüben auf dem Schoß von Laird Grant schon ganz aufgewühlt, wenn sie euch beide weinen hört.«

Sie alle sahen Sorchas schmollendes Gesicht an und brachen in schallendes Gelächter aus, und Sorcha schloss sich ihnen an, als sie den Stimmungsumschwung bemerkte.

Logan kniete sich hin, bis er auf gleicher Höhe mit Molly war.

»Du hattest eine Wahl. Du hättest hinter dem Felsen bleiben und Maggie, deine eigene Schwester, beschützen können, oder du hättest hinauslaufen und dich und Maggie in Gefahr bringen können, um zu versuchen, Sorcha zu retten. Wofür hast du dich entschieden?«

Molly ließ den Kopf hängen, aber nicht bevor sie das Lächeln auf ihrem Gesicht bemerkten. »Ich wollte Sorcha vor diesem gemeinen Mann retten.«

Er reichte ihr die Hand und strich ihr die wilden dunklen Locken glatt. »Und du hast das Leben unserer Tochter gerettet. Ich werde dich oder deine Schwester nie schlagen. Wir schlagen unsere Töchter nicht, und du und Maggie seid jetzt genauso unsere Töchter wie Sorcha. Das verspreche ich.«

Molly und Maggie grinsten sich gegenseitig an, umarmten ihre neuen Eltern und rannten hinüber, um mit Sorcha zu spielen.

Als sie hinüberhuschten, um das Baby zu holen, sagte Alex Grant zu ihnen: »Und wenn noch jemand versucht, euch zu schlagen, sagt ihr mir Bescheid. Ich kümmere mich dann um sie.« Alex' Gesichtsausdruck ließ keinen Zweifel an dem Wahrheitsgehalt dieser Aussage. »Habt ihr mich verstanden, Mädels?«

Die beiden sahen ihn an, nickten und fingen an zu kichern.

Diana lehnte sich zu ihrem Mann hinüber. »Was für ein weichherziger Mann Alex ist, obwohl man das nie vermuten würde, wenn man ihn nicht kennt.«

»Das ist wahr. Du solltest ihn mit seiner eigenen Tochter sehen.«

»Das habe ich. Er ist so wunderbar mit seinen Kindern.« Sie lächelte.

Micheil stand auf und hielt seiner Frau die Hand hin. »Komm, wir haben einen langen Tag vor uns. Es ist Zeit, sich auszuruhen.«

Diana folgte ihrem Mann hinter einen Baum, wo er einen weichen, grasbewachsenen Platz für sie zum Schlafen gefunden hatte. Sie arrangierten die Felle und ließen sich auf dem Boden nieder, und er schlang seine Arme um sie.

»Ehemann, ich weiß, was du gerne tun würdest, aber es sind heute Abend zu viele in der Nähe.« Sie schaute ihn an, mit einem ängstlichen Blick in den Augen.

»Diana, heute Abend möchte ich einfach dem Herrn für unser Glück danken und dich festhalten. Darf ich das tun?«

»Es gibt nichts, was ich lieber täte.« Sie steckte ihren Kopf unter sein Kinn und schlief in Sekundenschnelle ein.

Es war kurz nach Einbruch der Dunkelheit, als sie auf dem Land der Drummonds ankamen. Alex und Micheil sorgten dafür, dass Grant-Krieger Diana von allen Seiten beschützten. Baron Gow hatte wieder und wieder bewiesen, was für ein sturer alter Bock er war. Dianas Herz pochte in ihrer Brust, als sie sich dem Fallgitter näherten. Sie betete zu Gott, dass ihr lieber Vater noch am Leben war. Auch wenn sie wusste, dass es ihm nicht gut gehen würde, wollte sie wenigstens, dass er Micheil kennenlernte. Sie wollte, dass ihr Vater wusste, dass sie glücklich und stolz auf ihren auserwählten Mann war. Es würde ihr so viel bedeuten, wenn er ihre Ehe segnen würde.

Oder kamen sie zu spät?

Die Wachen am Tor gehörten dem Baron, nicht ihrem Vater. Das verhieß nichts Gutes für den Status ihrer Burg.

»Micheil, meinst du, er hat alle Männer meines Vaters übernommen?«

»Ich hoffe, er hat ihnen am Fallgitter befohlen, deinen Sire über deine Ankunft zu informieren, und wir werden Eure Wachen woanders sehen.«

»Hast du noch das Schreiben des Königs? Sonst fürchte ich, könnte man mich dir bald aus den Armen reißen.« Sie warf einen Blick über die Schulter zu ihm, dann zu Alex Grant, der auf seinem Schlachtross zu ihrer Linken saß, mit dem größten Schwert, das sie je gesehen hatte, an seine Seite geschnallt.

Micheil flüsterte ihr ins Ohr. »Liebling, er wird mich schon totschlagen müssen, um dich aus meinen Armen zu reißen.«

»Micheil, ich liebe dich.«

»Ich liebe dich auch. Ich werde dich nicht aufgeben.« Er schlang seinen Arm um sie, um ihr Zittern zu beruhigen. Wie sie Baron Gow kannte, war sie sich sicher, dass dies kein leichtes Unterfangen sein würde. Er war nicht bereit, sie oder das Drummond-Land aufzugeben. Offensichtlich versuchte er bereits, seinen Anspruch durchzusetzen.

Unbekannte Stallburschen eilten herbei, um ihre Pferde zu holen. Im letzten Moment lief ihr Lieblingsstallbursche auf sie zu und flüsterte ihr ins Ohr. »Mylady, er lebt. Glaubt ihm nicht. Es geht ihm nicht gut ...«

Ein Arm schnellte nach vorne und riss den Jungen von ihr fort. Ein stämmiger Mann, den sie noch nie zuvor gesehen hatte, gab ihm eine Ohrfeige, und der Junge rannte davon, drehte sich jedoch noch einmal um und nickte ihr zu. »Fort mit dir, du Abschaum. Tu, was man dir sagt.«

»Tu ihm nichts. Er ist mein Stallbursche. Fergus?« Sie griff nach ihm, aber der Mann stellte sich ihr in den Weg.

»Er ist nicht mehr dein Stallbursche«, höhnte der Mann verächtlich. »Er wird tun, was ich ihm sage, oder er wird kein *Zuhause und* keine *Arbeit* mehr haben.« Dann griff er nach Diana, aber Micheils Schwert hielt ihn auf.

»Lass deine Finger von ihr, wenn du Wert darauf legst, sie zu behalten«, sagte Micheil.

Der Mann knurrte und stakste davon, halblaut vor sich hin fluchend.

»Grant, das wird nicht einfach werden, oder?« Micheil blickte seinen Freund an.

»Nay«, sagte Alex, aber ein Grinsen huschte über sein Gesicht. »Ich denke, wir werden uns gut amüsieren. Nichts würde mich mehr freuen, als Baron Gow in seine Schranken zu weisen. Ich habe ein Schreiben des Königs, das dir und Diana die Rechte an der Burg überträgt. Gow hat damit überhaupt keine Ansprüche mehr. Wir werden sehen, wie töricht er ist, denn wenn er weiter auf Diana aus ist, würde das bedeuten, gegen den Erlass des Königs zu verstoßen. Wenn dem so ist, werden wir ihn einfach im Namen von König Alexander ... beseitigen müssen.«

»Aber haben wir genug Krieger?«

»Ich habe etwa fünfzig, und ich habe zweihundert weitere angefordert, sobald ich das Schreiben des Königs erhalten habe. Sie werden in höchstens ein oder zwei Tagen hier sein. Ich denke, wir werden mit Gows armseliger Garde auch ohne sie fertig, aber ich wollte unbedingt sicherstellen, dass meine Cousine und ihr Mann alles bekommen, was ihnen zusteht, ganz zu schweigen von Gow.« Alex lächelte und zwinkerte Micheil zu. »Vertrau mir, das wird ein Spaß.«

Diana starrte ihren Cousin ehrfürchtig an, als er auf seinem nun tänzelnden Pferd saß. Sie spürte, dass er bis zum letztmöglichen Moment nicht absteigen würde, um sie alle daran zu erinnern, wer hier das Sagen hatte.

»Vergiss nicht, Gow behandelt seine Männer nicht gut. Sie werden schnell fliehen.« Alex stieg schließlich ab und tätschelte sein Pferd, um es zu beruhigen.

Diana beobachtete, wie der riesige Highlander einen Apfel aus seinem Sporran nahm und ihn seinem Pferd gab. »Aye, Maddie hat dir deine Süßigkeiten besorgt. Und jetzt sei brav, Midnight.« Das Pferd beschnupperte Alex' Hand, bevor es auf seinem Apfel kaute. Er blickte zu Diana. »Maddie verwöhnt mein Pferd und verspricht ihm immer Leckerlis, wenn es mich sicher nach Hause bringt. Ich versuche ihr zu erklären, dass das Pferd kein Wort von dem versteht, was sie sagt, aber sie glaubt mir nicht. Es ist einfacher, sie bei Laune zu halten.« Er tätschelte noch einmal Midnights Schnauze, bevor er ihn an Fergus übergab. »Meine Frau glaubt, dass Midnight magische Kräfte hat.«

Er streckte ihr seinen Arm entgegen, und sie ergriff seinen Ellbogen und hielt Micheils Arm auf der anderen Seite fest. »Sollen wir, Cousin?«

Sie schritten über den Hof und die Stufen zur großen Halle hinauf. Alex trat zuerst hinein, sein Schwert gezogen. Sobald zehn Krieger den Raum betreten hatten, ließ er Diana und Micheil herein. Dann drehten sie sich zu Baron Gow um, der mit verschränkten Armen auf dem Podium stand und sie schweigend beobachtete, zwei Wachen auf jeder Seite.

Micheil flüsterte: »Siehst du einen von deinen Wächtern?«

Sie schüttelte den Kopf. »Nay. Was hat er mit ihnen gemacht?«

»Lass meine Verlobte frei, Ramsay«, brüllte Gow.

Micheil und Alex stellten sich vor das Podium, umgeben von Grant-Kriegern. Micheil sprach ihn zuerst an. »Sie ist meine Frau, Gow. Ich bin sicher, du hast inzwischen das Schreiben des Königs erhalten, in dem er Diana zur solchen erklärt und dich von deiner Verpflichtung entbindet.«

Diana war gespannt zu hören, ob er den Erhalt des Schreibens bestreiten würde.

»Ich habe ein Sendschreiben mit gebrochenem Siegel erhalten und es verbrannt, da es gefälscht war. Der alte Drummond ist tot, und er hat diese Verbindung gesegnet. Keiner kann diese Ehe annullieren. Eigentlich sollte der König zur Zeremonie kommen, aber wir werden am besten gleich heiraten.«

»Vater?« Dianas Beine knickten ein bei den Worten, die sie am meisten auf der Welt fürchtete.

KAPITEL ZWEIUNDZWANZIG

MICHEIL FING SIE auf und flüsterte ihr ins Ohr. »Denk daran, was der Stallbursche zu dir gesagt hat. Es ist eine List. Du musst stark sein, und dein Vater auch.« Dann rief er laut genug, dass es alle hören konnten: »Du kannst sie nicht heiraten. Unsere Vereinigung fand im Schloss von Edinburgh statt, unter dem Beisein des königlichen Priesters. »Wir sind Mann und Frau, und die Ehe wurde bereits vollzogen.«

Der Baron starrte Diana mit funkelnden Augen an, fummelte an seiner feinen Kleidung herum und versuchte, seine große Gestalt zur Einschüchterung zu nutzen. »Ich werde diese angeschlagene Ware gegen eine Gebühr von dir annehmen, immerhin hast du meine Verlobte befleckt. Das Mädchen ist eben eine Schlampe, aber sie wird bald schon noch lernen, wie man sich angemessen zu verhalten hat.«

Augenblicke später wurden ihm zwei Schwerter an die Kehle gedrückt – Micheils und Alex'. »Sprich gefälligst mit etwas mehr Respekt, wenn du von *meiner Frau* redest«, zischte Micheil und drückte die Spitze seines Schwertes gegen die Haut des Mannes, bis sich eine dünne Blutlinie seinen Hals hinunterzog. Die Halle verstummte, Schwerter wurden gezogen, sowohl von Gows als auch von Grants Kriegern, aber niemand bewegte sich, da sie auf Anweisungen ihrer jeweiligen Anführer warteten.

Der Baron keuchte. »Runter mit den Schwertern, ich werde meine Zunge im Zaum halten.«

Alex nickte Micheil zu, und sie ließen ihre Schwerter an die Seiten fallen, die anderen folgten ihrem Beispiel.

Diana konnte die Ungewissheit nicht länger aushalten. »Wo ist mein Sire? Ich ertrage es nicht, noch länger zu warten. Bitte. Ich muss ihn sehen.«

»Ich sagte doch, er ist tot. Er ist letzte Nacht im Schlaf gestorben. Sein letzter Wunsch war, dass du mich heiratest, und ich erwarte, dass du seine letzten Worte ehrst.«

»Nay, das hätte er niemals getan. Und ich glaube dir nicht. Er würde auf meine Rückkehr warten. Er hat es mir versprochen.« Tränen liefen ihr über die Wangen, während sie sprach, und ihre Hände zerrten nervös an ihren Röcken. »Bitte.«

»Jeder hier wird dir sagen, dass er tot ist. Fragt nach und ihr werdet sehen. Durchsucht den ganzen Bergfried. Ruft die Küchenmädchen, die Dienstmädchen herbei. Sie alle werden dir bestätigen, dass er tot ist.« Er winkte mit den Armen, und seine Wachen machten sich auf den Weg zu den Küche und schickten die Helfer heraus. »Fragt sie und findet es selbst heraus.«

Dianas Blick suchte nach einem bekannten Gesicht unter den Bediensteten, aber sie erkannte niemanden. Sie alle nickten dem Baron zustimmend zu, die Augen angstvoll nach unten gerichtet. Eine Tür flog auf, und eines der Dienstmädchen ihrer Mutter stürmte quer durch den Raum auf Diana zu.

»Ergreift sie!«, rief Gow. Seine Männer bewegten sich, aber Micheil war schneller und schützte die Frau auf ihrem Weg zu Diana. Alex hob die Hand und zeigte auf sie. Er schickte seine Wachen, um weiteren Schutz zu bieten.

Seine Männer hielten jeden von Gows Männern das Schwert an die Brust, bis die Frau es schließlich zu Diana hinüber schaffte und ihr schluchzend zu Füßen fiel. »Er lebt noch. Die Wachen haben ihn in Duncans Hütte gebracht, Mylady.«

Plötzlich schwang sich einer von Gows Männern auf eine von Alex' Wachen, und in der großen Halle brach das Chaos aus. Das metallische Klirren von Schwertern zerriss die Halle, als die beiden Gruppen schließlich aufeinander trafen.

Diana hielt sich an Micheils Waffenrock fest, und sobald sie ihre Chance sah, rannte sie zur Küche hinüber. Die Männer mussten ihren Vater durch den geheimen Fluchttunnel gebracht haben, der Eingang war in der Vorratskammer versteckt. Sie zückte ihren Dolch, bereit, sich den Weg zu ihrem Vater zu erkämpfen. Zwei der Männer des Barons griffen nach ihr, und sie fuhr mit dem Dolch in der Hand herum. »Rührt mich nicht an. Ich gehe zu meinem Sire.« Einer versuchte, sie zu packen, und sie stach ihm in den Arm. Micheil eilte herbei, um sie zu schützen, und versetzte dem anderen Mann einen tödlichen Stoß, woraufhin der leblos zu Boden fiel.

»Geh«, sagte Micheil. »Ich werde dich beschützen. Suche nach deinem Vater.« Er befahl zwei der Grant-Wachen, ihr zu folgen, während er den Eingang zu den Küchen bewachte.

Diana wirbelte herum, griff nach ihren Röcken und steckte ihren Dolch wieder in die Tasche, während sie so schnell wie möglich zur Vorratskammer rannte. Schreie klangen in ihren Ohren, und sie betete für ihren Mann und die Grants. Die Angst schüttelte sie wie ein Blatt im Herbstwind, aber sie musste einfach daran glauben, dass das Gute über das Böse siegen würde.

Diana wies die Wachen an, die Truhe zu bewegen, die die Tür verbarg, und schaffte es, sie selbst aufzureißen. Sie eilte die Stufen hinunter und durch den Tunnel, durch den ihr Vater sie viele Male geführt hatte, um sie auf genau diese Situation vorzubereiten. Als sie die Stufen am Ende erklommen hatte, warf sie sich mit der Schulter gegen die klapprige alte Tür und fiel mit ihr auf die andere Seite, als diese schließlich nachgab.

Draußen angekommen, stand sie keuchend da, die Hände in die Hüften gestemmt, starrte in den Himmel und zu den wunderschönen Sternen und wünschte sich, dass sie ihr helfen würden, sich an den richtigen Weg zu erinnern. Die Wachen kamen endlich hinter ihr durch die Tür, aber es gab wider Erwarten keinen Grund zur Sorge; sie waren völlig allein.

Der Instinkt schickte sie gen Osten zu Duncans Hütte. Kurze Zeit später fand sie sie und bemerkte, dass viele ihrer Wachen in der Umgebung verstreut waren, einige schliefen auf dem Boden, andere suchten wachsam die Gegend ab. Sie schrie auf, als sie die Lieblingswachen ihres Vaters erkannte, die die Tür bewachten, und umarmte jeden von ihnen.

»Mein Vater?«

Eine Wache lächelte. »Er lebt. Geht hinein, Mylady.«

Ihr Herz pochte in Erwartung, als die Wache ihr die Tür aufhielt.

Drinnen angekommen, schloss sie die Tür, lehnte sich mit dem Rücken dagegen und nahm alles in sich auf, bevor sie sich bewegte. Ihr Vater lag schlafend im Bett, das Heben und Senken seiner Brust war kaum sichtbar. Ein Tisch und vier Stühle standen in der Ecke, zwei gepolsterte Stühle vor der Feuerstelle an der gegenüberliegenden Wand. Robbie war damit beschäftigt, das Feuer zu schüren. Er sprang auf und legte rasch die Hand auf sein Schwert, nur um sie gleich wieder wegzunehmen, als er erkannte, wer es war.

»Diana, endlich bist du da. Ich hörte einen Tumult und hoffte, es wären du und Micheil, aber ich wagte nicht, von der Seite deines Vaters zu weichen. Befehl des Lairds.«

Sie lief zum Bett. »Robbie, wie geht es ihm?«

Robbie brachte einen Stuhl für sie herüber, dann kehrte er auf die andere Seite des Bettes zurück. »Er ist noch unter uns, aber es tut mir leid, dir sagen zu müssen, dass ich nicht glaube, dass er noch viel länger hat.«

Diana griff nach der Hand ihres Vaters. »Papa, Papa. Ich bin's. Wach auf, bitte. Ich muss mit dir reden. Ich habe dir so viel zu sagen.« Sie starrte ihn an und merkte schließlich, dass er keine Antwort gab. Seine Augen waren geschlossen, sein Gesicht fahl und blass. »Papa?« Sie konnte sehen, dass er noch atmete, aber seine Atemzüge waren flach und angestrengt.

Sie sah zu ihrem Vetter auf und schüttelte den Kopf, während ihr die Tränen in die Augen stachen. »Wie lange, Robbie? Wie lange hat er nicht mehr gesprochen?«

»Ein paar Tage. Er hat sich kaum bewegt, und er hat in meiner Gegenwart die Augen nicht geöffnet. Aber ich versuche, das Zimmer für ihn warm zu halten. Das Letzte, was er mir sagte, war, dass ihm kalt sei. Er gab mir auch eine Nachricht für dich mit.«

Die Hand ihres Vaters in der ihren haltend, starrte sie ihren Cousin an, während sie sich auf dem Stuhl niederließ. »Was war seine Botschaft? Dass ich eine furchtbare Tochter bin, weil ich nicht getan habe, was er verlangt hat, dass ich Baron Gow hätte heiraten sollen?«

»Nay, Alex und ich haben ihm von unserer Reise erzählt. Alex erzählte von der Grausamkeit des Barons und wie er Micheil erlaubte, dich nach Edinburgh zu bringen.«

Diana stupste Robbie an. »Na los, die Nachricht!«

»Ich soll dir sagen, dass es ihm leidtut, den falschen Mann für dich ausgewählt zu haben. Hätte er von der Wahrheit über den Baron gewusst, hätte er dich nie gehen lassen.«

»O Vater.« Sie beugte sich vor und küsste seine Stirn. »Ich weiß, du wolltest nur das Beste für mich.«

»Sein Ziel war es, am Leben zu bleiben, bis du zurückkehrst. Er hatte gehofft, du würdest deinen Ritter finden.« Er lächelte. »Er erzählte uns von den Geschichten, die dir deine Mutter erzählt hat.«

Sie lehnte ihre Wange an die ihres Vaters. »Papa, das habe ich. Ich habe meinen Ritter gefunden und ich habe ihn geheiratet. Warum konntest du nicht ein wenig länger warten? Er ist da. Micheil Ramsay ist mein Gatte. Sein Bruder ist mit Brenna Grant verheiratet. Er ist ein gütiger, starker, tapferer Mann, und ich liebe ihn sehr.« Sie hob den Kopf zurück zu Robbie. »Hat er noch irgendetwas gesagt? Hat er mit Baron Gow gesprochen?«

Robbie nickte. »Das hat er. Er sagte dem Baron, er wolle ihn loswerden. Sobald Alex mit seinen Kriegern weg war, hat er mit einer großen Armee euren Bergfried angegriffen, also flohen wir hierher. Ich wusste, dass wir die Burg zurückerobern würden, sobald der Rest der Wachen eintrifft. Meine Priorität war es, deinen Sire für dich am Leben zu halten. Ich hörte, dass der Baron, seit wir gegangen sind, versucht hat, ihn für tot zu erklären, aber ich bleibe als Wächter an seinem Bett, für den Fall, dass er diesen Ort entdeckt. Aber jetzt bist du hier. Ich lasse euch für eine Weile allein. Duncan ist in eine andere Hütte gezogen, also werde ich ihn auf den neuesten Stand bringen, dann werde ich zur Burg zurückkehren und sehen, ob ich gebraucht werde. Wenn du etwas brauchst, schick einfach eine der Wachen nach mir.«

Robbie küsste sie auf die Wange und trat aus der Kammer.

Sie wandte sich wieder dem Bett zu und legte ihre Hand an das Gesicht ihres Vaters. »Papa, bitte komm zurück zu mir. Bitte, nur für ein paar Augenblicke. Micheil wird bald hier sein. Er ist so stark. Er wird mich beschützen, so wie Mama mir gesagt hat, dass mein Ritter es tun würde. Komm zurück zu mir, bitte. Ich werde ohne dich verloren sein.«

Diana kletterte auf die Decke und legte sich neben ihren Vater, hielt seine Hand in ihrer und legte ihre andere Hand auf seinen Kopf. »Papa, du würdest Micheil so sehr lieben. Bitte sag Mama, wie recht sie mit meinem Ritter hatte. Ich habe mich in Edinburgh in ihn verliebt, und wir haben dort geheiratet, genau wie sie es vorausgesehen hat. Er ist so, wie sie es vorausgesagt hat, nur ist er Schotte, nicht Engländer. Unser Clan wird ihn lieben, das weiß ich.« Ihre Tränen flossen weiter, bis sie kaum noch sprechen konnte.

»Papa, verlass mich noch nicht. Es tut mir leid, dass ich gegangen bin.«

Sie schluchzte sich die Seele aus dem Leib, während sie ihren Vater festhielt und ihm sagte, wie sehr sie ihn liebte, und wurde schließlich müde. Es spielte keine Rolle, sie würde genau hier bei ihrem Vater schlafen. »Ich werde dich nie wieder verlassen, Papa. Ich verspreche es.«

Sie hätte schwören können, dass er ihre Hand drückte.

Micheil stand vor dem Eingang zur Küche und bewachte die Suche seiner Frau nach ihrem Sire. Er betete, dass sie ihn finden würde, bevor es zu spät war. Die Tür stieß gegen ihn, und er sprang auf, nur um Robbie Grant durch die Tür kommen zu sehen.

»Sie ist bei ihm. Ich dachte, du könntest vielleicht meine Hilfe gebrauchen. Geh bald zu ihr, folg einfach dem Tunnel in der Vorratskammer und geh Richtung Osten.«

Sein Blick nahm das Chaos um ihn herum auf, und er beobachtete, wie Alex und Robbie Grant wütend gegen Gows Männer kämpften und sie mit voller Wucht niedermähten. Stühle flogen und Blut spritzte, aber die Energie der Grants ließ nicht nach. Sie kämpften weiter und brachten schließlich einige von Gows Männern dazu, unter Todesangst aus der Halle zu rennen, während sie sich die blutenden Wunden hielten.

Micheil musste sein Schwert nur ein paar Mal benutzen. Nur wenige wagten es, sich Zugang zu den Küchen zu verschaffen. Er hatte drinnen nur ein paar ängstliche Diener vorgefunden, die sich versteckten und nur darauf warteten, dass Diana als Burgherrin eingesetzt wurde. Ein paar Mal fuchtelte er mit seinem Schwert vor sich her, um einen Gow-Kämpfer zu abzulenken, damit einer der ihren die Sache beenden konnte. Meistens beobachtete er einfach nur die Grant-Krieger in ihrer ganzen Pracht, die tatsächlich genauso schlagkräftig waren, wie man ihnen nachsagte. Alex Grant kämpfte wie ein Besessener. Micheil hatte von seinem Kampf bei Largs gegen die Wikinger auf seinem mächtigen Ross Midnight gehört, das tatsächlich in ein Kettenhemd gekleidet gewesen war. Die Geschichten waren eindeutig nicht übertrieben. Niemand hatte eine Chance gegen den mächtigen Krieger, dessen Konzentration und Kraft unvergleichlich waren.

Plötzlich sprangen zwei von Gows Wachen von der Seite des Treppenhauses auf ihn zu, Gow dicht dahinter. Die beiden Wachen stürzten sich gleichzeitig auf ihn. Er schleuderte seinen Dolch in das Herz des einen und beendete seinen Angriff augenblicklich. Der andere stürzte sich auf ihn, während der Baron hinter ihm stand, bewaffnet mit einem Kurzschwert.

Micheil schwang sein Schwert in einem weiten Bogen und schlug fest auf das seines Gegners ein, aber der Wächter war schnell und parierte Micheils Stöße und zwang ihn in Richtung Treppe, um sein Gleichgewicht zu halten. Der Kampf ging noch ein paar Augenblicke weiter, Klinge schlug auf Klinge, die Schwerter kreischten in ohrenbetäubender Wut zum Rhythmus des Kampfes.

»Er ist mein bester Schwertkämpfer, Ramsay. Du wirst ihn nicht besiegen«, brüllte Gow.

Micheil ignorierte die Ablenkung und setzte seinen Angriff auf seinen Feind unbeirrt fort. Keiner würde an ihm vorbeikommen. Er würde Diana bis in den Tod beschützen, wenn es sein musste. Er näherte sich der Treppe, also trat er zwei Stufen höher, um sich einen besseren Hebel zu verschaffen. Schweiß tropfte ihm die Stirn hinunter und drohte, seine Sicht zu trüben. Er fing den Blick seines Gegners auf und konnte sehen, dass er schwächer wurde. Seine letzte Stunde hatte bereits geschlagen; Micheil musste nur noch ein bisschen durchhalten.

Offenbar spürte auch der Baron die Schwäche seines Kriegers. Aus dem Augenwinkel sah Micheil, wie er sein Schwert hob, bereit, es auch gegen ihn einzusetzen - zwei gegen einen. Micheil führte sein Schwert direkt über seinen Körper und schwang es einmal im Kreis, in der Hoffnung, sie gemeinsam auszuschalten.

In diesem Moment näherte sich ein anderer Mann der Treppe und stach seinen Gegner von hinten nieder, bevor er ihn aus dem Weg schob.

Da er seinen ersten Widersacher so verfehlte, raste das Schwert mit noch mehr Wucht weiter und erwischte den Baron heftig in der Seite und in seinem Brustkorb. Gow ließ sein Schwert fallen und starrte Micheil an, seine Hände umklammerten seine Rippen, nachdem Micheil die Waffe herausgezogen hatte.

»Sie sollte mir gehören.« Er starrte Micheil schockiert an, dann blickte er auf das Blut, das durch seine Finger lief, und seine Augen begannen zu glänzen. Seine Stimme war kaum mehr als ein Flüstern. »Du Mistkerl.« Er brach zusammen und landete am Fuße der Treppe.

Robbie Grant stand mit einem Grinsen im Gesicht neben ihm, als der Rest der großen Halle still wurde. Noch immer keuchend von der Anstrengung, ließ Micheil seinen Blick durch den Raum schweifen, ein Lächeln schlich sich auch in seine Züge, als er bemerkte, dass Gows Männer weg waren. Der Baron war anscheinend einer der Letzten gewesen, die noch standen.

Micheil ging die Treppe hinunter und über die Leichen hinweg. Er hielt inne, um seine Klinge an der Kleidung des toten Barons zu säubern, bevor er sie in seine Scheide zurücksteckte. Alex stand ihm gegenüber, und sie gingen aufeinander zu, trafen sich schließlich in der Mitte der Halle und umarmten sich, eine Feier der vereinten Kräfte der Clans Grant und Ramsay. Robbie stand hinter ihnen, hob sein Schwert und ließ einen schallenden Grant-Jubel los, den alle hören konnten. Die Grant-Krieger, die um sie herum standen, nahmen sich einen Moment Zeit, um Luft zu holen und sich gegenseitig zu gratulieren.

Micheil ergriff zuerst Alex' Hand, dann die von Robbie. »Meinen Dank. Ich werde euch ewig zu Dank verpflichtet sein, dass ihr den Clan meiner Frau von diesen niederträchtigen Schweinen befreit haben.«

»Das ist jetzt dein Clan, Ramsay«, erinnerte ihn Alex.

Während sie sich unterhielten, schlichen Diener auf den Balkon, aus den Küchen und durch die Vordertüren, mit einem Ausdruck der Hoffnung in den Gesichtern.

Als die Mitglieder des Drummond-Clans zögerlich auftauchten, brachen sie in Jubel aus, als sie erkannten, dass der Baron tot war. Alex hob nach ein paar Augenblicken der Ekstase die Arme, um sie zu beruhigen. Er deutete auf Micheil. »Ich stelle euch Diana Drummonds Ehemann vor, Micheil Ramsay. Ehrt ihn, wie ihr sie ehrt, und lasst uns sehen, ob wir diesen Ort aufräumen und ihn Dianas Anwesenheit würdig machen können, besonders in dieser für sie so schwierigen Zeit.«

Seine Männer und die Dienerschaft taten sich zusammen, um die Leichen zu entfernen und die Möbel wieder in Ordnung zu bringen. Alex sagte: »Geh zu deiner Frau, Ramsay. Du musst ihren Sire treffen, falls er noch lebt. Robbie und ich werden den Clan anleiten, obwohl es mir scheint, dass sie so froh sind, von diesem Monster befreit zu sein, selbst nach nur ein paar Tagen seiner Tyrannei, dass sie alles selbst in die Hand nehmen werden.«

Micheil nickte und ging zurück in die Küche. Ein Diener führte ihn zur Tunneltür, und er eilte durch die kühle Luft, in der Hoffnung, Diana sicher und warm bei ihrem Sire zu finden.

Sobald er draußen war, ging er nach Osten und fand viele ihrer Wachen nicht weit von der Hütte entfernt. Er informierte sie über das Ableben des Barons und schickte eine Gruppe zurück, um bei den Aufräumarbeiten im Bergfried zu helfen.

Die Männer wiesen ihm den Weg zur Hütte. Auf dem Weg zur Haustür sprach er ein stilles Gebet, dass Dianas Vater noch lebte. Er betrat die dunkle Hütte, und sobald sich seine Augen an das Licht gewöhnt hatten, fand er seine Frau schlafend auf dem Bett neben ihrem Vater.

Eine alte, ledrige Hand winkte ihn heran.

KAPITEL DREIUNDZWANZIG

MICHEIL SCHRITT ZU der Gestalt im Bett hinüber und sagte: »Laird Drummond? Seid Ihr wach?«

»Aye, mein Sohn. Ich habe auf die Rückkehr meiner Tochter gewartet, aber es hat einige Zeit gedauert, bis ich die Kraft gefunden habe, mit ihr zu sprechen.« Er tätschelte ihre Hand. »Es scheint, dass sie müde ist, also werde ich sie ruhen lassen. Ich möchte zuerst mit dir sprechen.«

Micheil war verblüfft und wollte seine Frau wecken. Aber erst wollte er ihren Vater zu Wort kommen lassen, so sehr fürchtete er, dass er ihn wegen seines Status als Drittgeborener zurückweisen würde. »Aye?«

Unerwartet geistesgegenwärtige Augen begutachteten ihn. »Ich sehe, du hast etwas Blut an dir. Heißt das, du hast meinen Bergfried endlich von dem Baron und seinen Männern befreit?«

Micheil nickte. »Aye, aber nur mit der Hilfe der Grants und ihrer Krieger. Es ist vollbracht. Gow ist tot.«

Er schüttelte langsam den Kopf. »Ich habe ihm geraten, zu gehen, bevor Alex Grant zurückkehrt. Alle Schotten wissen um seine Fähigkeiten im Kampf. Trotzdem, hab Dank.«

Micheil schaute seine Frau wieder an und legte seine Hand auf ihre Hüfte, während sie schlief.

»Du liebst meine Kleine, nicht wahr?«

Micheil nickte. »Aye, mehr als ich je für möglich gehalten hätte.«

David Drummond sah ihn direkt an, seine Augen beschlagen, als er die Hand von Micheil ergriff. Sein Gesicht war gezeichnet und blass, aber Micheil konnte erkennen, dass er etwas mitteilen musste, bevor er loslassen würde, also erlaubte er ihm, ohne

Unterbrechung zu sprechen.

Der alte Chieftain sprach: »Och, es tut meinem Herzen gut, dich endlich zu treffen. Scheint, dass ein Mann, der bereit ist, für sie zu kämpfen, sie auch wahrlich liebt. Sie ist ein gutes Mädchen. Wirst du dich für mich um sie kümmern?«

Micheil nickte, aus irgendeinem Grund unfähig, im Moment zu sprechen.

»Versprich mir, dass du dich nicht nur um ihren Körper kümmerst, sondern auch um ihr Herz. Sie ist ein besonderes Mädchen.«

»Das werde ich.« Seine Stimme brach. Er trat zur Seite, um ein Drummond-Plaid von einem nahegelegenen Stuhl zu holen und deckte seine Frau damit zu, bevor er sie auf die Wange küsste.

Der alte Drummond tätschelte ihm die Hand und sagte: »Junge, es ist mir eine Freude, endlich den Ritter meiner Tochter kennenzulernen. Ihr habt meinen Segen.« Er seufzte, schloss die Augen und faltete die Hände vor der Brust. »Ich werde mich jetzt ausruhen. Ich möchte die Kraft aufbringen, um ein letztes Mal mit meiner Tochter zu sprechen.«

Er schloss die Augen, und Micheil setzte sich in den Stuhl am Kamin.

Es war mitten in der Nacht, als etwas sie aufweckte. Sie bemerkte, dass jemand hereingekommen war und sie mit einem Plaid zugedeckt hatte. Alles kam langsam zu ihr zurück, als sie realisierte, wo sie war.

»Kleine, könntest du dich ein bisschen von mir weglehnen? Ich bin nicht mehr so stark, wie ich es mal war.«

Ihr Kopf schnellte hoch und ihr Blick flog zu ihrem Vater. Das vertraute Leuchten in seinem Blick verriet ihr, dass er ganz er selbst war, obwohl er offensichtlich nicht viel Kraft zurückgewonnen hatte. »Papa? Bei den Heiligen da oben, ich danke dir. Papa, sprichst du wirklich mit mir?«

»Aye, Mädchen.« Er seufzte und atmete so tief ein, wie er konnte, und drückte ihre Hand, bevor er fortfuhr. »Ich habe nicht mehr viel Zeit, aber deine Mutter hat mich noch mal zurückkommen lassen, nur für dich«, flüsterte er.

Sie stand aus dem Bett auf, setzte sich in den Stuhl daneben und zog ihn so nah wie möglich heran. »Was meinst du? Du hast Mama gesehen?«

»Aye, sie wartet auf mich und ich habe sie so vermisst. Deine Mama ist mein Herz und meine Seele, und ich war so glücklich, sie endlich wiederzusehen. Ich war bereit, hinüberzugehen, aber sie wollte, dass ich ein letztes Mal zu dir zurückkehre. Sie wünschte, sie wäre hier gewesen, um dich aufzuziehen, aber sie ist so stolz auf dich und zufrieden mit der Person, die du geworden bist. Sie ist stolz auf uns beide.« Er lächelte, bevor er fortfuhr. »Meine Zeit ist gekommen, Tochter, und ich denke, du weißt es, aber ich muss meine Mission beenden.« Er hielt inne und sammelte die Kraft, weiterzusprechen.

»Papa, übertreibe doch nicht. Bitte hör mir zu. Ich habe meinen Ritter geheiratet. Er heißt Micheil und ich liebe ihn so sehr. Ich möchte, dass du ihn kennenlernst, bitte? Gib uns deinen Segen.«

»Och, Mädchen, deshalb bin ich zurückgekommen. Deine Mama wollte mich nicht willkommen heißen ... bis ich deinen Ritter traf. Sie sagt, er ist der Richtige, und ich habe noch eine Pflicht, die ich erfüllen muss.«

»Ich werde ihn holen. Warte bitte.« Sie stand auf und flehte ihn an. »Versprich mir, dass du warten wirst.«

Ihr Vater hob die Hand und zeigte hinter sie. »Er ist schon da. Ich habe ihn auch schon kennengelernt. Er ist ein feiner Mann, und ich heiße ihn wie einen Sohn willkommen. Er hat dich mit dem Plaid zugedeckt, so wie ich es auch getan hätte, wenn ich die Kraft dazu gehabt hätte.«

Micheil stand hinter ihr, und er ergriff ihre Hand mit der seinen. »Ich habe auf dem Stuhl neben dem Feuer gesessen, Liebes. Ich wollte dich nicht wecken.«

Dianas Gesicht füllte sich mit Tränen; wie wunderbar war es, endlich die beiden Männer, die sich ihre Liebe teilten, zusammenkommen zu sehen. Sie ergriff die Hand ihres Mannes und zerrte ihn dicht ans Bett. »Papa, hier ist er. Mein Mann, Micheil Ramsay.« Sie schob Micheil vor sich her, damit ihr Vater ihn sehen konnte. Obwohl sie sich bereits begegnet waren, hatte *sie* ihn nicht vorgestellt. Micheil kannte offensichtlich ihre Gedanken, denn er beugte sich zu dem Herrn hinunter und sagte: »Es ist mir eine Ehre, Euch kennenzulernen, Chief Drummond, und ich möchte, dass Ihr wisst, wie sehr ich Eure Tochter liebe. Ich verspreche, sie mit meinem Leben zu beschützen.«

David Drummonds zitternde Hand hob sich, um Micheils zu ergreifen. »Och, mein Sohn, ich heiße dich herzlich im Drummond-Clan willkommen. Meine Frau und ich sind sehr glücklich, dich hier zu haben.« Er blickte zu Diana und lächelte. »Mein Mädchen war alles für mich, seit ihre Mutter gestorben ist. Sie hat einen guten Verstand und wird eine gute Arbeit an der Spitze des Clans leisten. Gelobst du, ihr zu helfen, und hast du vor, hier bei uns zu leben?«

»Aye, das tue ich. Sie ist ein starkes, lebhaftes Mädchen, das mein Herz gestohlen hat. Wir werden hier leben und planen, unsere Kinder hier aufzuziehen. Meine Familie ist nicht weit weg, und wir werden vielleicht ein wenig reisen.«

»Gut, gut.« Er tätschelte Micheils Hand. »Sie wird dich noch das eine oder andere Mal herausfordern, aber sie hat ein großes Herz. Ich fürchte ...«

»Papa? Was ist los?«

»Och, Mädel, ich bin müde. Ich bin nicht mehr lange auf dieser Welt, meine Zeit ist nahe.« Seine Atmung wurde unregelmäßig, und er hatte Mühe zu husten.

»Papa, noch nicht. Bitte.« Sie drückte seine Hand, als seine Augen zuflatterten. Micheil trat zurück, damit sie näher bei ihrem Vater sein konnte.

»Deine Mama und ich lieben dich, Diana ... so stolz auf dich.«

»Papa, warte.«

Die Tür öffnete sich und Alex Grant schritt zum Bett herüber. Er griff nach der Hand von Drummond und sagte: »Onkel, segnest du diese Verbindung?«

Die Augen ihres Vaters öffneten sich, und er tätschelte die Hand seiner Tochter. »Aye. Ich segne die Heirat meiner Tochter mit Micheil Ramsay. Alle sollen wissen, dass dies mein Wunsch ist.« Seine Augen schlossen sich.

Alex legte die Hand des Mannes auf die Decke, küsste Dianas Stirn und verließ die Kammer.

Diana griff wieder nach seiner Hand. »Papa? Nein, bitte nicht jetzt!« Sie lehnte sich näher heran, konnte seinen Atem nicht mehr hören, wollte die Wahrheit nicht akzeptieren.

»Papa, nay. Ich liebe dich.« Sie küsste seine Stirn und schluchzte, als ihr Vater seinen letzten Atemzug tat.

Micheil nahm sie in seine Arme und hielt sie, während sie weinte.

Etwa eine Stunde später nahm Micheil seine Frau in die Arme und trug sie aus der Hütte und zurück zum Bergfried.

»Der Baron, Micheil?«

»Der Baron ist tot. Das ist alles, was du wissen musst. Schließ die Augen, während wir durchgehen. Die Schlacht fand in der Halle statt. Du musst das nicht sehen.«

Sie vergrub ihr Gesicht in seiner Schulter.

»Wo ist deine Kammer, Mädchen?«, flüsterte Micheil, nachdem sie durch den Tunnel und die Treppe hinauf in die zweite Ebene des Bergfrieds gestiegen waren.

Diana zeigte den Gang hinunter, also machte sich Micheil auf den Weg den Korridor hinunter, bis sie ihn aufhielt und ihm den Weg zur richtigen Kammer wies. Er setzte sie auf das Bett und kehrte zurück, um die Tür zu verriegeln.

Nicht ganz sicher, was sie von ihm wollte, schmiegte er sich an ihre Seite und umarmte sie fest. »Sag mir, was ich für dich tun soll. Egal was, ich werde alles tun, was du willst.«

Diana schniefte und legte ihren Kopf auf seine Schulter. »Ich will dich.«

Ihr Weinen hatte nachgelassen. Micheil glaubte nicht, dass sie auch nur noch eine weitere Träne in sich haben könnte. Ihre Antwort war unerwartet, aber er würde wirklich alles tun, um ihr durch diese schwere Zeit zu helfen.

»Es wäre mir eine Freude, dich die ganze Nacht in meinen Armen zu halten. Du musst müde sein nach all den Strapazen, die du durchgemacht hast. Schließe deine Augen, Süße. Du warst deinem Sire eine gute Tochter. Es ist Zeit, dich auszuruhen.« Er vergrub sein Gesicht in ihrem Haar, atmete ihren Duft ein und hoffte, dass sie in dieser Nacht etwas Frieden finden würde.

»Nein. Ich *will* dich.« Ihre Hand griff unter sein Plaid und strich über seinen Oberschenkel.

Micheil wusste nicht recht, was er sagen sollte, aber er wollte ihre Bitte in einem solchen Moment nicht falsch deuten.

»Liebe mich, Micheil. Ich brauche dich heute Nacht. Ich will nichts zwischen uns, keine Kleider, nichts.«

Micheil hob seinen Blick und starrte in die Augen seiner schönen Frau. »Bist du sicher? Ich bin glücklich, wenn ich dich einfach nur halten kann. Das war ein sehr schwieriger Tag für dich.«

»Nay, ich will in deinen Armen liegen. Ich will dich in mir haben, so wie es für uns bestimmt ist, Haut an Haut, Herz an Herz. Liebe mich so, wie ich dich liebe.« Sie sah ihn an und strich ihm das lange Haar aus dem Gesicht. »Bitte, Micheil. Ich brauche dich. Aber lass es dieses Mal anders sein. Ich möchte, dass du mich langsam liebst, damit wir die Kraft spüren können. Das ist es, was ich jetzt brauche.«

Micheil küsste sie auf den Mund, ein süßer, zärtlicher Kuss, der ihr sagen sollte, wie viel sie ihm bedeutete. Sie öffnete ihre Lippen und neckte ihn mit ihrer Zunge. Oh, wie hatte er den Geschmack seiner Liebsten vermisst. Er umfasste ihr Gesicht und gab ihr einen langsamen Kuss, einen köstlichen Angriff auf ihren Mund, bis ihr Verlangen füreinander stieg.

Er beendete den Kuss und kletterte aus dem Bett, küsste ihre Fingerspitzen, als sie nach ihm griff.

»Nay, verlass mich nicht, Ehemann.«

»Ich will nur tun, was du verlangst. Ich werde zurückkehren, sobald ich diese lästigen Fäden von meinem Körper entfernt habe, dann werde ich an deinem arbeiten.« Er küsste ihre Handfläche, bevor er einen Schritt zurück tat und die Brosche, die sein blau-grünes Plaid zusammenhielt, abnahm. Nachdem sie zu Boden gefallen war, entfernte er alles andere. Sein langes dunkles Haar fiel ihm fast bis zu den Schultern – es konnte einen Schnitt vertragen, aber seine Frau schien das nicht zu stören. Sein Bart war rau und ungepflegt, da er nicht die Zeit gehabt hatte, ihn zu pflegen. Er würde aufpassen müssen, dass seine Rauheit nicht die zarte Haut seiner Frau aufscheuerte.

Er ging zurück zum Bett, zog die Felle und die Decke auf seiner Seite zurück und griff schließlich nach seiner Frau, die immer noch auf der Decke ruhte und jede seiner Bewegungen mit einem Funkeln in den Augen beobachtete. Sie setzte sich für ihn auf, und er löste die Schnürung auf der Rückseite ihres

Kleides, zerrte an den Bändern und befreite sie von ihrem Überkleid, ihrem Unterkleid und schließlich von ihrem Unterhemd
und ihren Strümpfen. Sie streckte ihre Arme nach ihm aus, und
er hob ihren geschmeidigen Körper von der Decke, damit er sie
zurückziehen und sie darunterlegen konnte, zum Schutz vor der
kühlen Nacht.

»Komm zurück zu mir, Micheil.« Sie blickte ihn durch ihre
langen Wimpern an und leckte sich die Lippen. »Bitte lass mich
nicht länger warten.«

Micheil kletterte neben sie und kraulte ihr den Nacken. »Ich
habe Anweisungen für Euch, Mylady.«

Sie zog fragend eine Augenbraue hoch und er lächelte. »Du
hast zu viel durchgemacht, deshalb bitte ich dich, dich auszuruhen, während ich mir die Zeit nehme, deinen Körper noch
besser kennenzulernen, als ich es ohnehin schon tue.«

Ein wissendes Grinsen breitete sich auf ihrem Gesicht aus, als
sie eine Hand nach oben streckte, um mit ihr durch seine langen,
dichten Locken zu fahren. »Ich gehöre ganz dir, Micheil Ramsay.
Mein Sire hat unsere Verbindung gesegnet. Ich gehöre für immer
dir, also kannst du mit mir machen, was du willst.«

Er löste ihre Hand aus seinem Haar, küsste erst ihre Handfläche und dann ihren Arm, was ihr einen Schauer durch den
ganzen Körper jagte, als er die empfindliche Haut an der Unter-
seite erreichte. Seine Lippen bahnten sich einen Weg an ihrem
Schlüsselbein hinunter und zu ihrer Brust. Er küsste die Außen-
seite ihres prallen Busens, bevor er die Mitte erreichte und ihre
empfindliche Knospe in seinen Mund nahm. Langsam liebkoste
er die Wölbung der einen Brust und wieder hinauf zu der anderen, was seine Frau zu einem leisen Stöhnen veranlasste, und ihre
Finger fanden wieder sein Haar.

Mit ein paar geschickten Handgriffen und wilder Zungen-
akrobatik machte er ihre andere Brustwarze zu einem straffen
Gipfel, bevor er fest an ihr saugte und mit der leidenschaftlichen
Antwort belohnt wurde, die er sich erhofft hatte. Seine Frau griff
nach seinen Hüften und versuchte, ihn näher zu zwingen, aber er
wollte ihr noch nicht nachgeben. Seine Zunge wanderte ihren
Bauch hinunter und in die Lockenpracht zwischen ihren Schenkeln. Als er ihrer Klitoris nahe kam, bewegte er sich weg und

wanderte an der Innenseite ihres Beins hinunter zu ihrem Knie.

Er rollte sie auf die Seite und küsste die Innenseite jedes Schenkels, bis sie wieder lustvoll stöhnte. Das Zusammenziehen der Muskeln in ihren Beinen jedes Mal, wenn er sie mit seiner Zunge berührte, verriet ihm, dass seine Berührungen ihre Leidenschaft befeuerten. Er rollte sie auf den Bauch und kostete die Rückseite ihrer Waden, bevor er ihre Oberschenkel hinauffuhr und sich einen Weg über die weiche Rundung ihres Hinterns leckte, bis sie quiekte und sich wand und ihre Beine in spannungsvoller Erwartung gegen das Bett stieß, was ihn dazu brachte, sich aufzusetzen und zu kichern. Er massierte ihren Rücken mit seinen Händen und fuhr mit ihnen über ihre weichen Pobacken, streichelte sie mit einer federleichten Berührung, die sie veranlasste, sich vom Bett auf ihn zu stürzen.

Wie er es liebte, wie sie auf seine Berührung reagierte. »Das gefällt dir, meine Süße?« Er grinste sie in der Dunkelheit an, erfreut darüber, dass sie so auf ihn reagierte. Sie würde seinen Namen mehrmals rufen, bevor er fertig war. Er musste ihr noch so viel beibringen, aber dafür war noch reichlich Zeit. Heute Nacht würde er sich um jedes ihrer Bedürfnisse kümmern. Diese Nacht gehörte ihr.

Sie rollte sich auf den Rücken und griff nach seiner Hand. »Micheil, du quälst mich. Bitte hör auf damit, sofort.«

»Mit Vergnügen.« Er ging geradewegs zu ihrem Zentrum und züngelte an ihrem Kitzler, abwechselnd leckend und mit der Zunge in sie eintauchend. Als ihr Stöhnen eine fiebrige Tonhöhe erreichte, tauchte er seinen Finger in sie ein, was sie dazu brachte, sofort zu kommen, ihre Muskeln spannten sich um seinen Finger.

Sobald Diana dazu in der Lage war, schenkte sie ihm ein warmes Lächeln und zerrte ihn zu sich, damit sie ihm in die Augen schauen konnte. Sie griff nach seiner Härte und nachdem sie seine Spitze mit ihrer Zunge geneckt hatte, sagte sie nur ein Wort, das ihm genau sagte, was sie wollte.

»Mehr.«

KAPITEL VIERUNDZWANZIG

DIANA STRICH MIT ihrer Zunge über seinen harten Penis, neckte die Spitze, bis er stöhnte, dann nahm sie ihn in den Mund. Er fühlte sich, als wäre er gestorben und in den Himmel gekommen, aber er konnte die Qualen nicht länger ertragen. »Mädchen, genug. Ich wollte mich heute Nacht um *dich* kümmern.«

»Aber ich will dich, Ehemann.«

Micheil half ihr, sich zu positionieren, und ließ sich dann auf ihr nieder. »Wie Ihr wünscht, Mylady. Nichts würde mir mehr Freude bereiten, als in diesem Moment mit Euch zusammen zu sein.« Er neckte ihren Eingang, wollte sichergehen, dass sie bereit für ihn war und nicht noch von ihrem ersten Orgasmus zitterte. Ihre gespreizten Beine sagten ihm alles, was er wissen musste. Er stieß mit einer einzigen flüssigen Bewegung in sie hinein, musste sich allerdings beherrschen, um nicht die Kontrolle zu verlieren.

»Weißt du, was ich am meisten an dir liebe, Diana Ramsay von Drummond?« Er küsste jede ihrer Wangen.

Sie seufzte. »Nay, sag es mir, Liebling.«

Er zog sich langsam zurück, bevor er wieder in sie hineintauchte und sie ganz ausfüllte. Er lehnte sich an ihr Ohr und flüsterte: »Deine Stärke und dein Durchhaltevermögen. Ich war so stolz darauf, wie du mit dem ganzen Chaos der letzten Tage umgegangen bist.« Er stützte sein Gewicht auf seine Ellbogen, während er darauf wartete, sich zu bewegen.

Wieder neckte er sie, zog seinen Schwanz heraus und dann wieder hinein, was sie zum Keuchen brachte, als er ihr Innerstes erreichte. »Gefällt dir das, meine Liebe?«

Ein tiefes, lustvolles Stöhnen war die Antwort. »Aye.« Ihre

Stimme war kaum hörbar, so laut war ihrer beider Keuchen, jeder von ihnen rang nun nach Atem.

Er setzte seinen Angriff auf ihre Sinne fort. »Ich liebe deine Leidenschaft.«

Wieder raus mit Absicht, dann ein tiefer Stoß in sie hinein. »Die Art, wie du mit deinem ganzen Herzen liebst, erstaunt mich.« Sie stöhnte und packte ihn, spreizte ihre Beine weit, um ihn ganz in sich aufzunehmen.

Nachdem er erneut in sie hineingestoßen hatte, wimmerte sie: »Micheil.«

Noch ein langsamer Rückzug und ein schneller Stoß. Sie hatte ihn verzaubert, ganz einfach. Er wollte keine andere. Er würde sie an Orte bringen, an denen sie noch nie gewesen war, und er würde jeden einzelnen Moment der Glückseligkeit mit ihr genießen.

»Micheil, bitte. Ich halte es nicht mehr aus. Beende das.« Sie spannte ihre Muskeln an, folterte ihn.

Fast am Punkt ohne Wiederkehr tropfte ihm der Schweiß von der Stirn, als er sich festhielt, tief in ihr vergraben bis zum Anschlag, um sie zu beglücken und sie noch mal so zum Zittern zu bringen wie davor.

Er griff nach unten und massierte ihre Vulva. »Ich liebe dich, Diana.«

Und er stieß fest in sie hinein, einmal, zweimal, dreimal, während er sie mit der Hand befriedigte. Er pulsierte in ihr, nahm sie hart ran, in der Hoffnung, sie bald so weit zu haben, denn er konnte auch nicht mehr lange durchhalten.

Sie schrie seinen Namen, als ihre Erlösung wieder kam, ihre Muskeln zogen sich um ihn zusammen, massierten seine Härte bis zur Vollendung, und er schrie ihren Namen in einem heftigen Knurren, füllte sie mit seinem heißen Samen und sackte glücklich auf ihr zusammen.

Danach rollte er sich auf die Seite und drückte sie eng an sich, und sie schliefen bis tief in die Nacht.

Als Diana im Morgengrauen erwachte, griff sie nach Micheil, aber er war nicht da. Als sie sich aufsetzte, lächelte sie. Neben dem Bett stand ein dampfender Zuber und auf der Kommode eine Platte mit Obst und Käse. Sie hüpfte aus dem Bett und kletterte in das wunderbar heiße Wasser und seufzte, als sie sich darin niederließ.

Die Tür öffnete sich, und ihr Mann schlenderte herein, mit ihrem Dienstmädchen Effie direkt hinter ihm.

Effie kam an ihre Seite geflogen: »Och, Mylady, es ist so schön, dass Ihr wieder da seid. Erlaubt mir, Euren Rücken und Euer Haar zu waschen.«

Micheil zwinkerte ihr zu. »Deine Zofe verwöhnt dich gerne, was?«

»Aye.« Sie lächelte. »Effie, ich habe dich so vermisst. Wie geht es dir? Und den anderen? Ich entschuldige mich für Baron Gows Tyrannei in den letzten Tagen.«

»Och, mach dir keine Sorgen. Er ist jetzt fort. Das gehört alles der Vergangenheit an.« Effie umrundete die Wanne, fand das von Diana so geliebte Lavendelöl und gab ein paar Tropfen in ihr Bad. Sie ordnete Handtücher an ihrer Seite an und brachte ein Leinentuch zu ihr herüber.

Sobald Effie es ihr reichte, kreischte Diana und griff nach ihrer Hand. »Effie, was ist das? Deine Hände sind ja ganz wund. Was hast du da gemacht? Hör auf damit, was auch immer es ist.«

Effie zog ihre Hand zurück und versteckte sie beschämt in den Falten ihres Rocks, wobei sie bei der Züchtigung durch ihre neue Burgherrin errötete.

Micheil sagte: »Diana, die Diener haben die ganze Nacht gearbeitet, um die große Halle wieder in Ordnung zu bringen.«

Diana blickte finster drein. »Die ganze Nacht? Effie, du weißt, dass ich dich nicht so hart arbeiten lassen würde.«

Effies Blick wanderte zwischen den beiden hin und her, unsicher, was sie antworten sollte. Schließlich flüsterte sie: »Es gab viel zu tun, Mylady. Aber wir sind so glücklich, Euch wieder hier zu haben. Wir lieben Euren neuen Ehemann, und wir sind überglücklich, dass eine Drummond uns führen wird. Eine Drummond und ihr Mann.«

Diana warf Micheil einen verwirrten Blick zu.

Micheil schürte das Feuer im Herd. »Diana, nachdem du die Halle auf der Suche nach deinem Sire verlassen hattest, gab es ein ziemlich brutales Scharmützel unter der Treppe. Die Grant-

Krieger kämpften schwer, um die Halle von dem Abschaum zu befreien, der versucht hatte, sich die Führung des Clans zu erkämpfen. Euer Clan arbeitete die ganze Nacht hindurch fieberhaft, um die Leichen zu entfernen, das Blut vom Stein zu schrubben und alles auf Vordermann zu bringen. Sie haben wunderbare Arbeit geleistet.«

Diana warf Effie einen ungläubigen Blick zu. »Was? Was ist passiert?« Sie wandte sich wieder an ihren Mann. »Erzähl mir alles. Heute bin ich bereit, mir alles zu hören, was sich zugetragen hat.«

Effie warf ihr einen überraschten Blick zu. »Nun, der Baron ist tot, Mylady. Euer Mann hat ihn mit seinem Schwert durchbohrt«

Dianas Augen weiteten sich, als sie Micheil anstarrte. »Und die Grants? Sind sie alle wohlauf?« Sie wartete auf seine Antwort.

»Es gab ein paar Verletzte, aber die Grants haben keine Toten zu beklagen. Die paar Überlebenden aus Gows Gruppe haben sich in die Berge geflüchtet.«

»Und Alex und Robbie sind noch hier?«, fragte sie.

»Aye, sie erwarten dich in der großen Halle mit einem Lächeln auf dem Gesicht. Ich glaube, deine Cousins und Cousinen genießen es, für eine gute Sache zu kämpfen, und der Drummond-Clan ist definitiv eine solche.«

Sie stand aus der Wanne auf, während Effie sie in ein Leinentuch wickelte. »Effie, bitte lass die Köche ein Mittagsmahl vorbereiten. Was immer wir haben, sollten wir mit den Grants teilen, bevor sie abreisen, und wir müssen das Leben meines Sires feiern. Finde etwas Wein für die Frauen und Ale für die Krieger. Wir müssen feiern, den Ausgang der Schlacht, meinen Sire und meinen wunderbaren Ehemann.« Während sie sprach, liefen ihr Tränen über die Wangen.

Micheil nickte. »Geh, Effie, tu, was dein Laird befohlen hat, und ich werde ihr beim Anziehen helfen. Meinen Dank, dass du dich so gut um deine Herrin und unsere Burg kümmerst.«

Effie strahlte und trat aus der Kammer.

Micheil half Diana in ihr bestes Kleid, ein dunkelgrünes, mit Goldfäden besetztes Obergewand und ein gelbes Untergewand, und half ihr dann, ihre Locken am Feuer zu trocknen. Auch er nahm ein schnelles Bad, bevor er sie hinunter in ihre Halle begleitete.

Als sie um die Ecke kamen, herrschte unten ein reges Treiben, aber alle hielten inne, als sie sie erblickten. Ein dröhnender Jubel zog durch den Raum, als sie am Arm ihres Mannes die Treppe hinunterstieg, zur Freude ihrer Diener, ihrer Wachen und deren Frauen, zusammen mit den vielen Grant-Kriegern. Die Gesichter, die zu ihr heraufstrahlten, waren voller Hoffnung, Glück und Sympathie. Sie schritt zum Podium, nahm dort ihren rechtmäßigen Platz ein und hielt ihre Arme hoch, um die Menge zu beruhigen.

»Ich möchte mich dafür bedanken, dass ihr so schwer gearbeitet und gekämpft habt, und den Drummond-Clan weiterhin unterstützt. Ich möchte meinen neuen Mann, Micheil Ramsay, und die Grant-Krieger dafür feiern, dass sie uns in der Zeit der Not geholfen haben.« Pfiffe und Rufe ertönten, aber sie brachte die Gruppe mit ihrer nächsten Aussage wieder zum Schweigen. »Bitte erhebt eure Gläser auf meinen Vater, euren Chieftain, David Drummond. Er wird vermisst werden, vor allem von mir.«

Sie hob ihr Glas, und gemeinsam feierten sie den neuen Laird und den alten, die Vergangenheit und die Zukunft.

KAPITEL FÜNFUNDZWANZIG

Zwei Monate später

DIANA UND MICHEIL ritten auf ihren Pferden durch den tiefen Wald, lauschten dem Knistern der Äste und den Blättern auf dem Boden und beobachteten, wie sich der Nebel über dem Boden sammelte und als magisch-weißes Meer um die Hufe der Pferde wogte. Vor ihnen befanden sich drei Drummond-Wachen, hinter ihnen noch mehr.

»Glaubst du an Feen, Micheil?« Diana warf einen Blick über die Schulter auf ihren Mann. Sie waren auf dem Weg zur Ramsay-Burg, beide darauf bedacht, die kleine Sorcha wiederzusehen und zu sehen, wie es Molly und Maggie ergangen war. Nachdem Diana alles mit ihrem Truchsess geklärt hatte, hatten sie beschlossen, dass es an der Zeit war, Micheils Mutter und den Rest seiner Familie kennenzulernen.

»Nay, das kann ich nicht von mir behaupten, Süße. Du etwa?« Er zog eine Augenbraue hoch.

»Aye, manchmal. Als ich ein kleines Mädchen war, glaubte ich, die Feen wären meine Freunde. Wahrscheinlich, weil ich nicht viele Freunde in meinem Alter hatte. Ich sprach oft mit ihnen in den Wäldern, wenn ich ritt, und ich glaubte, dass jeder Stern am Himmel eine Fee war, die mir zuwinkte.« Sie starrte auf die Sterne, die gerade am Nachthimmel zu sehen waren, und die Erinnerung ließ sie lächeln. »Am häufigsten, nachdem Mama gestorben war.«

»Du hast deine Mama vermisst.« Er lenkte sein Pferd neben das ihre und griff nach ihrer Hand. »Und ich spüre, dass du heute deinen Sire vermisst.«

Sie drückte seine Hand, bevor sie sie losließ. »Aye, ich vermisse meinen Papa, aber ich bin gespannt auf meine neue Familie. Erzähl mir noch mal von ihnen, bitte.«

Micheil grinste. »Mit Vergnügen, Mädchen. Meine Mutter heißt Arlene, und ich habe zwei Brüder und eine Schwester. Der Älteste ist Quade. Er hat zwei Kinder von seiner ersten Frau, Torrian und Lily, und jetzt haben er und Brenna eine Tochter, Bethia.«

»Aye, ich bin voller Vorfreude, meine Cousine Brenna zu sehen, obwohl sie vor nicht allzu langer Zeit nach meinem Vater gesehen hat. Aber das wird ein freudiger und kein trauriger Anlass sein. Sie ist wunderbar.«

»Aye, das ist sie, und die Ehe mit ihr war ein Wunder für meinen Bruder. Dann sind da natürlich noch Logan und Gwyneth, aber die kennst du ja schon. Die letzte ist meine Schwester Avelina.«

»Ist Avelina die Jüngste?«

»Aye, und verwöhnt von meinen Brüdern.«

Sie gluckste. »Aber nicht von dir?«

»Aye, ein kleines bisschen, vielleicht.« Er schenkte ihr ein verlegenes Grinsen.

»Was glaubst du, wie es Molly und Maggie ergangen ist? Denkst du, sie sind glücklich? Ich habe oft für sie gebetet. Es ist schwer vorstellbar, wie ihre Familie jemals zwei so süße Mädchen verstoßen konnte.« Sie schüttelte angewidert den Kopf.

»Meine Mutter hat sich immer mehr Enkeltöchter gewünscht, also bin ich sicher, dass sie willkommen sind. Molly ist alt genug, um mit Avelina befreundet zu sein, obwohl sie ein paar Sommer auseinander sein dürften. Aye, ich denke, sie werden sich dort sehr wohl fühlen.«

»Sieht Avelina dir ähnlich?«

»Ich nehme an, sie sieht mir ähnlicher als Logan oder Quade. Sie ist groß und dünn, wie meine Mutter. Und Avelina wird gut für Molly und Maggie sein. Sie wird helfen, Mollys Haare zu richten, damit sie sich schön fühlt.«

»Wahrhaftig? Glaubst du das?« Dianas Gesicht erhellte sich bei dem Gedanken. Mollys Körper war gerade dabei, erste Veränderungen an den Tag zu legen, und ihr Haar war eine Masse von dunklen Locken, widerspenstig, aber schön.

»Aye. Avelina war schlaksig wie Molly, bis sie in die Pubertät kam.«

»Och, Ehemann, ich bin so aufgeregt, deine Verwandten kennenzulernen. Obwohl ich es liebte, die Aufmerksamkeit meiner Eltern ganz für mich zu haben, wollte ich immer Teil einer großen Familie sein.«

»Dann wirst du nicht mehr lange warten müssen.« Er deutete in die Ferne. »Du kannst die Spitze des Turms auf der linken Seite sehen. Gerade rechtzeitig, es dämmert schon.«

»Wer als Erster da ist. Auf drei. Drei!« Diana gab ihrem Pferd die Sporen und galoppierte lachend den Weg zur Burg der Ramsays hinunter.

Als sie sich näherten, ertönte ein Horn, das signalisierte, dass ihre Gruppe in Sichtweite der Wachen gekommen war. Micheil übernahm die Führung, und als sie nahe genug waren, rief er den Ramsay-Wachen zu: »Jungs, macht auf. Sagt meinem Bruder, er soll herkommen und seine Familie begrüßen.«

Sie bahnten sich ihren Weg durch das Fallgitter in den Innenhof. Es war eine klare Nacht, und die Sterne warfen einen zauberhaften Farbton auf den Bergfried. Beleuchtet von Fackeln an den Steinwänden, sah das Gebäude für sie wunderschön aus. Es war ein ganzes Stück größer als die Drummond-Burg, aber nicht so groß wie der Bergfried der Grants.

Der Burghof verwandelte sich in ein geschäftiges Treiben, als Micheil abstieg und Diana von ihrem Pferd half. Ihre zwanzig Krieger umringten sie und bewachten ihren neuen, weiblichen Chieftain und ihren Mann. Sie blickte gerade noch rechtzeitig zu den Stufen des Bergfrieds, um die ungestüme Gruppe in ihre Richtung kommen zu sehen.

Sie bemerkte Brenna sofort und begrüßte sie zuerst. Nachdem sie ihre Cousine umarmt hatte, wurden ihr Quade, Torrian, Lily und die kleine Bethia vorgestellt, die gerade in Brennas Armen lag. Logan und Gwyneth folgten mit Molly und Maggie. Avelina stand hinten und hielt Sorcha im Arm, mit einem schüchternen Blick auf dem Gesicht.

Micheil zerrte sie nach vorne. »Und das ist meine kleine Schwester, Avelina.«

Avelina runzelte die Stirn. »Micheil, ich bin nicht mehr klein.«
Micheil küsste ihre Stirn und sagte: »Verzeih mir. Du hast recht.
Mit all den Neuzugängen in der Familie bist du wohl kaum
mehr die Kleine, nicht wahr, Mädchen?«

Avelina errötete und machte einen Knicks vor Diana. »Erfreut,
Eure Bekanntschaft zu machen, Mylady. Willkommen auf dem
Bergfried der Ramsays.«

Avelina sah tatsächlich aus wie ihr Bruder, aber sie war alles
andere als schlaksig. Das rehbraune, lockige Haar, die smaragd-
grünen Augen und die vollen Lippen machten sie zu einer
wahren Schönheit. So groß und gertenschlank, wie sie war -
genau wie Micheil gesagt hatte -, ähnelte sie ihm tatsächlich
mehr als Quade oder Logan. Diana drückte sie in einer herzlichen Umarmung an sich, wobei sie darauf achtete, Sorcha
nicht zu zerquetschen, die über das ganze Treiben um sie herum
kicherte und ihren Daumen aus dem Mund zog.

Micheil ergriff Dianas Hand und sagte: »Komm, ich bringe
dich zu meiner Mutter.«

Sie gingen über den kopfsteingepflasterten Hof zum Eingang
des Bergfrieds, Micheil grüßte seine Clanmitglieder auf dem
Weg. Eine hochgewachsene Frau stand am oberen Ende der
Treppe, ihr wachsamer Blick musterte Diana, als sie die Stufen
hinaufging.

»Lady Ramsay.« Diana knickste, als Micheil die Hand der Frau
ergriff. Sie war groß, schlank und elegant, ja, wahrlich, Lady
Ramsay sah aus wie eine Königin, aber die Güte in ihren Augen
war unverkennbar. Tränen füllten Dianas Augen, als sie daran
dachte, wieder eine Mutterfigur in ihrem Leben zu haben.

Micheil küsste seine Mutter auf die Wange und sagte: »Mutter,
ich möchte dir meine Frau, Diana von Drummond, vorstellen.«

Lady Ramsay lächelte und ergriff ihre Hände. »Willkommen,
meine Liebe. Ich bin so froh, dass du und Micheil sich gefunden
haben. Meine Familie ist nun komplett.« Sie umarmte sie stür-
misch und trat zurück, aber sie nahm Dianas Hand in die ihre.
»Bitte, kommt herein. Ihr müsst müde sein von eurer Reise. Ich
werde eine Erfrischung für euch besorgen.«

Diana lächelte und fühlte sich überwältigt, aber willkommen.
Sie hatte ihre geliebten Eltern verloren, aber zumindest hatte sie

eine neue Familie, die sie ihr Eigen nennen konnte. Während seine Mutter in Richtung Küche ging, führte Micheil sie zu einem Tisch in der Nähe des Kamins, an dem sie sich gegenübersitzen konnten, anstatt nebeneinander auf dem Podium zu sitzen. Diana bemerkte, wie warm und einladend die große Halle war, frische Matten auf dem Boden, saubere Tische mit getrockneten Blumen und bestickten Tischläufern. Der Kamin war riesig und loderte, das blaue und grüne Ramsay-Wappen prangte stolz auf einem Wandteppich darüber.

In der Ecke lag ein Haufen von Kinderspielzeug. Brenna setzte Bethia ab, und sie watschelte hinüber zu ihrer Puppe, Lily und Maggie direkt hinter ihr. Der Rest der Familie setzte sich zu ihnen an den Tisch. Molly nahm neben Gwyneth Platz und hielt Sorcha in ihrem Schoß. Brenna und Quade saßen zusammen, Torrian, der seinem Vater so ähnlich sah, an seiner anderen Seite.

Diana hörte dem ganzen Geplapper zu, glücklich darüber, endlich ihre neue Familie kennenzulernen. Sie lehnte ihren Kopf an die Schulter ihres Mannes und schlief schnell ein.

Diana erwachte am nächsten Morgen allein in einem fremden Bett. Sie setzte sich auf und musterte ihre Umgebung, unfähig, sich an irgendetwas von der vorangegangenen Nacht zu erinnern, außer an ihre Ankunft. Nachdem sie aus dem Bett geklettert war, zog sie das Fell vom Fenster und starrte hinaus, schockiert darüber, wie hoch die Sonne bereits stand. Micheil war nirgends zu sehen, und sie hatte weit länger geschlafen, als sie wollte. Wahrscheinlich hatte sie das Frühstück bereits verpasst. Sie stand in der Mitte der Kammer und versuchte zu entscheiden, was sie als Nächstes tun sollte, als ein Klopfen an der Tür ertönte. Sie öffnete sie und spähte hinaus.

Ein Dienstmädchen stand draußen und unterhielt sich mit jemandem auf dem Korridor. Sobald sie sie sah, sagte sie: »Mylady, Lady Ramsay hat ein Bad für Euch und etwas zu essen geschickt.«

Diana trat zurück, um das Dienstmädchen hereinzulassen.

»Guten Morgen«, sagte sie, als sie die Kammer betrat. »Mein Name ist Finella. Ich habe Brot und Käse für Euch mitgebracht und ein bisschen Ale.« Sie stellte den Teller auf der Truhe neben dem Bett ab. »Die Burschen kommen gleich mit dem Zuber und ein paar Eimern mit Wasser.«

Diana sagte: »Hast du meinen Mann gesehen, Finella?«

Lady Ramsay klopfte zweimal, bevor sie den Kopf durch die Tür steckte. »Guten Morgen, meine Liebe. Ich hoffe, du hast gut geschlafen. Micheil ist mit Logan, Gwyneth und Quade auf die Jagd gegangen, in der Hoffnung auf einen Hirsch oder ein Wildschwein zum Abendessen heute Abend.«

»Aye, da ist es wohl akzeptabel, dass ich den halben Tag verschlafen habe.« Sie ließ den Kopf hängen und konnte nicht so recht glauben, wie spät es schon war.

Lady Ramsay kam hinter sie und griff nach Dianas Haar, fuhr mit den Fingern durch die wilden Locken, um sie zu glätten. »Das Reisen ist sehr ermüdend, meine Liebe. Du bist gestern Abend bei Tisch eingeschlafen. Ich habe Micheil eine Standpauke gehalten, dass er seine neue Frau so überanstrengt.«

Diana errötete. »Wir hatten gehofft, dass wir ankommen, solange das Wetter noch gut ist.«

»Das macht nichts. Du bist hier und das ist das Wichtigste. Entspann dich in einem schönen Bad und komm einfach nach unten, wenn du fertig bist. Avelina ist damit beschäftigt, allen die Haare zu richten, während wir auf unseren nächsten Gast warten.«

»Es kommen noch mehr Gäste an?«

»Aye, Jennie Grant wird bald hier sein. Sie bleibt oft ein paar Monate bei Brenna, um sich zur Heilerin ausbilden zu lassen und weil sie ihre Schwester so vermisst.«

»Wunderbar. Ich habe Jennie seit ein paar Sommern nicht mehr gesehen. Ich komme gleich runter.« Sie liebte ihre beiden Cousinen, Brenna und Jennie. Die beiden waren so begabte Heilerinnen, ganz wie ihre Mutter. Als sie jünger war, träumte sie immer davon, eine Schwester von ihnen zu sein.

Lady Ramsay stand an der Seite, während Finella die Burschen beim Füllen der Wanne anleitete. »Wir sehen uns dann unten. Wenn du etwas brauchst, sag bitte Finella oder mir Bescheid.« Sie küsste Diana auf die Wange und ging.

Nachdem auch Finella gegangen war, sank Diana mit einem Seufzer ins warme Wasser, immer noch schockiert darüber, dass sie so lange geschlafen hatte, dass sie die Abreise ihres Mannes verpasst hatte. Das war untypisch für sie. Nachdem sie ihr Haar gewaschen hatte, eilte sie hinunter in die große Halle und fand eine Schar von Mädchen am Kamin versammelt.

Avelina war dabei, Maggies Haare zu flechten, und Lily stand daneben und inspizierte Avelinas Arbeit mit einem ernsten Ausdruck auf ihrem kleinen Gesicht. In der Nähe saß Molly, die mit der kleinen Sorcha ein Spiel spielte.

Lily sprang auf und huschte auf sie zu, sobald sie den Raum betrat. »Gut! Wir müssen mehr üben. Ihr habt so schönes Haar, Mylady. Dürfen wir Euer Haar flechten?«

»Lily, nerve unsere Gäste nicht.« Lady Ramsay kam aus der Küche und trug einen Teller mit Essen auf den Tisch. »Sei höflich.«

Lily blieb stehen und lächelte, dann knickste sie. »Verzeihung, Mylady. Dürfen wir Euer Haar flechten?«

Diana starrte in das größte Paar grüner Augen, das sie je gesehen hatte, ein Gesicht, das vor Aufregung über die Aussicht, ihre langen Locken zu bearbeiten förmlich glühte. Wie könnte sie ein solches Angebot von dem kleinen Mädchen ablehnen? »Nenn mich Diana, Lily. Ich bin deine Tante, und ich bin begeistert, so viele Nichten zu haben. Aye, wenn du willst, kannst du mir die Haare flechten. Aber willst du nicht auch Mollys Haar machen?«

Lily hüpfte einen Kreis um Diana, als sie zum Tisch hinübergingen. »Molly will nicht, dass wir ihr die Haare flechten. Sie sagt, es ist zu unordentlich.«

Avelina blickte zu Molly hinüber, während ihre Finger Maggies Locken trennten. »Ich denke, ihr Haar wäre schön, wenn sie es im Nacken zusammenbinden würde, anstatt es zu einem Zopf zu flechten. Ich habe von Frauen am Hof gehört, die ihr Haar so hochgesteckt tragen. Ich glaube, Molly würde so reizend aussehen, meinst du nicht auch?«

Diana blickte zu Molly hinüber und bemerkte ihren langen, schlanken Hals und ihre anmutigen Schultern. »Ich glaube, du könntest recht haben, Avelina. Molly, warum lässt du sie es nicht versuchen?«

Molly wurde rot und starrte auf den Boden. »Ich passe auf Sorcha auf, während Mama auf die Jagd geht.«

»Nun, ich könnte mit Sorcha helfen, damit du dir die Haare machen lassen kannst.« Diana ließ sich auf einem Stuhl vor Avelina nieder, die gerade damit fertig war, Maggies Haare zu flechten. Sie war froh zu hören, dass Molly Gwyneth als Mama bezeichnete.

Molly schien zu zögern, aber schließlich nickte sie.

Avelina bürstete Diana die Haare aus, während Lily und Maggie die richtigen Bänder für sie aussuchten. Lily hüpfte vor sie. »Diana, ich habe ein paar getrockneten Blumen, die ich dir ins Haar stecken kann, schau. Sie werden in deinen roten Locken wunderschön aussehen. Darf ich sie hineinstecken, wenn Lina fertig ist?«

Lilys kleines Gesicht, so voller Hoffnung und Aufregung, erweichte auf der Stelle Dianas Herz. Micheil hatte ihr erzählt, wie das kleine Mädchen all ihre Herzen im Sturm erobert hatte, besonders das von Logan. Jetzt verstand sie. »Aye, ich würde gerne deine Kreation sehen.«

Das Mädel sprang auf und klatschte in die Hände. »Und lässt du uns als Nächstes deine machen, Molly? Bitte?«

Brenna betrat mit Bethia den Raum und setzte sie am Tisch ab. »Avelina, du machst eine wunderbare Arbeit«, sagte sie mit einem sanften Lächeln.

»Darf ich deine machen, Brenna?«

Brenna schüttelte den Kopf. »Nay, aber danke. Was ist mit Molly?«

Sie alle überzeugten Molly, Avelina zu erlauben, ihr die Haare zu machen, während Lily kunstvoll die kleinen Blumen in Dianas Mähne arrangierte. Lady Ramsay und Brenna diskutierten das vorgeschlagene Menü für das Abendessen. Der Raum sprudelte über vor weiblichem Lachen und Geschwätz, etwas, das Diana schon lange nicht mehr erlebt hatte. Nachdem Lily mit Dianas Haar fertig war, spielten sie mit Maggie und Sorcha, die jetzt auf Lady Ramsays Schoß saß. Alle waren zu abgelenkt, um ein Auge auf Avelina und Molly zu werfen.

Mitten im Satz hörte Lady Ramsay auf zu sprechen, drehte sich zu Molly und sagte: »Hab ich's nicht gesagt, Kind?«

Alle blieben stehen, um zu sehen, was ihre Aufmerksamkeit erregt hatte. Avelina hatte Molly umgedreht. Sie hatte ihre wilden Locken zu einem lockeren Dutt im Nacken gebunden, anstatt sie zu flechten, wie sie es bei den anderen getan hatte, und hatte dann kleine Zöpfchen in die Seite ihres Haares geflochten.

Lily lächelte. »Molly, du siehst wunderschön aus.«

Mollys Augen weiteten sich, offensichtlich war sie es nicht gewohnt, so etwas zu hören.

»Sieh mal, wie du dich in diesem Teller spiegelst.« Lily hielt den Teller hoch und Molly begutachtete sich selbst. Diana war erfreut zu sehen, wie ihre Augen vor Freude und Überraschung aufleuchteten.

»Großmama, was denkst du?«, flüsterte Molly, den Blick auf ihre vor ihr gefalteten Hände gerichtet.

»Mädchen, du bist umwerfend. Das steht dir wirklich sehr gut. Komm her, damit ich es mir näher ansehen kann, um genau zu sehen, was Avelina da Schönes gemacht hat.«

Molly konnte nicht aufhören zu lächeln, was zur Folge hatte, dass es auch niemand sonst konnte.

KAPITEL SECHSUNDZWANZIG

DIE TÜR ÖFFNETE sich, Lily wirbelte herum und rief: »Jennie!« Sie rannte zur Tür und warf sich in Jennies Arme, wobei ihr Lachen von den Dachsparren widerhallte.

Jennie Grant war nicht ganz so groß wie Avelina, und ihr Haar war glatt und eine Nuance dunkler. Sommersprossen prangten auf ihrem Nasenrücken, aber sie war eindeutig etwas jünger als Avelina. Diana begrüßte ihre Cousine. »Jennie, du bist so groß geworden. Sieh nur, wie schön du bist, und dein Haar ist so glatt und seidig. Du bist fast eine erwachsene Frau.« Sie umarmte sie. »Es ist schön, dich wiederzusehen.«

Die Tür öffnete sich wieder und ein Teil der Jagdgruppe trat ein. Laird Alexander Grant hatte seine Schwester begleitet und brachte seine Zwillinge mit, Jamie und Jake. Micheil stellte Diana den kleinen Jungs vor, dann ging er zu ihr hinüber und küsste sie vor allen. »Meine Güte, du siehst wunderschön aus, Frau. Bist du schon ausgeruht?« In seinen Augen lag ein neckisches Funkeln.

»Micheil, ich kann nicht glauben, dass ich so lange geschlafen habe. Es tut mir so leid.« Sie warf ihm einen verlegenen Blick zu.

»Nay, du hast deine Ruhe gebraucht.« Er küsste ihre Stirn und schlang einen Arm um ihre Taille.

Lady Ramsay stand auf, setzte Sorcha auf ihre Hüfte und blickte zu Logan. »Und, wart ihr erfolgreich, Logan? Habt ihr uns etwas zum Abendessen besorgt? Es ist Zeit für eine Familienfeier heute Abend.«

Logan legte seinen Arm um die Schulter seiner Mutter und küsste Sorcha auf die Wange. »Aye, wie wäre es mit zwei Fasanen und einem Wildschwein? Gwyneth hat sich heute von ihrer besten Seite gezeigt.«

Sie klatschte in die Hände. »Wunderbar.«

Quade war der Letzte, der den Raum betrat, Torrian und Growley an seiner Seite. Jamie und Jake, die Diana auf etwa fünf oder sechs Sommer schätzte, liefen zu Torrian hinüber, der eine streichelte den Hund und der andere zerrte an Torrians Armen. Stille senkte sich über den Raum, als Logan und Gwyneth beide sprachlos auf ihre Tochter starrten.

Logan schritt vor Molly her, die Hände in die Hüften gestemmt. Ihr Blick war verlegen nach unten gerichtet, Molly sah fast so aus, als würde sie gleich in Tränen ausbrechen. Er griff nach unten und hob ihr Kinn an. »Gywnie, was denkst du?«

Tränen traten in Mollys Augen, als Gwyneth zu ihnen hinüberkam. »Nay, Mädchen«, sagte sie sanft. »Weine nicht. Hast du dich nicht selbst gesehen? Du bist wunderschön.«

Logan sagte: »Ich wünschte, dein Vater wäre jetzt hier, um dich zu sehen.«

Molly flüsterte: »Würdest du mich dann zurückgeben?«

»Keine Chance, Mädchen. Auf gar keinen Fall.« Logan küsste die eine Wange, während Gwyneth die andere küsste.

Molly strahlte und wischte sich die Tränen aus den Augen. Diana war so erfreut, zu sehen, wie glücklich Molly und Maggie in ihrem neuen Zuhause waren. Sie bemerkte, dass Molly sehr an ihrer neuen Großmutter hing.

»Nicht einmal, wenn sie uns anflehen würden, Molly. Wir brauchen dich hier. Du bist jetzt ein Mitglied unserer Familie. Wir alle lieben dich und Maggie.« Quade ging auf sie zu und klopfte ihr auf die Schulter. »Außerdem musst du zum ersten jährlichen Ramsay-Fest hier sein, das kannst du dir unmöglich entgehen lassen.«

Quade zog mit dieser einen Aussage die Aufmerksamkeit aller auf sich. Lily, Torrian, Maggie, Molly und Avelina versammelten sich alle vor ihm und versuchten, ihre Aufregung zu zügeln, während sie darauf warteten, dass er ihnen mehr erzählte.

»Was für ein Fest, Papa?«, sagte Torrian schließlich.

Gwyneth verkündete: »Micheil hat uns alle überzeugt, unser erstes jährliches Ramsay-Fest zu planen. Drei Wettbewerbe - Bogenschießen, ein Hindernisparcours zum Reiten und ...« Sie wandte sich an Logan. »Was war noch gleich das andere?«

Micheil grinste und warf Diana einen Blick zu. »Lanzenstechen.«

Sie starrte ihren Mann an, die Augen groß wie Untertassen. »Nay ...« Das konnte nicht sein Ernst sein. Wie konnte er erwarten, dass sie sich ansah, wie er sich verletzte? Das letzte Ritterturnier war ihr genug gewesen. Sie wollte es nie wieder sehen, schon gar nicht, wenn ihr Mann mitmachte. Irgendwie würde sie ihm das ausreden müssen.

Gwyneth fügte hinzu: »Und einen Hindernisparcours für die unter Zwölfjährigen.«

Quade wandte sich an Alex: »Bleibst du eine Woche und schließt dich uns an?«

Alex schaute seine Jungs an, deren Augen vor Aufregung weit aufgerissen waren. »Sicher, wir würden gerne bleiben, es war ein bisschen chaotisch, als wir meinen Bergfried verlassen haben. Ich habe Jennie mitgebracht, damit sie sich ausruhen kann, und die Jungs, damit Maddie etwas Ruhe hat. Wenn du Jennie diesmal zurückbringst, müsst ihr alle mitkommen. Brenna hat zwei neue Neffen.«

»Schon?« Brenna lief hin, um Jennies Hände in die ihren zu nehmen. »Beide haben ihre Kinder geboren? Alle sind wohlauf?«

Jennie nickte, ihr Gesicht strahlte. »Aye, Caralyn und Celestina haben beide Jungen zur Welt gebracht. Robbie und Brodie haben Söhne, die im Abstand von einem Mond geboren wurden. Der von Robbie ist der größte.«

Brenna umarmte Jennie. »Ich bin so stolz auf dich. Du bist eine Heilerin, genau wie Mama.«

Micheil hatte seine Brüder überredet, dieses Fest für ihn durchzuführen. Er hatte dies die ganze Zeit über geplant und wollte in sein Land kommen, um Unterstützung für dieses besondere Fest zu bekommen. Nachdem er das ganze Gerede über die Heirat seiner Frau mit einem Ritter gehört hatte, plante er dies, um all ihre Träume endlich wahr werden zu lassen. Er würde in seiner Rüstung das Feld betreten und alle Herausforderer besiegen, um ihre Gunst zu gewinnen. Vielleicht war er kein englischer Ritter, aber er könnte als ihr Ritter über das Feld tänzeln und vor allen seine Liebe zu ihr erklären. So erklärte sich Quade bereit, die Feierlichkeiten zu leiten, um Micheils ultimativen Plan zu decken, der ganz am Ende des Wettkampfs stattfinden sollte. Der Rest war nur Beischmuck.

Quade versammelte die Gruppe in der Mitte des Hofes. »Sind wir bereit?« Logan, Gwyneth, Torrian, Lily, Jennie, Avelina, Molly, Maggie, Alex, Jake, Jamie, Diana und Micheil standen alle parat und warteten auf ihre Aufgaben.

In letzter Minute kam Pater Rab herausgerannt, um sich ihnen anzuschließen. Gwyneth stellte Diana ihren Bruder vor. Rab fügte hinzu: »Ich bin hier, um zu helfen, nicht um Predigten zu halten, keine Sorge.«

Sobald sich die Gruppe beruhigt hatte, begann er. »Jeder von euch wird Teil einer Gruppe sein. Eure Aufgabe ist es, den Wettbewerb zu entwerfen, einen Ort dafür zu finden und dann in ein paar Stunden hierher zurückzukehren, um eure Ergebnisse zu berichten. Sobald alle Details geklärt sind, werden wir zwei Tage für den Aufbau und andere Vorbereitungen einplanen. Irgendwelche Fragen?«

Micheil schaute sich bei den anderen in der Gruppe um, aber niemand sprach. Er warf wieder einen Blick auf Diana und bemerkte, wie müde sie aussah. Sie hatte wieder lange geschlafen, aber sie hatten auf sie gewartet. Jetzt fragte er sich, ob sie noch schlafen sollte. Eine neue Familie kennenzulernen, musste anstrengend sein.

Quade ergriff das Wort. »Gwyneth und Logan, ihr seid für das Bogenschießen zuständig. Torrian und ich werden den Hindernisparcours für die Jüngeren aufbauen, und Lily, Molly und Maggie können uns beim Aufbau helfen. Alex, Diana und Micheil, ihr seid für den Hindernisparcours zu Pferd und das Tjostreiten zuständig, die Jungs helfen euch beim Aufbauen.«

»Tjosten«? Das kann nicht euer Ernst sein. Micheil?« Diana starrte ihn an, offensichtlich auf eine Erklärung wartend. »Ich dachte wirklich, du würdest scherzen. Es ist viel zu gefährlich.«

Micheil sagte: »Wir werden sehr vorsichtig sein. Es ist nur zum Spaß. Es werden nur Quade, Logan, Alex und ich sein, zusammen mit drei oder vier unserer Wachen. Die Jungs und Mädels lieben es. Es ist nur zur Schau.«

»Willst du mir das wieder antun?« Diana starrte ihn an, ihre

Augen weit vor Angst.

Quade sagte: »Offenbar haben wir etwas verpasst, Micheil?«

»Aye«, sagte Diana. »Du hast verpasst, dass dein Bruder es als einziger mit einem englischen Ritter aufnimmt, und noch dazu einem betrügerischen.«

Quade grinste. »Och, schade, dass wir das verpasst haben. Erzähl uns mehr.«

Alex lachte. »Also wenn du mich fragst, ist das eine wunderbare Geschichte. Wir haben in Perthshire davon gehört. Du musst sie deinen Brüdern wahrheitsgemäß erzählen.«

Micheil gluckste. »Diana, so schlimm war es nicht. Es ist mir doch gelungen, oder nicht?«

»Aye, du lagst auf dem Boden und hast alles vollgeblutet. Ich dachte, du wärst tot.« Dianas Brustkorb hob sich, als sie ihren Mann anschaute.

»Hier gibt es nichts zu befürchten, meine Liebe. Zumindest gehe ich mal nicht davon aus, dass jemand in der Familie einen Dolch am Ende der Lanze versteckt hat.« Micheil war überrascht, wie aufgeregt Diana zu sein schien.

Logan sagte: »Diana, wir sind eine Familie. Wir tun uns nicht gegenseitig weh.«

»Und deine Cousinen sind wunderbare Heiler«, bot Quade an.

Micheil starrte Quade an. Wie zum Teufel sollte das hilfreich sein? »Es gibt noch viel zu tun, also an die Arbeit. Meine Frau und ich werden uns unterhalten und sehen, wie wir das Hindernisfeld planen.«

Quade beendete seine Anweisungen und schickte alle los, um ihre Aufgaben zu erledigen. Als die anderen gegangen waren, schritt er zu Diana hinüber. »Wir müssen kein Ritterturnier veranstalten, wenn es dich aufregt.« Er blickte von seinem Bruder zu Diana.

Diana nickte. »Ich hole mein Pferd, damit wir einen geeigneten Ort für den Hindernislauf suchen können.« Sie schritt von Micheil weg in Richtung der Ställe.

»War es so schlimm?«, fragte Quade.

»Aye, ich wurde ein paar Mal mit dem Dolch getroffen. Aber es waren nur oberflächliche Wunden. Sie sahen schlimmer aus, als sie waren. Aber ich habe ziemlich viel Blut verloren. Das muss sie aufgeregt haben.«

»Vielleicht solltest du eher der Richter sein als Kämpfer.«

Micheil machte sich auf, um seiner Frau zu folgen. »Nay, sie wird es schon verstehen. Ich werde mit ihr reden.« Außerdem würde das alle seine Pläne zunichtemachen. Er wollte alles sein, was sie je gewollt hatte.

Quade hob eine Augenbraue und sah seinen Bruder an. »Vorsicht, mein Lieber, du bist frisch verheiratet.«

Als Micheil bei den Ställen ankam, war Diana schon auf ihrem Pferd durch die Tore geritten. Er verstand nicht, warum sie so temperamentvoll war. Normalerweise war sie nicht so sensibel, so emotional wegen allem. Offenbar hatte der Besuch im Haus seiner Familie einige Erinnerungen wachgerufen, die sie belasteten.

Er bestieg sein Pferd, folgte ihr durch die Tore und versuchte, sie einzuholen. »Diana, warte, bitte«, brüllte er, aber sie ritt weiter und raste wie besessen über die Wiese.

Er war fast kurz davor, wütend zu werden, als ihr Pferd plötzlich anhielt und sie erstarrte. Endlich musste ihr etwas klar geworden sein, und sie konnte wieder normal denken. Als er neben ihr ankam, hatte er einen dicken Kloß im Hals. Sie hatte ihr Pferd gewendet, und der Ausdruck in ihrem Gesicht erschreckte ihn wie nichts, was er je zuvor gesehen hatte.

»Diana?« Er zügelte sein Pferd. Der Blick auf ihrem Gesicht war schlicht entsetzlich. »Diana, was ist los?«

Sie brach in Tränen aus und sagte: »Micheil, hilf mir.«

KAPITEL SIEBENUNDZWANZIG

VERDAMMT, ER WOLLTE alles für sie tun. Er sprang von seinem Pferd und rannte an ihre Seite. »Was ist los? Diana?« Der Ausdruck auf ihrem Gesicht war voller Angst.

»Micheil, bring mich nach Hause, bitte.«

»Was ist los? Sag mir, was ist passiert?«

»Ich muss Brenna sehen. Ich weiß nicht, ob ich mitkommen soll.«

»Was? Du sprichst in Rätseln, Liebes. Frei heraus.«

»Ich kann nicht, Micheil. Das ist eine Frauensache. Hilf mir einfach zurück, aber ich muss langsam gehen, kein Galopp.«

»Das können wir machen. Willst du mit mir reiten? Du kannst auf meinem Schoß sitzen.«

»Ja, aber nicht zu schnell, bitte.«

Micheil half ihr herunter und setzte sie auf sein Pferd, bevor er hinter sie kletterte und sie an sich drückte, wobei er im letzten Moment die Zügel ihres Pferdes ergriff, damit es ihnen folgte. Er hatte keine Ahnung, wovon sie sprach, aber er vertraute ihr und ritt so langsam und vorsichtig, wie er konnte. Sie saß seitlich und lehnte sich an ihn, starrte in die Ferne, während sie sein Plaid umklammerte.

»Bist du verletzt, Diana?«

Sie schüttelte den Kopf. Da nahm er sich endlich die Zeit, einen Blick auf seinen Arm zu werfen, auf die Nässe, die dort war, seit er sie auf sein Pferd gehoben hatte. Davor war er zu aufgeregt gewesen, um es zu bemerken.

Blut, nicht viel, aber es war nicht zu übersehen. Jetzt verstand er - das war die Art von Frauensache, von der er nichts wusste. Er musste sie schnell zu Brenna bringen. Er wischte sich den

Arm an seinem Plaid ab, griff nach ihr und zog sie zu sich heran. Logan kam von dem Feld, auf dem sie gearbeitet hatten, auf ihn zu, und schaute die beiden besorgt an. Micheil behielt einen langsamen, gleichmäßigen Trab bei, ohne anzuhalten, und Logan wendete sein Pferd und ritt neben ihnen her.

»Braucht ihr Hilfe?«

»Aye, such Brenna und sag ihr, dass ich Diana zu ihr bringe.« Micheil drehte seinen Kopf, um Logans Blick zu erhaschen. »Frauensachen.«

Logan gab seinem Pferd die Sporen. »Bin schon auf dem Weg. Alex und seine Wachen sind bei Gwynie und dem Rest der Gruppe.«

Logan musste angehalten haben, um es den anderen zu erklären, denn einige schlossen sich ihm an, als er an den Übungsfeldern vorbeikam. Quade ritt neben ihm her und sagte: »Kann ich irgendetwas tun?«

»Stell einfach nur sicher, dass deine Frau für sie bereit ist. Mutter auch.«

»Wird gemacht.«

Avelina und Jennie kamen zu ihnen herbeigeeilt. »Micheil, was können wir tun?«, fragte Lina.

Er schüttelte den Kopf, also gingen sie mit ihm weiter. Avelina sagte: »Für den Fall, dass dir etwas einfällt.«

Micheil war gerührt von der Art und Weise, wie seine Familie ihn umringte, um ihnen zurück in den Bergfried zu folgen. Es wurde wenig gesagt, aber ihre Unterstützung bedeutete ihm alles.

Diana klammerte sich an ihn und vergrub ihr Gesicht in seiner Brust, und er wusste nicht, was er für sie tun sollte. Er war völlig verloren, ein Gefühl, das er nicht im Geringsten leiden konnte.

Micheil stand mit seinen Brüdern vor seiner Kammer und wartete darauf, dass Brenna herauskam und ihm sagte, was mit seiner Frau los war. »Was dauert denn da so lange?«

Quade sagte: »Du musst geduldig sein. Brenna ist sehr gründlich, das weißt du. Warum gehen wir nicht nach unten und trinken ein Ale, während du wartest?«

»Nay, ich werde hierbleiben. Ich muss wissen, was mit ihr passiert ist. Warum hat sie geblutet?«

Logan fasste ihm an die Schulter. »Weibliche … Probleme sind etwas, von dem ich nichts weiß, und ich will es auch nicht wissen. Lass Mutter und Brenna sich um sie kümmern. Sie ist in guten Händen.«

In diesem Moment tauchten Lily und Torrian am oberen Ende der Treppe auf und eilten den Gang hinunter zu ihnen, begierig nach Informationen über ihre neue Tante. Quade schüttelte den Kopf und winkte sie weg. Bevor Lily wieder die Treppe hinunterlief, rannte sie hinüber und umarmte Micheil. »Onkel, du weißt, dass ich euch beide liebe. Lady Diana ist so nett. Sie wird wieder gesund werden.«

Micheil hob Lily hoch und umarmte sie, bevor er sie wieder absetzte. »Danke, Süße.«

Logan legte seinen Arm um die kleine Lily und sagte: »Lass uns wieder nach unten gehen und nachsehen, wie es den Kindern geht. Du musst mit Bethia und Sorcha helfen, und sie werden bestimmt auch traurig sein, wenn sie sehen, dass du dir Sorgen machst.«

Lily sagte: »Ich weiß. Ich liebe euch alle.« Sie drehte sich um und lief den Gang hinunter zur Treppe, Logan folgte ihr in einem ruhigeren Tempo.

Als er und sein ältester Bruder allein waren, starrte Micheil auf den Boden, dann suchte er den Blick seines Bruders. »Meinst du, ihr Bluten zeigt, dass sie unser Kind verloren hat?«

Quade flüsterte: »Möglicherweise. Aber das wissen wir noch nicht.«

In diesem Moment öffnete sich die Tür, und seine Mutter und Brenna traten heraus.

»Darf ich sie sehen? Geht es ihr gut?« Micheils Bauch schlug Purzelbäume. Er wusste, dass sich sein Magen erst beruhigen würde, wenn er seine Frau sah.

Brenna nickte. »Sie ruht sich aus. Ich habe ihr etwas gegeben, das ihr beim Schlafen hilft. Sie kann sich nicht mehr an das letzte Mal erinnern, als sie ihren Zyklus hatte, oder?«

Micheil starrte sie ausdruckslos an, als Quade hustete und sagte: »Brenna, muss das sein?«

Sie blickte ihren Mann an. »Aye, es muss. Ich versuche, ihren

Zustand zu beurteilen. Und, Micheil?«

Er schüttelte den Kopf, er wollte das Thema gar nicht erst ansprechen. »Nay, ich erinnere mich nicht.«

»Es ist sehr gut möglich, dass sie dein Kind in sich trägt. Wenn ja, ist es noch früh, also ist es nicht ungewöhnlich, dass es etwas blutet. Ich will, dass sie mindestens eine Nacht im Bett bleibt. Wir werden uns abwechselnd um sie kümmern, aber ich glaube nicht, dass sie das Kind schon verloren hat, also muss sie sicherstellen, dass das Baby gut in ihrem Schoß liegt. Gerade am Anfang einer Schwangerschaft kann viel schiefgehen, also müssen wir vorsichtig sein.«

»Du kannst zu ihr reingehen. Wenn sie aufwacht, möchte ich, dass sie isst. Es ist sehr wichtig, dass sie genug für zwei isst, also achte bitte darauf. Ist sie dir in letzter Zeit irgendwie anders vorgekommen?«

Micheil wollte es leugnen, aber dann dachte er wieder an ihr Verhalten in den letzten Tagen. »Sie war sehr müde, hat viel geschlafen, aber ich dachte, es liegt an der Reise. Und sie ist recht reizbar gewesen.« Er drehte sich um und sah Quade an. »Das Lanzenstechen, weißt du noch?«

Quade nickte. »Das kann ich bezeugen. Sie war ein ziemliches Nervenbündel, was das angeht. Beinahe hätte sie bei der bloßen Erwähnung des Wettbewerbs angefangen zu weinen.«

Brenna und Lady Ramsay lächelten sich gegenseitig an. »Herzlichen Glückwunsch, Micheil«, sagte Brenna. »Es klingt in der Tat so, als würde deine Frau dein Kind austragen. Wir müssen nur dafür sorgen, dass es ihm oder ihr in seinem neuen Zuhause gefällt.« Sie tätschelte seinen Arm und sagte: »Geh und setz dich zu ihr. Wir schicken dir etwas zu essen und Ale hoch. Sie wird eine Weile schlafen, also kann Quade dir Gesellschaft leisten. Und ich will keine Kinder hier oben. Ich möchte, dass sie ihre Ruhe hat.«

Sie ging den Gang entlang, bevor sie sich umdrehte und zu ihm zurückblickte. »Oh, und Micheil?«

»Aye?«

»Kein Reiten, bis das Kind geboren ist.«

Micheils Augen weiteten sich, aber er nickte. »Das lässt sich einrichten.«

Seine Mutter beugte sich vor und küsste ihn auf die Wange. »Glückwunsch, mein Sohn. Sie ist ein reizendes Mädchen und stark. Das habe ich im Laufe der Jahre schon oft gesehen. Manche Frauen müssen einfach die erste Zeit im Bett verbringen. Ihr werdet beide vorsichtig sein müssen.«

Als er auf das Ende des Ganges zuging, rief Quade: »Ich bringe gleich etwas zu essen hoch. Geh und sieh nach deiner Frau.«

Micheil nickte, als Quade und seine Mutter die Treppe hinunter verschwanden. Er trat in die dunkle Kammer. Brenna hatte ein kleines Talglicht brennen lassen. Drinnen angekommen, starrte er seine Frau an. Sie schlief tief und sah so klein aus in ihrem Bett, dass es ihm das Herz brach. Verdammt, er hatte sich zu sehr bemüht, zu seiner Familie zu kommen. Sie war zu viel geritten, obwohl keiner von ihnen gewusst hatte, dass es einen Grund gab, darauf zu verzichten. Diana liebte das Reiten.

Er saß auf dem Stuhl, zufrieden damit, sie beim Schlafen zu beobachten, und faltete die Hände im Schoß. Ein kleines Kind. Er war dabei, Vater zu werden. War er überhaupt dazu bereit? Er dachte an seine beiden Brüder und erkannte, dass er nichts lieber tun würde, als ihr Kind in den Armen seiner Frau zu sehen. Ein kleiner Junge oder ein Mädchen, es war ihm egal, solange das Kind gesund war. Lily und Torrian hatten eine solche Tortur hinter sich, er würde beten, dass ihr Kind robust und nicht schwach oder kränklich geboren würde. Er dankte dem Herrn, dass Brenna seine Nichte und seinen Neffen gerettet hatte.

Er betete, dass Brenna auch ihr Kind retten konnte.

Als Diana erwachte, atmete sie den Duft ihres Mannes ein und entspannte sich. Er roch nach Kiefernholz und der freien Natur, dieses spezielle Aroma von Micheil Ramsay, das sie so sehr zu lieben gelernt hatte. Er war hier bei ihr. Zusammen konnten sie alles bewältigen. Sie legte ihren Kopf zurück auf das Kissen, um zu sehen, ob er schlief. Seine Atmung war tief und regelmäßig, und seine langen dunklen Locken lagen in einem Wirrwarr um seinen Kopf. Ihre Tortur musste ihn aufgeregt haben.

Brenna hatte ihr gesagt, dass sie wahrscheinlich ihr Kind tragen würde. Ihre Hand wanderte intuitiv zu ihrem Bauch und sie wünschte sich, dass das Kind in ihr gut und stark heranwachsen konnte. Irgendwie hatte sie in dem Chaos, frisch verheiratet zu sein und ihren Vater zu verlieren, nicht bemerkt, dass es schon eine Weile her war, dass sie ihre Regel hatte.

Ein tiefes Grollen unterbrach ihre Gedanken. »Liebling, wie geht es dir?« Micheil stützte sich auf seinen Ellbogen, um sie anzusehen, und wischte sich den Schlaf aus den Augen.

Sie lächelte zu ihrem Mann hinauf, das Mondlicht aus dem Schlitz im Fenster war gerade hell genug, um sein liebevolles Gesicht zu beleuchten. »Ich fühle mich gut, Micheil. Hat Brenna dir die Nachricht überbracht?«

»Aye, sie sagte, wir bekommen ein Kind. Was sagst du dazu?«

»Micheil, nichts würde mich glücklicher machen. Ich hätte nicht gedacht, dass es so schnell gehen würde, aber ich hatte gehofft, dass wir eines Tages mehrere Kinder haben würden. Wir brauchen mindestens einen Jungen für den Clan.« Sie griff nach seiner Hand und verschränkte ihre Finger.

»Och, ein Mädchen würde mir auch gefallen, vor allem in Anbetracht der Schönheit ihrer Mutter.« Er küsste sie sanft. »Du hast mich ganz schön erschreckt, Frau.«

Sie atmete tief ein, rollte sich auf den Rücken und starrte an die Decke, während sie die Hand ihres Mannes in der ihren hielt. »Micheil, was ist, wenn ich das Kind verliere?« Sie blinzelte mehrmals und versuchte, die Tränen zu unterdrücken, die ihr Gesicht zu überfluten drohten.

»Ich denke, wir müssen tun, was Brenna gesagt hat. Ich habe Vertrauen in ihre Heilfähigkeiten. Sie hat schon viele Kinder in unserem Clan und ihrem eigenen zur Welt gebracht. Du wirst es nicht leicht haben, denn ich weiß, wie sehr du es hasst, liegen zu bleiben, aber sie hält es für das Beste, dass du dich für eine Woche ausruhst.«

Eine Träne glitt über ihre Wange. »Ich weiß, und mit dem Reiten ist es erst einmal vorbei. Aber das ist schon in Ordnung. Meinst du, es ist meine Schuld, dass ich mit dir zur Burg um die Wette geritten bin, als wir ankamen?«

»Nay, Gott allein weiß den Weg für uns. Wenn wir dieses Kind verlieren, werden wir ein anderes machen.«

»Micheil?« Tränen flossen nun über ihre Wangen, während sie auf die Balken über ihr starrte.

»Schatz, nicht weinen. Du weißt, wie ich es hasse, dich weinen zu sehen.«

»Was, wenn ich keine männlichen Nachkommen zeugen kann? Was ist, wenn ich nur Mädchen tragen kann? Ich will, dass mein Vater seinen Enkel sieht. Ich weiß, dass er vom Himmel aus alles sehen kann.«

Micheil rollte sich wieder flach auf das Bett, zog seine Frau in seine Umarmung und legte ihren Kopf auf seine Schulter. »Liebes, ich werde mit einem Mädchen genauso glücklich sein wie mit einem Jungen.«

»Ich möchte meinen Sire nicht noch einmal enttäuschen.«

»Noch einmal? Ich glaube nicht, dass du deinen Sire jemals enttäuscht hast. Zumindest falls wir von dem Mann sprechen, den ich als deinen Vater kennengelernt habe.«

»Doch, das habe ich.« Sie seufzte, bevor sie fortfuhr. »An dem Tag, als ich geboren wurde. Er wollte einen Sohn.« Sie wischte sich die Tränen fort, die wahrscheinlich ihr Gesicht verschandelten, aber sie konnte ihr Fließen nicht stoppen. Es war unmöglich zu zählen, wie oft sie die Geschichte von der Enttäuschung ihres Vaters an dem Tag gehört hatte, an dem sie als Mädchen geboren wurde.

Micheil flüsterte: »Der Mann, den ich getroffen habe, hat seine Tochter so sehr geliebt, dass er zugegeben hat, dich schrecklich zu verwöhnen. Klingt das nach einem Vater, der enttäuscht war?«

Sie kicherte. »Papa hat mich verwöhnt, aye. Und ich habe jeden Moment davon genossen. Er war ein wunderbarer Vater.«

»Dann fürchte dich nicht. Er wird stolz auf dich sein, egal was passiert. Und jetzt hör auf zu weinen. Ich versuche mir vorzustellen, wie du mit einem geschwollenen Bauch aussehen wirst, und wie das Kind!«

»Micheil. Ich liebe dich so sehr.« Sie küsste ihn und legte ihren Kopf zurück auf seine Schulter und schlief in wenigen Augenblicken ein.

Micheil schaute auf seine Frau, die fest schlafend in seinen Armen lag. Er hatte alles so sorgfältig geplant, aber damit hatte er nicht gerechnet. Wie hätte er ahnen können, dass sie ihr Kind trug? Er hatte gehofft, auf dem Turnier zu kämpfen und sich ihr dann als der Ritter ihrer Träume zu präsentieren.

Er erinnerte sich daran, wie aufgeregt sie in Edinburgh gewesen war bei dem Gedanken, die englischen Ritter im Turnier zu sehen. Diana hatte es geliebt, auf der Tribüne zu sitzen, und laut Tante Elspeth hatten ihre Wangen vor Freude rosa geleuchtet, als der Ritter sich vor sie stellte. Es war so ein wunderbarer Tag für sie gewesen - bis auf eine Sache. Besagter Ritter war der verhasste Randall Baines.

Jetzt wollte Micheil ihr Ritter sein. Seine Frau hatte die Rittergeschichten ihrer Mutter geliebt, und so schien es nicht richtig, dass das einzige Turnier, das sie persönlich gesehen hatte, einen betrügerischen Ritter als Hauptperson hatte. Er wollte ihre Träume erfüllen, und das auf ihrem Fest zu tun, schien ein perfekter Plan zu sein.

Aber konnte sie es verkraften, ihm in ihrem Zustand beim Kämpfen zuzusehen? Das Letzte, was er wollte, war, sie übermäßig zu beunruhigen, also hatte er versucht zu erklären, wie vorsichtig er sein würde, aber ihre Angst schien sehr real zu sein. Hatte er einen Fehler gemacht?

KAPITEL ACHTUNDZWANZIG

DIANA SCHICKTE MICHEIL los, um sich an der Planung für das Fest zu beteiligen. Pater Rab war vorbeigekommen, um mit ihr zu beten und hatte sich bereit erklärt, an ihrer Stelle bei der Wettbewerbsplanung zu helfen. Logan sollte doppelte Arbeit leisten und Micheil beim Hindernisparcours zu Pferde helfen, da Gwyneth das Sagen über das Bogenschießfeld hatte. Die ersten Übungskämpfe waren für den nächsten Morgen angesetzt.

Lady Ramsay war gerade wieder gegangen, nachdem sie mit Diana gegessen hatte, als ein leises Klopfen an ihrer Tür ertönte.

»Herein.« Diana hatte keine Ahnung, wer das sein könnte. Sie hatte heute Morgen fast jeden gesehen, wenn auch komischerweise keins der Kinder.

Torrian steckte seinen Kopf durch die angelehnte Tür. »Darf ich reinkommen, Lady Diana?«

»Natürlich, Torrian.« Sie winkte ihn hinein und hinüber zu dem Stuhl neben dem Bett. »Ich würde gerne mit meinem einzigen Neffen sprechen.«

Torrian befand sich in einem unbeholfenen Stadium - er war noch jung, versuchte aber, sich wie ein Erwachsener zu verhalten. Seine Schultern wurden breiter, und seine Stimme brach oft, wenn er sprach. Sie konnte erkennen, dass seine Stimme in den nächsten paar Monden mit Sicherheit deutlich tiefer werden würde.

Er setzte sich auf den Stuhl und fragte: »Kann ich etwas für dich tun?«

»Nay, deine Großmutter ist gerade weg, also habe ich alles, was ich brauche. Es ist sehr aufmerksam von dir, nach mir zu sehen.«

»Wir haben gerade unsere Besprechung über das Fest beendet, und ich wollte dich auf dem Laufenden halten. Wir haben alle beschlossen, es um eine Nacht zu verschieben, damit es dir gut genug geht, um zu kommen und zuzusehen. Alex hat zugestimmt, bis nach den Festivitäten bei den Burschen zu bleiben. Eigentlich hatte ich gehofft, du würdest in Betracht ziehen, Richterin beim Hindernislauf für die Jungen zu sein?«

»Wenn Brenna sagt, dass es in Ordnung ist, würde ich das gerne tun. Erzähl mir doch ein bisschen über eure Pläne.« Diana hielt das für eine wunderbare Idee und konnte es kaum erwarten, die Jungs und Mädels antreten zu sehen, obwohl sie ihr Bestes tat, um nicht an ihren Mann beim Turnier zu denken. »Werden die Älteren auch an den anderen Wettbewerben teilnehmen?«

»Molly möchte bei dem Wettbewerb für die Jüngeren bleiben. Jennie und ich werden den Pferde-Hindernisparcours ausprobieren, und Avelina wird sich uns beim Bogenschießwettbewerb anschließen.«

»Also übt Gwyneth mit allen das Bogenschießen?«

»Aye, wir beginnen morgen. Mama und Papa werden die Kleinen durch den Hindernisparcours führen, während der Rest von uns die anderen beiden Strecken übt. Mach dir keine Sorgen um den Hindernisparcours zu Pferd oder um das Lanzenstechen, Alex und Micheil haben das im Griff.«

»Torrian, ich muss gestehen, noch vor Kurzem hätte mich nichts mehr erfreut als ein Ritterturnier, aber jetzt macht mir nichts mehr Angst als das.« Sie schaute auf ihre Finger, als ihr bewusst wurde, wie sehr sie sich in so kurzer Zeit verändert hatte. Sie hatte sich so gefreut, in Edinburgh dabei gewesen zu sein.

»Du machst dir Sorgen um Micheil? Das solltest du nicht, er war schon immer unser Stärkster. Vater und Logan sind besser mit dem Bogen, aber Micheil ist der Beste im Tjosten.«

»Ich werde versuchen, auf die Fähigkeiten meines Mannes zu vertrauen. Erzähl mir von den Hindernissen für die Mädchen. Obwohl ich davon ausgehe, dass Alex' Jungs auch mitmachen werden, oder nicht?«

»Eigentlich hat Papa es für alle gedacht, auch für seine Wachen und deren Familien.«

»Oooh, das ist spannend, findest du nicht auch?«

Er nickte und grinste. »Bis jetzt haben wir einen Baumstamm über einem kleinen Bach aufgestellt, dann zwei Fässer, durch die sie kriechen müssen, dann ein langes Feld, über das sie laufen müssen, dann planen wir, ein Zelt ganz niedrig aufzustellen, unter dem sie drunterkriechen müssen, ohne es umzustoßen. Als Letztes müssen sie Haselnüsse auf ein Ziel werfen. Zuerst wollten wir Steine benutzen, aber Papa hat gesagt, dass Jamie und Jake ein bisschen wild sein können. Er wollte nicht, dass sie Steine werfen, wenn alle Kinder dabei sind. Was denkst du?«

»Torrian, das klingt wunderbar. Ich stimme deinem Vater zu, dass die Nüsse sicherer sind als Steine. So oder so, die Kleinen werden einen Riesenspaß haben.«

Torrian starrte einen Moment lang auf seine Hände und runzelte die Stirn. Dann hob er den Blick zu ihr. »Hättest du etwas dagegen, wenn ich dir ein paar Fragen stelle? Aber du findest sie vielleicht komisch.«

»Nay, nur keine Sorge, du kannst deine Tante alles fragen. Ich würde dir gerne helfen, wenn ich kann.«

Er dachte einen Moment lang nach und sagte dann: »Es tut mir leid, dass du deinen Vater verloren hast, aber ich würde dich gerne etwas fragen. Bist du besorgt darüber, der Laird zu sein, jetzt, da dein Vater gestorben ist?«

Diana lächelte ihren Neffen an, der so sehr versuchte, erwachsen zu werden, und doch im Herzen noch so jung war. »Torrian, an den meisten Tagen bin ich wie versteinert, aus Angst davor, einen Fehler zu machen. Ich bin sehr dankbar, dass ich Micheil als Ratgeber an meiner Seite habe.« Sie blickte hinauf zu den Balken über ihr. »Bevor mein Sire starb, dachte ich, ich würde nie in der Lage sein, an seine Stelle zu treten. Es machte mir Angst, wenn ich daran dachte, dass meine Entscheidungen so viele Menschen beeinflussen könnten. Geht es dir auch so?«

Er nickte. »Aye. Papa hat mich gebeten, ihm jetzt überallhin zu folgen, um von ihm zu lernen, und ich weiß nicht, wie er das alles macht. An manchen Tagen denke ich, ich könnte es nie schaffen. Er muss ewig leben, denn ich werde mit dem Druck nicht fertig.«

»Komm, setz dich neben mich auf das Bett.« Sie tätschelte die Bettdecke, und er setzte sich mit einem verlegenen Gesichtsausdruck hin. »Eine Sache, die du dir merken musst, ist, dass dein Sire selten von sich aus handelt.«

Er warf ihr einen verwirrten Blick zu. »Doch, das tut er die ganze Zeit. Er entscheidet über die Strafe für jeden, der ein Verbrechen gegen den Clan begeht, er entscheidet, wie wir unser Geld ausgeben und welche Feldfrüchte wir anbauen. Er entscheidet alles.«

»Vielleicht hast du recht, aber ich bin sicher, dass er viele dieser Dinge mit anderen bespricht.«

»Mit wem? Ich sehe nicht, dass er mit anderen etwas bespricht.«

»Hat dein Vater keinen Truchsess? Ich weiß, dass ich ohne meinen verloren wäre.«

»Aye, er kümmert sich um den Großteil des Geldes und der Ernte, aber nicht ohne die Anweisungen meines Vaters.«

»Stimmt, aber ich würde vermuten, dass sie viele Dinge besprechen, vielleicht wenn du nicht in der Kammer bist.«

Er dachte darüber nach, bevor er langsam nickte. »Vielleicht hast du recht.«

»Und deine Großmutter? Ich bin sicher, sie ist eine Goldgrube an Informationen. Sie ist seit vielen Jahren hier, und sie stand lange Zeit an der Seite des vorherigen Lairds, nicht wahr?«

»Das ist wahr.« Er rieb sich mit der Hand über das Kinn, obwohl noch kein Bart da war, den er hätte streicheln können.

»Und was ist mit Brenna?«

»Och, er redet die ganze Zeit mit ihr.«

»Aye, weil sie einem anderen Laird sehr nahestand.«

»Hmm, ich danke dir, Diana. Du hast mir viel zum Nachdenken gegeben. Ich werde besser auf Papa aufpassen, wenn er in der Nähe ist.«

»Denk daran, dass euer Clan aus vielen Menschen besteht. Alle müssen zusammenarbeiten, damit er erfolgreich ist.«

»Ich habe solche Angst, dass ich nicht stark genug sein werde ...«

»Warum sagst du das, Torrian?«

»Du kennst mich noch nicht lange. Ich hatte eine Krankheit, die mich lange Zeit ans Bett gefesselt hat. Ich versuche so sehr, zu essen und Muskeln aufzubauen wie mein Vater und meine Onkel. Ich möchte ein starker Krieger sein wie die Ramsay-

Garde und die Grant-Krieger, aber nichts scheint zu helfen.«

»Du bist noch nicht ganz erwachsen, Torrian. Ich denke, du musst erst noch ein bisschen älter werden. Mach dir darüber noch keine Sorgen. Wenn Jungs anfangen zu wachsen, wachsen ihre Muskeln mit ihnen.«

»Wahrhaftig? Glaubst du es?«

»Aye, das tue ich. Aber lerne weiterhin so viel wie möglich von deinem Vater. Du wirst es nicht bereuen. Dann wirst du eines Tages ein guter Laird sein. Ich weiß es.«

Er zog die Stirn in Falten. »Wie kannst du das wissen?«

»Weil du dir viele Gedanken darum machst, Junge, und Gewissenhaftigkeit ist eine sehr wichtige Eigenschaft.«

Zwei Tage später waren Jennie und Avelina auf dem Übungsfeld und lernten Bogenschießen von Gwyneth. Jennie schaute Avelina an und war überrascht, wie konzentriert sie auf ihre Aufgabe war. Torrian war eine Weile da gewesen, aber er war mit seinem Vater gegangen.

Jennie spannte einen weiteren Pfeil ein und ließ ihn los, wobei sie das Ziel weit verfehlte. »Warum mache ich mir überhaupt die Mühe? Ich muss doch nicht wissen, wie man schießt, oder?«

»Es kann nicht schaden, wenn man weiß, wie man sich schützen kann«, erwiderte Gwyneth. »Es ist etwas, das man üben muss. Lina kommt schon seit einiger Zeit hierher, nicht wahr, Mädchen?«

Avelina seufzte. »Aye, seit sechs oder sieben Monden. Ich habe im letzten Frühjahr angefangen, und ich kann immer noch kaum das Ziel treffen. Meine Arme sind zu schwach.«

Jennie lachte, als sie einen weiteren wilden Pfeil abfeuerte, der dieses Mal nicht mehr ganz so weit vom Ziel entfernt einschlug. »Wenigstens schießt du in die richtige Richtung, Lina. Ich bin schrecklich darin. Ich gebe dir und Torrian den Vortritt.«

»Nay, gib nicht auf. Ich will, dass du es mit mir versuchst.«

Gwyneth schoss noch zwei Pfeile, bevor sie ihre Sachen weglegte. »Mädchen, ich muss Sorcha stillen gehen, also lasse ich euch alleine weiterüben. Habt ihr noch irgendwelche Fragen?«

»Nay«, seufzte Jennie. »Ich werde es weiter versuchen.«

»Alex ist auf dem Feld nebenan, also wenn ihr etwas braucht, ruft einfach nach ihm. Er ist nah genug, um dich zu hören, und es sind noch ein paar Wachen in der Gegend. Ich schaue gleich noch bei ihm vorbei und sage ihm, dass ihr noch hier draußen seid.«

»Danke Gwyneth, für deine Geduld«, sagte Jennie mit einem niedergeschlagenen Ausdruck im Gesicht.

»Gern geschehen. Jetzt macht mich stolz, Mädels. Anlegen, ausatmen und loslassen!« Sie klopfte jedem von ihnen auf die Schulter und ging.

Jennie ließ ihren Bogen fallen. »Ich habe genug. Ich kann das nicht. Also meinetwegen könnten wir jetzt aufhören. Und du, Lina?«

»Nay, ich habe noch ein paar übrig. Komm, lass mich nicht allein üben. Du hast noch drei Pfeile in deinem Köcher. Schieß sie ab. Sonst werden wir nie besser.« Sie zog ihren Bogen zurück und ließ einen weiteren Pfeil los, der diesmal den äußeren Bereich der Zielscheibe traf.

»Guter Schuss! Du wirst immer besser!« Jennie sah erstaunt zu, wie Avelina noch zweimal das Ziel traf. »Sehr gut. Okay, du hast mich inspiriert.« Sie spannte ihren Pfeil ein, zog ihn zurück und zielte vorsichtig, bevor sie ihn losließ, wobei Lina sie mit einem ermutigenden Lächeln beobachtete.

In letzter Sekunde zuckte ihr Arm und der Pfeil flog weit vom Kurs ab in den Wald. Jennie fing an zu lachen und Avelina grinste, aber kaum war der Pfeil gelandet, ertönte ein spitzer Schrei aus der Baumgruppe, in der der Pfeil verschwunden war. Unmittelbar nach dem Aufschrei ertönte ein wildes Gebrüll. »Wer hat auf mich geschossen? Verdammt, wer ist es? Komm heraus und stell dich mir wie ein Mann, du Feigling!«

KAPITEL NEUNUNDZWANZIG

JENNIE STARRTE AVELINA mit weit aufgerissenen Augen an. Ohne zu zögern, übernahmen ihre Heilerinstinkte die Kontrolle und sie rannte in den Wald, um ihr unfreiwilliges Opfer zu finden.

Avelina folgte ihr und schrie sie den ganzen Weg über an. »Jennie, sei vorsichtig. Du hast keine Ahnung, wer das ist. Er könnte gefährlich sein!«

Sobald sie die Baumreihe hinter sich gelassen hatte, sah sie fünf Männer und fünf Pferde. Vier der Männer standen um den fünften versammelt, einen dunkelhaarigen Jungen, der auf dem Boden kauerte. Sein Freund griff hinunter, um ihm zu helfen.

»Hilf mir auf«, stöhnte er. »Ich werde herausfinden, wer das getan hat, und ich werde diesen miesen Bastard erledigen. Seit wann schießt man wild in die Bäume, wenn es nichts gibt, worauf man schießen kann?« Er stand auf und humpelte fluchend im Kreis herum.

Jennie lief mitten in den Kreis der Männer hinein. »Seid Ihr in Ordnung? Ich bitte um Entschuldigung. Mein Arm hat gezuckt, und mein Pfeil flog wild umher. Ich hatte nicht die Absicht, jemanden zu verletzen.« Sie trat hinter den Mann, auf den sie geschossen hatte, und hielt abrupt inne, als sie ihren Pfeil sah, mitten in die rechte Seite seines Hinterns. »Oh!«

Er wirbelte herum, seine langen dunklen Locken flogen hoch in die Luft, und ihr Blick traf auf die tiefsten blauen Augen, die sie je gesehen hatte. Doch sie waren voller Wut.

»Das hast du aber, Mädchen. Du hast mich in den Hintern getroffen. Was zum Teufel machst du da?« Je mehr er sprach, desto lauter wurde seine Stimme, und seine Arme flogen an den

Seiten hoch und schwangen in der Luft, nah genug, um sie fast zu treffen. »Du gehörst in den Hof, ins Haus, um die Kinder zu hüten, oder in die Küche, nicht hier draußen, um blindlings auf ehrbare Männer zu schießen. Törichtes Frauenzimmer!«

Avelina stürmte hinter Jennie her, kam aber kurz vor dem Kreis abrupt zum Stehen.

Jennie sagte ruhig: »Ich bin Heilerin, vielleicht kann ich Euch behilflich sein.« Er war einen guten Kopf größer als sie, aber sie weigerte sich, vor seinem Zorn zu kuschen, und wartete lieber, bis er wieder zur Vernunft kam.

»Du willst mir helfen?« Er funkelte sie an und schaute sie mit einem durchdringenden Blick an. »Ich denke, du hast mir schon genug *geholfen*.«

Eine Hitzewelle überkam sie, wanderte über ihr Gesicht und hinunter zu ihrem Zentrum. Wer war dieser Mann? Er ließ sie seltsame Dinge fühlen, und das gefiel ihr nicht. Sein Blick löste sich einen Moment von ihrem, wanderte an ihrem Körper hinunter und wieder hinauf. Sein Ausdruck veränderte sich augenblicklich zu einem der Bewunderung, aber sie hatte keine Ahnung, warum. Ihr Bruder erlaubte ihr nur wenig Kontakt mit Burschen, und sie hatte noch nie eine Reaktion wie die seine erlebt.

»Ich an deiner Stelle würde mir helfen lassen«, sagte einer seiner Freunde mit einem Achselzucken und einem schelmischen Grinsen. »Sie sollte ihn herausziehen, nicht ich. Besser, als wenn du es selber machst.«

Ein anderer Bursche gluckste. »Aye, lass das Mädel den Pfeil rausziehen und wir schauen zu.«

Ein Dritter pfiff, als er über Jennies Schulter zu Avelina starrte. »Bitte, Cameron. Lass sie dir helfen, und ich komme vielleicht in den Genuss der Hilfe dieser Schönheit dort hinter ihr. Ich glaube, ich habe auch einen Pfeil in meinem Hintern. Komm, Mädchen, sieh dir das mal an.«

Die anderen kicherten, traten zurück und schoben Avelina neben Jennie.

»Du willst also die da, Drew, und ich nehme die hier? Ist das der Plan?«, fragte der Mann, der sich Cameron nannte, wobei seine Augen ihre nicht verließen. Er trat einen Schritt näher.

Jennie konnte seinen Duft einatmen – er roch nach Pferd, Leder und noch etwas anderem, etwas, das sie dazu brachte, näher heranzurücken, um das angenehme Aroma einordnen zu können.

»Gefällt dir, was du siehst, Mädchen?« Er zog eine Augenbraue hoch und grinste sie an.

Jennie war nicht amüsiert, nicht einmal, als sie roch, dass sein Atem wunderbar nach Minzblättern duftete. Ja, er sah schön aus, aber es gab etwas an ihm, das sie nicht mochte. »Wünscht Ihr meine Hilfe bei Eurer Wunde oder nicht? Wenn nicht, werden wir uns an dieser Stelle verabschieden.« Anstatt vor ihm zurückzuweichen, blieb sie aufrecht stehen und forderte ihn schweigend heraus, sie erneut zu beleidigen.

Lina flüsterte hinter ihr: »Jennie ...«

»Hab keine Angst vor ihnen. Ich habe keine.« Ihr Blick verhärtete sich.

Die anderen vier umkreisten Cameron und die beiden Frauen, pfiffen und brüllten und versuchten, etwas anzuzetteln.

Von außerhalb des Wäldchens brüllte Alex: »Jennie!«

Die fünf Jungs drehten sich rechtzeitig um, um zu sehen, wie Alex Grant auf Midnight, seinem stolzen Ross, in vollem Galopp herankam. Drei von ihnen sprangen auf ihre Pferde und ritten los, aber Cameron griff nach dem Pfeil in seinem Hintern und zog ihn heraus.

»Das ist noch nicht zu Ende. Ich werde dich eines Tages finden. Du schuldest mir was.« Cameron warf ihr den Pfeil zu, bevor er auf sein Pferd sprang, Drew bestieg sein Ross zur gleichen Zeit.

Drew starrte Avelina an und sagte: »Ich werde dich auch wiedersehen, Mädchen, wenngleich nicht aus denselben Gründen.« Er zwinkerte und wendete sein Pferd, gerade als Alex durch die Bäume brach und ihm den Weg abschnitt.

»Fass eines der beiden Mädchen an und du bist ein toter Mann.« Er zog sein Schwert und ritt schnell auf Cameron zu, die Schwertspitze direkt auf sein Herz gerichtet.

Jennie schrie. »Alex, nein! Es war meine Schuld. Ich habe ihn versehentlich angeschossen.«

Alex starrte ihn an. »Wahrhaftig, Junge? Bist du verletzt?«

Cameron erwiderte Alex' Blick, bevor er antwortete, scheinbar unbeeindruckt von dem Schwert, das seine Brust zu durchbohren drohte. »Ist nur ein Kratzer. Zügelt Euer Schwert, Mylord. Ich will nichts mit ihr zu tun haben.«

»Gut, dann merke dir, dass du gerade Alexander Grants Schwester kennengelernt hast, und wenn es jemand wagt, sie anzufassen, werde ich ihm persönlich das Herz herausschneiden. Und das gilt auch für deinen Freund. Verstanden?«

Cameron ließ seinen Blick wieder über Jennie gleiten. »Verstanden.«

Alex senkte sein Schwert, um den beiden zu erlauben, ihrer Gruppe zu folgen.

Sobald sie weg waren, wandte sich Jennie an ihren Bruder. »Alex, warum kannst du mich nicht selbst erledigen lassen? Du kannst nicht alles für mich tun.« Jennies Frustration über ihren Bruder wuchs von Jahr zu Jahr, aber das schien ihn nicht zu kümmern. Sie liebte ihn sehr, denn er war wie eine Vaterfigur für sie gewesen, aber er musste aufhören, sie so zu erdrücken.

»Mädchen, du und Lina wart von fünf Burschen umgeben. Sie hatten andere Dinge im Sinn als du.«

»Woher soll ich das wissen? Du musst aufhören, mich so zu bevormunden. Ich werde eines Tages heiraten, ob du es willst oder nicht.«

»Da liegst du falsch, Mädchen. Du wirst nicht ohne meine Zustimmung heiraten.«

Wut loderte in ihren Augen. »Dann sterbe ich wohl als alte Jungfer, oder?«

Der Tag des großen Festes war endlich gekommen. Die Sonne schien hell an diesem Spätherbsttag und machte es warm genug, um draußen zu sein. Diana war aufgeregt, endlich aus der Burg zu dürfen, aber dennoch hatte sie keine Lust, ihrem Mann beim Tjost zuzusehen. Am Tag zuvor war sie im Bergfried umhergelaufen, um zu sehen, ob es ihr besser ging, und es gab keine Probleme. Brenna war zuversichtlich, dass sie als Richterin hinaus auf die Felder gehen konnte.

Micheil schlenderte neben ihr her und trug einen Pelz und ein zusätzliches Plaid, um sie warm zu halten. Torrian und Logan hatten bereits eine Wagenladung Hocker und Bänke auf das Feld gebracht, auf denen die Damen sitzen konnten. Sogar Micheils

Mutter hatte versprochen, dass sie zum Zuschauen rauskommen würde.

Quade hatte dafür gesorgt, dass jeder im Clan wusste, dass sie zu dem Fest kommen sollten, anstatt zu arbeiten. Sie hatten ein großes Festmahl für alle im Hof nach der Veranstaltung geplant. Der erste Wettbewerb war für die unter Zehnjährigen. Micheil und Diana waren als Richter vorgesehen, und Quade und Torrian hatten alles vorbereitet. Es gab zehn Teilnehmer unterschiedlichen Alters, darunter Alex' Zwillinge, Jake und Jamie, Lily, Maggie, Molly und fünf weitere Mitglieder des Clans. Um sie alle unterzubringen, waren zehn separate Bahnen eingerichtet worden. Der Parcours war größtenteils so, wie Torrian es ihr beschrieben hatte, und Micheil und Diana hatten zwei Wächter als Ersatzrichter eingeteilt, die ihnen am Ende zur Seite stehen sollten, falls alle zehn Teilnehmer gleichzeitig ihre Haselnüsse werfen würden.

Die zehn reihten sich ein, während ihre Eltern ihnen ermutigende Worte zuriefen. In letzter Minute hielt Alex seine Hand hoch in Richtung Micheil.

»Was ist los, Grant?«

»Wir müssen es nur für alle ein bisschen einfacher machen.« Die jüngsten Teilnehmer waren seine beiden Jungs, und sie standen am Ende der Linie und schubsten sich gegenseitig, in der Hoffnung, einen Vorsprung zu bekommen. »Jungs!« Ein lautes Brüllen stoppte das ganze Geplapper, auch das Gezappel der Zwillinge.

Er marschierte die Linie entlang, hob den dunkelhaarigen Jamie hoch, ohne ein Wort zu sagen, und trug ihn unter dem Arm zum gegenüberliegenden Ende der Bahnen, wobei er alle Teilnehmer eine Bahn nach unten schob, um Platz für ihn zu schaffen. Als er Jamie in einer anderen Bahn untergebracht hatte, wandte er sich an den Koordinator der Veranstaltung, Quade, und nickte. »Vielleicht werden sie sich nicht gegenseitig umbringen, wenn acht andere zwischen ihnen stehen. Sie sind ein bisschen … wetteifernd.« Unter dem gutmütigen Gelächter der Zuschauer stapfte er wieder vom Feld.

»Eins, zwei, drei, los!« Zehn Beinpaare flogen über die Baumstämme, und ein paar Teilnehmer stürzten sofort. Micheil ging als Richter mit ihnen durch den Parcours, aber Diana blieb an der Seite ihrer Familie sitzen. Johlend und rufend verfolgte die Menge ihren Weg durch den Hindernisparcours. Als sie das Zelt erreichten, waren Jamie und Jake und ein weiterer Junge weit vor den anderen. Molly war vor Maggie, und Lily verbrachte zu viel Zeit mit Kichern, um besonders weit oder schnell voranzukommen.

Die drei Jungs erreichten den Anfang des langen Feldes, in dem das Rennen stattfinden würde, vor dem Rest, aber Molly holte auf. Logan rief: »Komm schon, Molly. Zeig den Jungs, wer die Beste ist.« Er legte seinen Arm um Gwyneth, die Sorcha auf ihrer Hüfte hielt, die Finger im Mund, während sie ihrer ältesten Tochter beim Wettkampf zusah.

Molly lag drei Schritte hinter den Jungs, aber sobald sie das Feld betrat, wandten sich alle Augen von den Führenden zu ihr, um ihre Aufholjagd zu beobachten.

»Logan, sie läuft schnell wie ein junges Reh«, sagte Gwyneth.

Diana war voller Ehrfurcht. »Gwyneth, ich habe noch nie jemanden gesehen, der so anmutig ist. Was für ein schöner Anblick.« Sie konnte nicht anders, als für ein Mädchen zu schwärmen, das von ihrem eigenen Sire verstoßen wurde.

Und tatsächlich segelte Molly mit einer Eleganz und Kraft über das Feld, die ihr eine Geschwindigkeit verliehen, die weit über der der anderen lag, und ihre langen Schritte brachten sie weit vor den Jungen ins Ziel. Sie hob eine Haselnuss auf und schleuderte sie, wobei sie das Ziel weit verfehlte.

Logan rief: »Komm schon, Molly!« Er warf einen Blick auf Gwyneth. »Frau, hättest du dem Mädel nicht beibringen können, wie man zielt? So trifft sie nicht mal ein Scheunentor?«

Sie hatte drei Nüsse geworfen und jede einzelne verfehlt, als die Jungs sie eingeholt hatten. Sie hatte noch eine übrig und warf sie so fest sie konnte, um schließlich den Rand des Ziels zu treffen. Micheil erklärte Molly zur Siegerin, während Jake den zweiten und Jamie den dritten Platz belegte.

Logan rannte rüber und warf sie in die Luft, nachdem sie den Gewinner verkündet hatten, und steckte ihr eine Schleife an.

Molly konnte nicht aufhören zu lächeln.

Diana wiederum konnte nicht umhin zu bemerken, wie sehr

sich Molly in der kurzen Zeit, die sie mit Logan und Gwyneth verbracht hatte, verändert hatte. Ihre Augen leuchteten, als sie ihre Eltern umarmte und sich all die Glückwünsche der anderen anhörte. Sie ging jetzt mit zurückgenommenen Schultern, anstatt ständig gebückt zu gehen und auf den Boden zu starren.

Was Diana an etwas anderes erinnerte; hatte sie sich auch so sehr verändert wie Molly? Vor zwei Monden war sie fast in Ohnmacht gefallen bei der Vorstellung eines Turniers und von Männern, die darum wetteiferten, der Erste zu sein. Jetzt hätte sie es am liebsten ganz gemieden. Nach all den Strapazen in Edinburgh und Falkirk, nachdem sie ihren Vater verloren, einen wunderbaren Ehemann gewonnen und Chieftain ihres Clans geworden war, sah sie plötzlich alles anders. Ja, sie war genauso gewachsen und gereift wie das kleine Mädchen vor ihr, sie hatte es nur nicht bemerkt. Wie hatte sie das nur übersehen können?

Der nächste Wettbewerb war der Hindernisparcours zu Pferde. Diana jubelte von der Seite, es machte ihr nichts aus, dass sie nicht mitmachen konnte. Acht verschiedene Teilnehmer waren angetreten, aber keiner konnte Alex Grant auf Midnight das Wasser reichen.

Jake und Jamie saßen auf beiden Seiten von Diana, in Ehrfurcht vor ihrem Vater, und sie sprangen wie wild aus ihren Stühlen, als er zum Sieger gekürt wurde.

Der dritte Wettbewerb war Bogenschießen. Sie zogen auf ein anderes Feld, um diesen Wettbewerb zu beobachten. Es gab zwei Wettkämpfe, einen für Erwachsene und einen für die Jüngeren. Gwyneth gewann wie erwartet den Wettbewerb der Erwachsenen, Logan wurde Zweiter und Quade Dritter. Avelina gewann den Wettbewerb der Jüngeren, Torrian wurde Zweiter und ein anderer Junge Dritter.

Jennie weigerte sich, zu schießen.

Der allerletzte Wettbewerb war, sehr zu Dianas Leidwesen, das Ritterturnier. Sie hatte versucht, Micheil die Teilnahme auszureden, aber er hatte sie überzeugt, dass es nur zum Spaß war. Dianas Hände begannen zu schwitzen, als sie alle Teilnehmer auf dem Feld versammelt sah. Mit zwanzig Teilnehmern war es der größte Wettbewerb. Micheil würde gegen neunzehn andere Teilnehmer antreten müssen, wenn er gewinnen wollte. Sie hatte sich vorgenommen, nichts zu sagen, aber jetzt wurde ihr die wachsende Anspannung in ihrem Körper sehr unangenehm. Wie sollte sie das nur durchstehen? Immer wieder spielte sich dieselbe Erinnerung in ihrem Kopf durch, jener Augenblick in Edinburgh, als Micheil von seinem Pferd gestürzt war und blutend zu Boden fiel.

Plötzlich änderte sie ihre Meinung. Sie konnte es einfach nicht tun, sie konnte ihrem Mann nicht bei irgendeiner Art von Turnier zusehen. Ihre Hand wanderte zu ihrem Bauch, in dem Versuch, die Schmetterlinge darin zu beruhigen und sich zu entspannen. Was sollte sie tun, wenn ihm etwas passierte? Sie streichelte ihren Bauch und fragte sich, ob sie tatsächlich ihren Sohn oder ihre Tochter trug. Je mehr sie darüber nachdachte, desto verzweifelter wurde sie. Es musste aufhören.

Micheil kam mit seiner Lanze in der Hand über das Feld geritten, direkt auf Diana zu.

»Nay«, jammerte Diana und zog damit alle Blicke auf sich.

Micheil blieb vor ihr stehen, neigte den Kopf und reckte seine Lanze in ihre Richtung, um um ihre Gunst zu bitten, so wie es dieser widerliche Ritter in Edinburgh getan hatte. »Mylady.«

»Micheil, nicht, bitte.« Tränen traten ihr in die Augen, aber er zögerte nicht. »Bitte tu das nicht, ich bin kurz vorm Verzweifeln.« Wie konnte sie ihn dazu bringen, diese Dummheit zu unterlassen?

»Aber das bist du so oft, Diana.«

Sie warf ihm einen finsteren Blick zu und erhob ihre Stimme vor Empörung. »Das bin ich *nicht*.«

»Aye, öfter als mir lieb ist.« Er hielt immer noch seine Lanze vor sie und wartete auf ihre Gunst.

Sie verschränkte die Arme, drehte sich von ihm weg und setzte sich wieder auf ihre Bank.

»Warst du nicht ebenso verzweifelt, als wir den Bergfried von Gow mitten in der Nacht durch die Küchen verließen und du dabei die Kleidung eines Jungen trugst?«

Zum Glück konnte nicht das gesamte Feld hören, was er zu ihr sagte, aber die um sie herum schon. Sie ignorierte ihn und starrte in die Ferne.

»Warst du nicht auch verzweifelt, als wir im Dunkel der Nacht von Falkirk nach Edinburgh reisten, nur wir beide?«

Sie drehte sich um und fauchte ihn an. »Wir waren nicht allein. Alex' Männer haben uns begleitet.«

»Das muss ich dir lassen. Und was ist mit der Nacht, als du mich in den Hof des königlichen Schlosses geschleppt hast, auf der Suche nach einem englischen Ritter, der dich zur Frau nehmen würde?«

Sie drehte ihm wieder den Rücken zu.

»Und warst du nicht verzweifelt, meine schöne Highlanderin, als du die ganze Nacht aufgeblieben bist, um ein Kleid zu nähen, damit es dir passt? Und nach dem, was ich jetzt über dich und deine Kleider weiß, war das damals pure Verzweiflung.« Er rollte mit den Augen.

»Genug. Vielleicht war ich da verzweifelt, aber jetzt bitte ich dich aufrichtig. Bitte, Micheil. Tu das nicht.« Sie versuchte, stark zu bleiben, den Fluss der Tränen wieder zu stoppen, aber vergeblich.

»Diana, entspanne dich. Das ist alles nur Spaß, nur Schau. Es ist kein richtiger Wettkampf. Du musst lernen, mir zu vertrauen.«

Lily lief herüber und sagte: »Hier, Onkel Micheil, ich gebe dir meine Gunst.«

Sie band ihr Band an seine Lanze und Micheil sagte mit einer leichten Verbeugung: »Meinen Dank, Mylady.« Lily kicherte, als sie zurück zu ihrem Platz hüpfte.

Seine Mutter stand auf und sagte: »Ich muss meinem Sohn meine Gunst geben, damit er sicher reiten kann.«

Micheil verbeugte sich vor seiner Mutter. Diana konnte spüren, wie er sie aus den Augenwinkeln anstarrte, aber sie war nicht bereit, sich zu rühren.

Avelina beugte sich vor. »Und auch meine Gunst soll mein Bruder haben.« Sie band ein Band an seine Lanze, und es tänzelte fröhlich mit den anderen im Wind.

Micheil hielt seine Lanze hoch, damit alle sie sehen konnten, dann umkreiste er den Rand des Feldes und präsentierte seine Lanze, während alle Mädchen ihm applaudierten. Bevor er wieder an Diana vorbeiritt, lenkte er sein Pferd heran und senkte seine Lanze zu ihr.

Diana wollte etwas nach ihm werfen, aber schließlich gab sie nach und riss ein Band aus ihrem Haar, um es an das stumpfe Ende seiner Lanze zu binden. »Micheil, das werde ich dir nie verzeihen.«

Sobald sie ihre Hand wegnahm, hob er feierlich seine Lanze, während die Menge tobte. Dann tat er das Seltsamste. Sie hatte erwartet, dass er wieder triumphierend über das Feld reiten würde. Stattdessen stieg er ab, kniete vor ihr nieder und legte seine Lanze vor ihr auf den Boden. »Ich werde nicht tjosten. Für dich, meine Liebe.«

Er schritt hinüber zur Bank und schlang seine Arme um sie. »Ich wollte dein Ritter sein«, flüsterte er ihr ins Ohr. »Ich habe dieses ganze Fest für dich organisiert. Ich wollte dir den Ritter deiner Träume schenken.«

Tränen stiegen ihr in die Augen. »Micheil, das hast du schon. Du bist mein Ritter. Ich liebe dich so sehr.«

Er setzte sie auf seinen Schoß und sagte: »Ich liebe dich auch. Du sollst dir nie wieder Sorgen machen müssen. Ich will, dass meine Braut glücklich ist.«

EPILOG

Einige Monate später

»ICH KANN NICHT mehr! Bitte, Micheil.« Dianas ver-
zweifeltes Geschrei erschütterte die Dachbalken des
Drummond-Turms. »Geh raus. Sieh, was du mir angetan hast.
Ich will dich nie wieder sehen. Verschwinde, verschwinde. Ich
hasse dich!«

Micheil schloss die Kammertür hinter sich, sein Gesicht war
aschfahl. Er hörte ein Rumpeln gegen die Tür, das er für einen
weiteren Schuh hielt, der quer durch den Raum geschleudert
wurde. Er stand verwirrt da, unsicher darüber, was er als Nächstes
tun sollte.

Logan gluckste und klopfte seinem Bruder aufmunternd auf
die Schulter. »Ich habe dir gesagt, du sollst draußen bleiben.
Frauen, die gebären, sind nicht sie selbst. Sie werden von kleinen
Kobolden beherrscht, ich schwöre es.«

»Aber ich wollte nicht dabei sein, sie wollte es. Sie bat mich zu
bleiben, weil Alex Grant seiner Frau immer beisteht. Jetzt hat sie
es sich anders überlegt.« Er war völlig perplex und wusste nicht,
was er von der Situation halten sollte. »Zum Glück seid ihr alle
gekommen. Ich hätte das nicht allein bewältigen können.«

»Schwangere Frauen haben dieses Vorrecht, vor allem, wenn
sie mitten in der Entbindung stecken. Es ist eine schwierige
Aufgabe. Denk einfach mal kurz darüber nach, was sie
durchmachen. Ich habe es nie zu schätzen gewusst, bis ich sah,
wie meine Gwynie damit zu kämpfen hatte, und sie ist zäher
als die meisten.« Logan geleitete ihn durch den Gang und die
Treppe hinunter, um sich dem Rest der Familie in der großen

Halle anzuschließen, die geduldig auf die Ankunft des ersten Kindes der beiden wartete.

Micheil schaute Quade an: »Warst du an Brennas Seite, als sie dein Kind bekam?«

»Verdammt, nein. Das ist kein Ort für mich. Auf gar keinen Fall. Ich habe die Kammer gemieden wie den neunten Kreis der Hölle.« Seine Augen weiteten sich. »Und das werde ich auch das nächste Mal tun.«

»Brenna ist wieder schwanger?«, fragte Micheil. »Warum hast du mir das nicht gesagt?«

Quade antwortete: »Aye, es ist noch früh. Du hast gerade schon genug um die Ohren.«

Logan fand einen Kelch und füllte ihn mit Ale. »Eigentlich scheint es Diana gut zu gehen. Gwynie hat mir damals gedroht, sie würde mir die Eier abschneiden.« Er lachte, als er seine Frau ansah. Sie saß auf dem Stuhl am Kamin und stillte ihren neuen Sohn Gavin. »Sobald sie das Kind in den Armen hält, wird sie alles vergessen, was sie gerade gesagt hat. Das ist ein sehr schmerzhafter Prozess. Sag es ihm, Gwynie.«

»Aye, wahrlich, Micheil. Es tut so weh, dass man ganz benommen wird. Sie hat es nicht so gemeint, und sie wird dir nicht mehr böse sein, wenn sie das Kind zur Welt bringt. In ein oder zwei Wochen wird sie wieder ganz die Alte sein.«

Micheil setzte sich und knetete seine Hände. »Ich hoffe es.« Er kippte sein erstes Ale in zwei Schlucken hinunter, wobei er die ganze Zeit flüchtig über die Schulter blickte, um nach dem Balkon über der Treppe zu sehen. Das gefiel ihm ganz und gar nicht. Diana war völlig außer sich vor Schmerz. Was sollte er nur tun? War es möglich, dass sie für immer so sein würde? Wie konnte er sich um das Kind kümmern, wenn sie so blieb?

Nachdem er nicht mehr still sitzen konnte, ging er zur Tür und schwang sie auf, nur um draußen von strömendem Regen empfangen zu werden.

»Mach die Tür zu, Micheil. Es stürmt draußen, und ich habe ein Kind hier drinnen«, rief Logan.

Er schloss die Tür und lehnte sich dagegen, sein Blick suchte die große Halle der Drummonds ab. Jedes Augenpaar beobachtete ihn, jeder Diener, jedes Mitglied der Familie Ramsay, sogar

Dianas Truchsess.

Lily lief hinüber und zerrte an seiner Hand. »Komm, du kannst mit Molly, Maggie und mir ein Spiel spielen. Wir werden dich verkleiden.«

Er nickte abwesend. Es war ihm gerade alles egal.

Draußen tobte der Sturm weiter, pfeifender Wind zusammen mit Donner und Blitzen, die den düsteren Mittagshimmel erhellten. Diana schrie, als sie zum letzten Mal presste, um ihren Wehen endlich ein Ende zu setzen. Ein schwerer Seufzer entkam ihr, als das Kind aus ihrem Körper in Brennas fähige Hände glitt. Lady Ramsay saß auf dem Stuhl neben ihr, wischte ihr über die Stirn und beruhigte sie auf jede erdenkliche Weise.

»Was ist es? Ist es gesund? Ist es kränklich?« Diana starrte auf das rötlich-violette Bündel in Brennas Händen.

Brenna beugte sich über das Gesicht des Babys, säuberte es mit einem feuchten Tuch, Dianas Zofe und Avelina schauten ihr erwartungsvoll über die Schulter. Das Kind gab einen lauten Schrei von sich, gefolgt von einem langen gutturalen Weinen. »Es ist ein Junge. Glückwunsch, Diana. Du und Micheil habt einen starken Sohn.«

Diana setzte sich auf, während ihr die Tränen über das Gesicht liefen. »Haben wir? Ein Bursche? Och, wo ist Micheil? Ich will ihn sehen. Darf ich ihn halten?«

Brenna säuberte ihn ein wenig, bevor sie ihr ihren Sohn auf ihren Bauch legte, seine Nabelschnur noch immer intakt. Sie griff nach ihrer Klemme, dann sagte sie: »Avelina, warum holst du Micheil nicht für uns? Aber sag ihm nicht, dass es ein Junge ist, bis er reinkommt. Wir werden es ihm sagen. Diana, sobald dein Dienstmädchen und ich ihn noch ein bisschen sauber gemacht haben und ich seine Lebensschnur durchgeschnitten habe, kannst du ihn halten. Aber du musst so bleiben, wie du jetzt bist, es gibt noch mehr zu tun.«

Diana starrte auf ihren Sohn hinunter, während Brenna die Nabelschnur durchtrennte, ihn dann säuberte und ihn fest in ein Plaid wickelte. Sie streckte ihre Arme aus, und Brenna legte das Baby in ihre Arme, während es noch damit beschäftigt war, schreiend seiner Unzufriedenheit darüber Luft zu machen, aus der behütenden Wärme seiner Mutter gerissen worden zu sein.

Die Tür flog auf, und Micheil erschien. »Diana, ist alles in Ordnung?«

»Micheil, komm und sieh dir unseren Sohn an.«

»Unseren Sohn? Wir haben einen Jungen?« Er eilte an ihre Seite und starrte auf das Bündel in ihren Armen. Seine Mutter erhob sich von ihrem Platz, küsste ihn auf die Wange und trat hinaus. Er küsste seine Frau, ließ sich auf einem Schemel neben ihr nieder und starrte auf das Kind, das sie eng an ihr Herz geschmiegt hatte.

»Micheil, sieh nur, wie schön er ist. Findest du nicht auch?«

Er nickte, ein Blick voller Staunen und Ehrfurcht. »Aye, das ist er.« Die kleine Faust des Jungen reckte sich aus dem Plaid, und er griff mit ausgestreckten Fingern nach seinem Vater. Micheil drückte ihm den Finger in die Handfläche, und er hielt ihn fest umklammert.

Er wimmerte weiter, sodass Brenna sagte: »Warum legst du ihn nicht an deine Brust, Diana? Das wird ihn beruhigen.«

Diana starrte Brenna an. Sie hatte keine Ahnung, wie sie es anstellen sollte. Ja, sie hatte es schon oft gesehen, aber wie machte man so etwas?

Brenna setzte ihr Werkzeug ab und sagte: »Hier. Ich werde dir assistieren.« Sie half Diana, ihr Kleid zurechtzurücken, um ihre Brust freizulegen, dann führte sie den Burschen nahe an ihre Brustwarze heran und streichelte seine Backe.

Diana sah erstaunt zu, wie er seinen Mund suchend öffnete und sich mit ein bisschen Unterstützung von Brenna an ihrer Brustwarze festhielt und saugte. Sie schaute zu ihrem Mann auf, als ihr Sohn ruhig wurde und seine Hand immer noch den Finger seines Vaters umklammerte.

Keiner von beiden sprach, während sie beobachteten, wie ihr Neugeborener seine Mama und seinen Papa untersuchte. Ein paar Augenblicke später schickte Brenna Avelina und das Dienstmädchen aus dem Zimmer.

Micheil küsste Dianas Stirn. »Ich liebe dich.«

Diana umklammerte seine Hand. »Es tut mir so leid, dass ich dich angeschrien habe. Du weißt, wie sehr ich dich liebe.« Tränen liefen ihr über die Wangen. Egal, wie sehr sie versuchte, sie aufzuhalten, sie konnte es nicht.

»Habt ihr euch schon einen Namen überlegt?«, fragte Brenna.

Mutter und Vater schüttelten beide den Kopf und starrten sich an.

»Micheil, ich weiß, wie ich ihn nennen möchte.«

Ein Licht blitzte in seinen Augen auf, und er nickte. »David«, sagte er. »David, nach deinem Vater.«

Diana schluchzte: »Das ist genau das, was ich wollte. David Micheil Ramsay Drummond.«

Micheil lächelte und küsste ihre feuchte Wange, bevor er sich vorbeugte, um den Kopf seines Sohnes zu küssen. »David Micheil also.«

Sie flüsterte, ihr Blick war hoffnungsvoll: »Glaubst du, er weiß es? Glaubst du, Papa kann seinen Enkel sehen?«

»Aye, ich glaube, sowohl deine Mama als auch dein Papa schauen gerade auf uns herab, vielleicht zusammen mit meinem Sire. Und ich bin mir noch über etwas anderes sehr sicher.«

»Was?«

»Es gibt nichts, was du tun könntest, um sie noch stolzer zu machen, als sie es in diesem Moment sind.«

Diana vergrub ihr Gesicht in der Schulter ihres Mannes und schluchzte, während sie den kleinen David an ihre Brust drückte, doch dann richtete sie sich auf und deutete gerührt aus dem Fenster. Brenna ging hinüber, zog das Fell zurück und stellte sich mit einem Lächeln daneben, um den Blick nach draußen freizugeben.

Die Sonne schien hell und strahlte auf den schönsten Regenbogen, den sie je gesehen hatten.

ENDE

www.keiramontclair.net

L IEBE LESERINNEN & Leser,

Vielen Dank fürs Lesen!

Folgen Sie mir auf Amazon oder Bookhub, um Benachrichtigungen über Neuerscheinungen zu erhalten.

Schicken Sie mir gerne eine E-Mail an *keiramontclair@gmail. com* oder besuchen Sie eine der folgenden Websites:

Keira Montclair

http://www.keiramontclair.net
http://facebook.com/KeiraMontclair
http://www.pinterest.com/KeiraMontclair

ÜBER DIE AUTORIN

KEIRA MONTCLAIR IST das Pseudonym einer Schriftstellerin, die mit ihrem Mann in South Carolina lebt. Sie liebt es, rasante, emotionale Liebesromane zu schreiben, am liebsten mit Kindern als Nebenfiguren in ihren Geschichten.

Früher hat sie als Krankenschwester in der Pädiatrie und in der Intensivpflege gearbeitet. Eine weitere Leidenschaft von ihr ist das Unterrichten. Sie lehrte sowohl Mathematik an der Highschool als auch praktische Krankenpflege.

Jetzt widmet sie ihre Zeit am liebsten dem Schreiben, aber alle Zeit der Welt würde nicht reichen, um alle Ideen zu Papier zu bringen, die sich noch in ihrem Kopf tummeln! Ihre Clan-Grant-Highlander-Serie, die aus acht eigenständigen Romanen besteht, ist bei den Lesern sehr beliebt. Ihre dritte Buchreihe, Der Highland Clan, die zwanzig Jahre nach der Clan Grant-Reihe spielt, konzentriert sich auf die Nachfahren der Grant/Ramsay. Ihre neueste Serie, Highlandschwerter, basiert auf der Serie Der Highland Clan, ist aber eine eigenständige Geschichte.

Kontaktieren Sie sie per E-Mail
keiramontclair@gmail.com

Website:
http://www.keiramontclair.net

www.ingramcontent.com/pod-product-compliance
Lightning Source LLC
Chambersburg PA
CBHW071142260626
47162CB00003B/881